KB121506

로크미디어가
유혹하는
재미있는 세상

ROK
MEDIA
로크미디어

황태자는
은퇴가 하고
싶습니다

황태자는 은퇴가 하고 싶습니다 1

2022년 7월 12일 초판 1쇄 인쇄
2022년 7월 15일 초판 1쇄 발행

지은이 로튼애플
발행인 김정수 강준규

기획 이기헌 왕소현 박경무 강민구 조익현
책임편집 금선정
마케팅지원 이원선

발행처 (주)로크미디어
출판등록 2003년 3월 24일
주소 서울시 마포구 성암로 330 DMC첨단산업센터 318호
Tel (02)3273-5135 **편집** (070)7860-2726 **Fax** (02)3273-5134
홈페이지 rokmedia.com **E-mail** rokmedia@empas.com

ⓒ 로튼애플, 2022

값 8,000원

ISBN 979-11-354-8006-5 (1권)
ISBN 979-11-354-8005-8 04810 (세트)

황태자는
은퇴가 하고
싶습니다

로튼애플 퓨전 판타지 장편소설

Contents

프롤로그

"× 같네."

침상에 누워 있는 삐쩍 마른 남자의 입에서 걸쭉한 욕설이 튀어나왔다.

화려한 장식은 없지만 고풍스럽게 꾸며진 침상 곁에는 백발의 노인이 눈물을 훔치고 있었고, 멋들어진 갑주를 입은 기사는 안타까워하는 표정을 짓고 있었다.

하지만 이들의 걱정 속에서도 침상에 누워 있는 남자는 자신의 삶이 얼마 남지 않았음을 본능적으로 알고 있었다.

"인생…… 참 거지 같아."

남자의 말에 고풍스러운 방 안에 있는 자들은 말없이 고개를 숙였다.

모두가 병색이 완연한 남자의 마지막 모습을 차마 바라보지 못했다.

평생을 고생하며 살아온 이 남자의 정체는 이 제국의 황제였다.

에스토리아 128대 황제 카리엘 프레드리히 폰 블레이저.

이 남자의 이름이자 제국의 역사에 암군으로 기록될 황제의 이름이었다.

"내가 죽으면…… 암군으로 기억되겠지?"

옆에 있는 시종장을 바라보며 말하는 황제.

그런 그를 차마 바라보지 못하는 시종장.

"그럴 일은 없을 겁니다."

굳은 표정의 기사가 그리 말했다.

제국 역사상 손에 꼽을 정도로 위대한 업적을 세운 기사.

황궁 기사단장이자 몇백 년 만에 나타난 그랜드 마스터가 그리 말했지만 황제는 피식 웃을 뿐이었다.

'개소리.'

지금도 밖을 나가면 죄다 그를 욕하는 자들밖에 없었다.

아마 황제가 죽는다면 묘비에 이리 적힐지도 몰랐다.

최악의 황제

31세 젊은 나이로 요절하다

'아…… 억울하다.'

황제는 억울한 표정으로 가만히 창밖을 바라보았다.

새파란 하늘 너머에서 신이 자신을 비웃고 있는 기분이 들었다.

분명 자신은 뼈 빠지게 일했는데 왜 이런 결과가 나왔을까?

만약 이대로 자신이 죽는다면 사인은 분명 이렇게 나올 거다.

사인 : 불치병 20%, 복합독 10%, 과로 70%

과로가 70%를 차지할 정도로 정말 노력했다.

어렸을 적부터 독살 위협에 노출되었을 만큼 불안한 환경.

거기다가 선천적인 질병까지.

그런 불우한 환경 속에서도 허리가 휠 정도로 노력했다.

그럼에도 불구하고 이 모양이다.

"쿨럭!"

검은 피를 토한 황제가 점점 숨이 가빠 옴을 느끼며 자신의 지난날들을 떠올렸다.

21세에 선황이 죽고, 다급하게 황제 위에 올라 10년 동안 열심히 굴렀다.

제국 각지에서 반란이 일어나고 그것을 진압하는 데 2년.
기회를 엿보던 인접 국가들과의 전쟁으로 1년.
북부 몬스터 웨이브로 2년.
흑마법사들에 의해 마계 게이트가 열려 2차 인마 전쟁을
치르느라 3년.
남은 기간은 연이은 전쟁으로 나자빠진 제국을 침공한 동
대륙의 군대를 막아 냈다.

이런 고난의 연속에도 끝끝내 제국을 지켜 냈다.
'그런데도 제국 최악의 암군이 되었지.'
황제가 이를 갈며 자신의 평가에 분노했다.
10년간 개처럼 일했음에도 불구하고 국민들은 자신을 좋
아하지 않았다.
황제가 된 후 대규모 전쟁만 네 번이었고, 살아남은 귀족
들의 비리를 막느라 2년간 수없이 목을 베었기 때문이다.
제국민들이 보기에 자신은 능력도 없는 주제에 운 좋게 황
제가 된 폭군이었다.
실제로 자신의 동생들이 훨씬 능력이 좋았고, 자신은 장자
라는 이유로 황태자에서 황제가 된 무능한 사람이었기 때문
이다.

마법에 재능이 있는 2황자.

대륙에 몇 없는 마스터에 오른 3황자.

제국민들은 그가 아닌 동생들 중 아무나 황제가 되었어도 제국이 이 꼴이 되지는 않았을 거라 말한다.

한때 대륙 최강의 제국이 한 명의 암군에 의해 모든 걸 날려 먹었다.

한때 자유로웠던 제국이 한 명의 폭군에 의해 공포에 벌벌 떠는 나라로 변모했다.

한때 찬란했던 제국의 역사가 무능한 존재로 마지막을 향해 달려 나갔다.

그렇기에 제국민들은 그를 원망했다.

아마 그가 죽으면 제국민들은 환호할 것이다.

"끄아아! 억울해!"

개처럼 일했음에도 불구하고 제국은 전과는 비교도 할 수 없을 정도로 약해졌다. 그래도 가까스로 살아남아 제국의 마지막 황제가 되지 않은 게 다행이라면 다행이랄까?

"난…… 그냥 살고 싶었을 뿐인데! 내 잘못도 아닌데! 헉 헉…… 개 같은 놈들, 헉……헉……."

"폐하, 말씀을 아끼소서."

숨이 가빠 오는 것을 느끼며 헉헉대자 의원이 재빨리 안정을 취하라며 그를 달랬다.

하지만 제국 역사에 길이 남을 폭군이라고 말하는 제국민들의 목소리가 들려오는 것 같자 억울해 미칠 것 같았다.

"염병할! 황제 안 한다고 그렇게 말했건만 떠밀어 놓고선, 뭐? 폭군? 쿨럭! 쿨럭!"

"폐하, 고정하시옵소서."

억울함에 피를 토하는 자신을 보고 황급히 어의가 말했지만 이미 마지막이 다가오고 있음을 아는 황제는 억울한 표정으로 고함만 내지를 뿐이었다.

한참을 분노에 찬 외침을 토해 내던 황제가 진이 빠진 표정으로 어의에게 물었다.

"황제가 되지 않았으면 좀 더 살았을까?"

억울한 표정으로 어의를 보면서 묻자 그가 애써 고개를 돌렸다.

"그러셨을 것이옵니다. 과로만 안 하셨어도……."

어의가 말끝을 흐리면서 눈을 질끈 감자 황제가 표정을 일그러뜨렸다.

"아…… 엿 같다."

처음에 황제가 되면 온갖 귀환 약재들을 먹고 몸 상태가 더 좋아지지 않을까 하는 희망을 가져 봤지만 그런 건 개뿔.

황자들의 반란으로 정신이 없었고, 수많은 암살자와 습격으로 황궁 밖으로 나가는 건 1년에 한 번 정도였다. 황제에 오른 이후 수많은 독살 위협 속에서 전쟁으로 국고가 탕진해 몇 년 동안은 귀족보다 못한 생활을 하기도 했다.

제국의 위기를 몇 차례나 극복하고 이제 좀 살 만해지니까 몸 상태가 돌이킬 수 없게 변해 버렸다.

"인생 참 × 같아. 그치?"

　옆에서 자신을 보면서 서 있는 기사를 돌아보았다. 사실상 자신이 지금까지 살아 있을 수 있는 이유이자 대륙 최강자인 황궁 기사단장이 안쓰러운 표정을 짓고 있었다.

　올해로 겨우 서른이 넘은 그였지만 대륙에서 가장 압도적인 무력을 갖고 있었다.

　역사에 이름을 남길 만한 천재.

　그런 그가 안타까운 표정으로 황제를 바라보았다.

"소신이 좀 더 잘 보필했어야 했는데……. 송구합니다."

"하아…… 하아…… 다음…… 황위는 황……태녀에게 양위될…… 것……이오."

　결혼조차 못 한 자신이기에 열 살 넘게 차이 나는 어린 동생을 황태녀로 삼았다. 아무리 재능 있는 그녀라도 이 제국을 일으켜 세우려면 평생을 다 바쳐도 모자랄 것이다.

　그래도 다행인 것은 물려주기에 미안할 정도로 망가져 버린 이 제국이지만 벌레들은 정리했기에 뭐든 할 수 있다는 점이다.

　이제 정말 마지막 순간이 다가왔음을 느끼며 마지막으로 창밖을 바라보았다.

"참…… × 같은…… 인생……이었다."

"고생하셨습니다. 부디 그곳에선 편안하시길……."

그리고 기사단장의 마지막 인사를 들으면서 겨우 잡고 있던 끈을 완전히 놓아 버렸다.

그렇게 고단했던 인생을 끝내고 안식에 들어갈 줄 알았다.

그러나 의식이 꺼지는 그 순간 빛무리에 휩싸인 그는 새하얀 공간으로 이동되었다.

"여긴……."

-안녕?

악동 같은 모습을 한 소년이 자신을 향해 반갑게 손을 흔들었다.

그런 그를 향해 황제가 물었다.

"넌 누구지?"

-나? 신.

자신을 손가락으로 가리키며 말하는 신.

해맑게 웃는 그를 향해 황제가 이를 갈며 양손을 들었다.

"너 이 새끼. 잘 만났다."

만약 만나면 죽빵을 날려 버리겠다고 다짐했던 황제는 고함을 지르며 달려들었다.

그런 황제를 보며 소년의 모습을 한 신은 악동 같은 표정으로 말했다.

-명색이 신인데 너무한 거 아니야?

자신에게 달려드는 황제를 여유롭게 피해 내면서 입꼬리

를 올렸다.

황제가 평생 고생하던 모습을 지켜본 것이 퍽 재밌었기 때문이다.

죽는 그 순간까지 자신을 욕하던 황제의 모습은 오랜 세월 살아온 신에게 재미를 안겨다 주기에 충분했다.

그렇기에 자신에게 주먹을 휘두르는 황제의 무례마저 즐겁게 받아들였다.

"헉……헉……."

제풀에 지친 황제가 바닥에 주저앉았다.

그런 그를 향해 악동 같은 신이 슬며시 다가왔다.

ㅡ억울하지? 뼈 빠지게 일했는데 평가가 그지 같아서.

신의 놀림에 황제의 이마에 혈관이 돋아났다.

이를 갈면서 째려보는 황제에게 신이 은근히 제안했다.

ㅡ다시 한번 해 볼래? 회귀시켜 줄게.

신의 은근한 꼬드김에 이를 갈던 황제의 눈이 고요하게 변했다.

분노로 일렁이던 눈빛이 심해에 가라앉은 것처럼 깊게 변하며 가만히 신을 바라보았다.

"싫어."

ㅡ……응?

예상과는 다른 반응에 신이 당황한 표정을 지었다.

ㅡ억울하지 않아?

"억울하지."

개같이 고생해서 겨우겨우 제국의 명줄을 늘려 놨더니 평가는 최악이다.

어찌 억울하지 않을까?

—그런데 왜 거절하지?

황제가 신을 가만히 바라보았다.

"너 같으면 그 고생을 또 하고 싶겠냐?"

황제의 말에 신이 입을 다물었다.

자신이 봐도 눈앞의 황제는 개고생을 하며 살아왔다.

죽기 직전까지 고생만 하다 온 걸 누구보다 잘 알기에 장난기 많은 신조차 입을 다물 수밖에 없었다.

—이대로 그냥 죽을 거야? 아쉽지 않아?

"어. 하나도 안 아쉬워."

황제의 단호한 말에 신이 잠시 고민하더니 비밀 하나를 털어놓았다.

—지구에 있는 네 가족들. 궁금하지 않아?

"……뭐?"

황제가 멍하니 되묻는 순간, 그의 앞에 지구에 있는 자신의 가족들이 보였다.

아버지가 죽고 홀로 자식들을 키우며 평생 고생만 하던 어머니.

의대를 가고 싶었지만 가정 형편 때문에 포기하려 했던 여동생.

가정 형편 때문에 스무 살이 되자마자 공장으로 취직하려 했던 남동생.

그들은 자신이 알던 모습과는 전혀 다른 삶을 살고 있었다.

"어……."

황제가 당황한 표정으로 익숙지 않은 모습의 가족들을 바라보았다.

명품을 온몸에 두른 자신의 어머니.

의사가 된 여동생은 엄청난 크기의 개인 병원을 갖고 있었다.

남동생은 스포츠카를 몰고 다니는 대형 너튜버가 되었다.

모두가 행복한 삶을 살고 있는 모습.

―네가 죽기 직전 빌었던 소원이야. 어때?

행복하게 사는 가족들의 모습은 굉장히 낯설었다.

하지만 자신이 죽기 직전 그토록 원하던 모습이었기에 절로 고개가 끄덕여졌다.

만족하는 황제의 모습에 신이 빙그레 웃으며 말했다.

―내기에서 진 지구의 신이 보상으로 네가 바라던 소원을 이루어 준 거야.

"내기?"

―응. 지구의 신은 네가 제국을 못 지킬 거라 했거든. 난 반대

에 걸었고. 역시 인생은 한 방 아니겠어? 불가능해 보이는 쪽에 걸어서 대박 났지!

한 방 제대로 터졌다는 듯 환하게 웃음 짓는 신을 보면서 황제가 주먹을 불끈 쥐고 부들부들 떨었다.

-화났어? 응? 미안. 헤헤! 그래도 소원을 이뤄 줬잖아. 화 풀어!

퍽!

익살스러운 미소로 말하는 신에게 기어코 한 방 먹인 황제는 씩씩거리면서 자리에 주저앉았다.

일부러 맞아 준 신이 히죽 웃으면서 황제에게 말했다.

-네 덕분에 얻은 게 좀 많거든. 그러니까 추가 보상을 줄게.

"추가 보상?"

-응. 대신 조건이 있어.

"……뭐지?"

황제의 물음에 신이 빙그레 웃으며 말했다.

-네가 회귀하는 것.

신의 말에 황제는 더 볼 것도 없다는 듯 한 손을 들어 중지를 치켜세웠다.

-너무행!

귀여운 척하는 신을 보면서 다른 손의 중지도 들어 주자 그가 키득거리면서 말했다.

-정말 아쉽지 않아?

"뭐?"

-몸만 괜찮았더라면 할 수 있는 것이 더 많았을 텐데.

신의 말에 황제가 표정을 일그러뜨렸다.

그의 말처럼 몸이 괜찮았더라면 지금보다 훨씬 수월하게 제국을 장악했을 것이고, 그러면 결과가 많이 바뀌었을지도 몰랐다.

-몸을 회복할 수 있는 방법. 그거 알려 줄게.

"안 해."

-거기다 특별 보너스로 능력 하나 더 얹어 준다!

"꺼져!"

황제가 어림도 없다는 듯 손을 휘젓자 신이 은근한 어투로 말했다.

딱 봐도 자신이 회귀하는 것으로 뭔가 내기라도 한 것 같은 느낌이 들었다.

또 신에게 놀아날 생각이 없었던 황제는 단호하게 손을 내저었다.

그러자 신이 조심스레 다가오며 속닥거렸다.

-그냥 회귀만 해. 그럼 특별한 능력이 덤으로 얹힌다니까?

"……."

-어떤 조건도 없어. 그냥 회귀만 하면 되는 거야. 정상적인 몸으로 뭘 할 수 있을지 궁금하지 않아?

"음……."

─솔직히 너도 아쉽잖아. 이참에 돌아가서 욜로 라이프를 즐겨 보는 것도 괜찮지 않겠어?

은근한 신의 꼬드김에 황제가 아주 잠깐 욜로 라이프를 즐기는 자신의 모습을 상상하며 '괜찮지 않을까?'란 생각을 했다.

그리고 그 순간 신의 입가에 진한 미소가 드리워지며 손가락을 튕겼다.

─접수 완료!

"뭐?"

신의 말에 황제가 당황하며 그를 바라본 순간, 뒤편에 검은 구멍이 생기며 그를 빨아들이기 시작했다.

─그동안 고생했으니 이번엔 잘 살아 봐. 될진 모르겠지만.

신이 키득거리며 말했고, 황제의 의식은 그 말을 끝으로 끊어졌다.

원치 않는 회귀!

검은 구멍으로 빨려 들어가 의식이 꺼졌던 카리엘이 눈을 뜬 순간 본 건 아주 오래전에 보았던 풍경이었다.

"여긴……."

어렸을 적 자신이 썼던 방임을 기억해 낸 카리엘이 미간을 찌푸렸다.

그러다 자신의 손을 바라보았다.

아주 어릴 적으로 회귀한 것은 아닌 듯, 어느 정도 자란 손이 눈에 보였다.

"결국 회귀한 건가?"

카리엘이 그렇게 중얼거리면서 이내 이를 바득 갈았다.

신에게 사기당해 회귀하게 된 카리엘은 분노 어린 표정으로 창밖에 비치는 하늘을 바라보았다.

눈앞에 신이 있다면 지쳐 쓰러질 때까지 죽빵을 날려 버리고 싶은 기분이었다.

바로 그때, 귓가에 괴상한 소리가 들려왔다.

─빰빠밤!

귓가로 퍼지는 트럼펫 소리와 함께 새하얀 빛 가루가 터지면서 카리엘의 앞에 반투명한 창이 생겨났다.

> 안녕? 회귀는 잘했어?
> 헤헤! 약속대로 보상을 주려고.
> 왜 직접 나타나지 않느냐고 하면…… 앞에 나타나면 또 때릴 거잖아?
> 나눈 아푼 거 시러움! 데헷!

빠득!

절로 이가 갈리는 문장에 카리엘이 이를 바득바득 갈면서 반투명한 창을 바라보았다.

그러자 기존에 있던 글이 사라지고 새로운 글자가 생성되었다.

> 더 하면 화병으로 죽을지도 모르니까 그만할게.
> 약속했던 보상이 궁금하겠지?

이 메시지가 사라지면 곧바로 보상이 지급될 거야.
이번엔 부디 행복한 삶을 살길 바랄게.
그럼 이번 생도 파이팅♥

욕이 절로 나오는 메시지가 끝나고 마침내 반투명한 창에
받기로 했던 보상이 떠올랐다.

신의 축복으로 당신에게 고유 능력이 부여됩니다. 당신의 고유 능력은
'불의 계약자'입니다.
※불과 관련된 압도적인 재능이 계약에 관련된 특성으로 발현됩니다.
당신은 불과 관련된 어떤 존재와도 계약할 수 있는 잠재 능력이 있습니
다.

"……계약자?"

카리엘이 의문을 표하는 순간 카리엘의 몸이 환하게 빛나
면서 빛들이 몸 안으로 스며들었다.

그 순간 남은 보상을 지급하기 위해 반투명한 창이 생겨났
다.

당신의 불치병은 과도한 혈계 능력(모든 화염 계열 능력 사용 가능으로
인한 것입니다. 과도한 불의 축복으로 인해 몸 안에 쌓인 막대한 화기가
그대의 생명을 갉아먹고 있습니다.
현시점에서 가능한 회복 방법을 찾습니다.
회복 방법 탐색 중…….

탐색 중이라는 글과 함께 한참을 멈춰 있던 반투명한 창이 변화를 일으켰다.

고유 능력 계약자와 혈계 능력을 활용할 방법을 찾습니다.

1. 몸 안에 쌓인 화기를 대가로 신화적 존재의 조각들과 계약한다.
추천 : 멸망의 마신의 파편, 태양을 삼킨 마수의 파편, 지옥 문지기의 파편, 불의 정령왕의 파편.
※(중요) 추천란에 있는 존재와 전부 계약하면 그랜드 마스터급이 될 수 있습니다.

2. 특별한 단련법으로 몸을 강화한다.
추천 : 웨어울프의 강체술.

자신이 몸을 회복할 수 있는 방법이 적혀 있는 반투명한 창을 빤히 바라보던 카리엘이 중얼거렸다.
"대체…… 파편이 뭐지?"

신화 시대의 고귀했던 존재의 일부분입니다. 유물이나 고대의 유적지 등에 잠들어 있습니다.

카리엘의 물음에 답하듯 허공에 새겨지는 문자들.
그것을 바라보며 생각을 정리하던 카리엘의 눈앞에서 반투명한 창이 새로운 글자들을 생성했다.

신의 보상이 전부 지급되었습니다.
10초 뒤에 이 창은 사라집니다.
10……9……8……1!

―뻥!

'뻥!' 소리와 함께 사라지는 반투명한 창.

지구에서 읽은 소설에서는 시스템 창도 있고, 먼치킨 같은 스킬도 주던데, 이놈은 고작 방법 몇 가지 알려 주곤 사라져 버렸다.

어이가 없어서 한참 동안 멍하니 반투명한 창이 있었던 자리를 바라보던 카리엘. 그가 황급히 자리에서 일어났다.

온몸이 욱신거리며 아파 왔지만 이를 악물고 참아 내며 책상 앞에 앉았다.

그러고는 황급히 회복 방법을 하나하나 적어 나갔다.

그러다 문득 신이 말했던 욜로 라이프라는 단어가 생각났다.

"욜로 라이프라……."

카리엘이 조용히 중얼거리면서 생각에 잠겼다.

'과연 그게 가능할까?'란 의문이 들다가 뭔가가 머리에 스쳐 지나갔다.

"황제 자리를 걸고 거래한다면……."

방금 떠오른 생각이었는데 금세 그럴싸한 계획들이 마구 솟아났다.

자신의 욜로 라이프에 황제란 자리는 걸림돌이다.

평화로운 시기였다면 암군이 되어서라도 황제가 되어 볼 생각을 할 수 있을 것이다.

하지만 미래를 생각하면 황제란 자리는 자신의 행복을 방해하는 짐 덩어리에 불과했다.

마치 악상이 떠오른 작곡가처럼 미친 듯이 계획들을 적어 나가던 카리엘은 뻑뻑해진 눈을 비비며 자리에서 일어났다.

"일단 이 정도로 해 둘까?"

카리엘은 그렇게 중얼거리면서 서랍에 지금까지 적은 것들을 넣어 두고는 자리에서 일어났다.

"쿨럭!"

자리에서 일어나는 순간 몸이 휘청이면서 바닥으로 쓰러졌다.

'콰당!' 소리가 나며 카리엘이 쓰러지자 밖에서 황급히 시종이 들어왔다.

"전하!"

쓰러진 카리엘을 보고선 황급히 달려와 부축하는 남자.

"타……리……온."

"몸도 성치 않으신데 무리하시면 아니 됩니다!"

전생에 자신을 마지막까지 구하려다 죽은 믿음직한 황태

자궁의 시종장.

그런 그가 살아서 자신을 걱정스레 바라보고 있는 모습은 묘한 감정을 일으켰다.

타리온은 호들갑을 떨면서 포션까지 가져와 먹이고는 절대 움직이지 말라고 말하며 옆을 단단히 지키고 서 있었다.

그런 타리온을 보며 카리엘은 쓴웃음을 지었다.

'타리온이 그렇게 죽을 줄은 몰랐지.'

마스터를 제외하고 제국에서 열 손가락 안에 들어가는 강자인 그가 자신의 방심으로 인해 죽었다.

그것도 같은 편이라고 믿었던 작자들에게.

'이번 생은 그렇게 죽게 놔둬선 안 되겠지.'

그렇게 결심한 카리엘은 타리온의 걱정 어린 잔소리를 한 귀로 흘려 내며 잠시 생각을 정리했다.

"타리온."

"……예? 부르셨습니까?"

한창 걱정 어린 말투로 열심히 말하던 타리온이 정신을 차리고 카리엘을 바라보았다.

"부탁할 게 있어."

카리엘의 말에 타리온의 눈이 커다랗게 떠졌다.

항상 몸이 안 좋아 의욕이 없어 보이던 그가 이렇게 자신에게 부탁까지 한다는 게 감격스러웠는지 눈시울이 붉어졌다.

"전하, 어떤 것이든 말씀만 해 주십시오. 소신, 목숨 바쳐서라도……."

"목숨 걸 필요 없어. 간단한 거야. 일단 종이부터 가져와 봐."

"예!"

카리엘이 전쟁이라도 나갈 기세로 말하는 타리온을 만류하며 그가 가져온 종이에 부탁할 것들을 적어 내려갔다.

"어? 간단한 거라고 하시지 않았습니까?"

어느새 종이가 빽빽하게 글자들로 채워지는 모습에 타리온이 당황하기 시작했다.

생각보다 자세하게 적혀 있는 글자들.

물론 그것들 대부분은 의미 없는 글자들이었다.

힘들다 칭얼거리는 것처럼 쓰여 있는 것도 있었고, 어떤 과일을 구해 오라고 적혀 있기도 했다.

처음엔 당황하던 타리온의 눈동자가 이내 크게 떠졌다.

"이, 이건……."

"쉿!"

카리엘이 손가락을 입술에 대며 고개를 가로젓자 타리온은 고개를 황급히 끄덕였다.

빽빽하게 적혀 있었지만 어린아이의 일기장처럼 보일 정도로 두서없는 문장들에는 몇 가지 규칙이 있었다.

그리고 그 규칙들은 타리온이 아주 잘 알고 있는 것이기도 했다.

'전생에 타리온이 알려 준 것이니까.'

분명 이 시기에도 타리온이 알려 준 적이 있었다.

하지만 그때 당시의 자신은 몸을 회복할 방법을 찾느라 아주 천천히 배웠었다.

"훌륭하십니다!"

타리온이 엄지를 들어 올리며 말하고는 천천히 읽어 내려갔다.

잡다한 것들이 여러 개 섞여 있었지만 단번에 중요 포인트를 잡아냈다.

가장 중요한 건 크게 세 가지였다.

1. 황제파 중에 자신의 이름을 갖고 장난치는 놈들의 명단.

2. 그들 중에 범죄 집단과 연루되어 있는 자들을 추려 낼 것.

3. 마지막으로 자신의 궁에 있는 첩자들의 명단을 가져올 것.

전부 읽어 내려간 타리온은 걱정스레 카리엘을 바라보았다.

"이건…… 너무…… 위험합니다."

타리온의 걱정 어린 표정에 카리엘이 피식 웃으면서 말했다.

"당장 뭘 할 생각은 없어. 하지만 어느 정도 파악은 하고 있어야 하지 않겠어?"

카리엘의 말에 타리온이 한숨을 쉬며 작게 고개를 끄덕였다.

오래전부터 구축된 제국의 세 개의 파벌.

그중에 가장 힘이 약한 황제파를 위해서 황족들은 자신들의 파벌이 이름을 빌려 쓰며 사업을 벌이는 것을 묵인해 왔다.

심지어 범죄를 저지른 것을 무마하기 위해 황족의 이름을 빌려 쓰는 것조차 어느 정도 용인해 온 게 사실이었다.

전생의 카리엘 역시 황제가 되기 위해, 황제파를 계속 끌고 가기 위해 자신의 이름을 빌려주며 눈감아 준 적이 수도 없이 많았다.

'이번 생에선 그딴 거 없다.'

카리엘이 그렇게 생각하며 이를 갈았다.

물론 지금 당장은 움직일 수 없다.

몸 상태도 쓰레기였고, 정보나 기반이 전무했으니 뭘 할 수 있을 리 없었다.

하지만 지금 시기에도 타리온이 개인적으로 키워 놓은 작은 세력 정도는 있었다.

'작지만 내실은 다져져 있는 집단이니 겉으로 드러난 것 정도는 파악할 수 있겠지.'

그의 생각처럼 타리온은 작게 고개를 끄덕이며 말했다.

"가능은 합니다. 하지만……."

"정말로 뭐 할 생각 없으니 알아보기만 해."

"……알겠습니다."

타리온이 마지못해 대답하자 카리엘이 빙그레 웃으며 입을 열었다.

"시종 하나만 불러와."

"뭐, 명령하실 거라도……."

"아! 알아볼 게 있어서 황궁 도서관에 심부름 좀 시킬 생각이야."

"저한테 말씀하십시오!"

자신한테 맡겨 달라는 듯 가슴을 통통 치는 그를 보면서 카리엘이 고개를 저었다.

"타리온은 그거 알아봐야지."

"얼마 안 되는 양이라면 제가 충분히 할 수 있습니다."

"그래?"

타리온이 자신만만하게 말하자 카리엘이 빙그레 웃으면서 종이를 가져오게 시킨 다음 대충 기억나는 책들을 적어 나갔다.

신화 시대에 대한 역사서부터 무술, 그리고 몬스터에 대한 백과사전까지 적어 나갔다.

물론 첩자들에게 혼란을 줄 겸 잡다한 것들도 섞어서 적었다.

"어……."

"물론 이건 당장 가져오는 것이고, 당연히 내 몸을 회복할 방법을 찾을 겸 약초학이나 이 병에 관한 문서들도 갖고 오게 할 거야."

"음……."

"많지?"

카리엘의 물음에 타리온이 어색하게 웃으며 작게 고개를 끄덕였다.

"불러와."

"넵!"

마치 군인이 경례하듯 답하던 타리온은 당황한 표정으로 기품 있게 허리를 숙이고는 방을 나섰다.

잠시 후, 타리온을 대신해 시종이 들어오자 카리엘은 도서관에서 가져와야 할 책들이 적힌 종이를 넘기고선 다시금 생각에 잠겼다.

타리온을 잃었던 가장 큰 이유.

그건 같은 편이라고 생각했던 자들의 배신 때문이었다.

'황제파…….'

황제파에 대해 생각하며 카리엘이 이를 갈았다.

지금 와서 보면 아무짝에도 쓸모없는 자들이다.

평화로운 시대라면 쓰레기 같은 그들이라도 끌고 갈 생각이 있겠지만, 미래는 지옥이었다.

게다가 자신은 황제가 되려는 생각도 없었기에 황제파를 끌고 갈 하등의 이유가 없었다.

'황제파를 내 욜로 라이프를 위한 제물로 삼는다.'

그렇게 생각을 굳힌 카리엘이 빙그레 웃었다.

전생처럼 방심할 일도, 멍청하게 당해 줄 생각도 없었다.

황제가 되어 개고생을 하면서 생긴 그의 신념.

그건 바로 '두 번 당하면 ×신이다.'였다.

이번 생에는 그렇게 되지 않으려면 어떻게 해야 할까?

'얻을 것만 얻고 황궁에서 튄다.'

전생에 자신을 고생시킨 주범들인 황제파를 박살 내기 위해서 고심했다.

황궁을 떠나기 전까지 어떻게 하면 더 많은 황제파를 박살 내고 갈 수 있을지에 대해 생각하며 그들의 약점을 종이에 적어 내려갔다.

그 결과, 그 고심 끝에 떠나기 전 반드시 해야 할 첫 번째 목적이 정해졌다.

'재상은 무조건 조지고 가야지.'

현 황제의 신임을 받고 있는 재상.

자신이 전생에 고생할 수밖에 없었던 가장 큰 원흉은 황제파의 주축이라 할 수 있는 재상이었다.

본래 황제파를 이끌던 후작가 하나를 끌어내리고 자작가를 후작가로 만든 천재.

황제 대신 귀족파와 중립파, 황제파의 의견을 잘 조율하는 것으로 유명한 존재였다.

그러나 그가 유명한 가장 큰 이유는 청렴하다는 것이었다.

공을 세워도 대부분 자신을 따르는 이들에게 나눠 주자 황제가 직접 후작위에 봉했다고 전해질 만큼 깨끗하다고 알려져 있다.

하지만 그건 다 뻥이었다.

"청렴하긴 개뿔……."

카리엘이 이를 갈면서 재상을 향해 욕설을 내뱉었다.

자신도 어렸을 적에는 뭣도 모르고 그를 청렴하다 생각했다.

"그게 다 가면이었지."

재상은 몸속에 수천 마리의 능구렁이가 있다고 생각될 만큼 얍삽하고 욕심이 많았다.

그리고 그런 그의 본심은 황제가 죽은 후 드러나게 된다.

힘도, 기반도 약한 자신을 대신한다는 명목으로 제국을 분열시키고 사욕을 채우려 한 것이다.

으득!

카리엘은 다시 이를 빠득 갈면서 재상에 대한 분노를 불태웠다.

재상만 아니었어도 전생에 고생했을 것이 3분의 1은 줄었을 것이다.

"후…… 침착하자."

분노해 봤자 자신만 힘들어질 것이라는 걸 아는 카리엘이 명상하며 애써 분노를 잠재웠다.

몸 안에 있는 화기 덩어리가 분노라는 감정에 잘 동화되는 녀석이라 극한 분노에 휩싸이면 자칫 위험해질 수 있었다.

"전하, 명하신 책들을 가져왔사옵니다!"

"들어와."

문밖에서 들려오는 소리에 카리엘이 들어오라고 명했다.

그의 명령에 시종이 수레에 산더미처럼 쌓인 책들을 가지고 들어왔다.

"이게 전부야?"

"아닙니다. 이만한 책 더미가 네 번 정도는 더 와야 할 것 같습니다."

지금 방을 채운 책만 해도 그 수가 엄청난데 앞으로 이것의 4배가 쌓일 예정이라는 사실에 잠시 말을 잊은 카리엘.

하지만 이내 고개를 끄덕이고는 물러가라고 명령했다.

"많긴 하네."

카리엘이 그렇게 말하면서 가장 기초적인 서적부터 탐독하기 시작했다.

마음 같아선 저명한 아카데미의 교수들을 불러 자문을 구하고 싶지만, 그랬다간 자신의 정보도 유출될 것을 감당해야 했다.

그럴 바에 혼자 알아보는 편이 마음이 편했다.

"……음."

방대한 양의 책들을 보면서 순간 '중요하지 않은 정보들은 교수들에게 자문을 구해 볼까?' 하는 생각이 들었다.

하지만 이내 고개를 저었다.

이곳 수도에는 똑똑한 놈들이 너무 많았다.

제국에서 머리 좀 쓸 만하다 싶은 놈들은 죄다 모여든 곳이기에 조각조각 난 정보들을 취합해서 카리엘이 숨기고자 하는 정보를 유추할 수도 있었다.

결국 혼자서 알아보겠다고 마음먹은 후에 가장 중요한 것부터 순서를 정해 나갔다.

1. 웨어울프 강체술.
2. 계약해야 될 존재들이 어떤 자들인지 알아볼 것.
3. 화기를 억제시킬 방법을 찾을 것.
4. 계약할 존재들의 상세 위치와 계약 방법 등을 찾을 것.

크게 이 네 가지였는데 가장 쉬운 것부터 해 나갈 생각이었다.

신이 준 정보들 중에서 가장 명확한 힌트는 웨어울프의 강체술이었기에 그것에 관련된 것부터 찾기 시작했다.

그래도 황궁 도서관이라 그런지 상당히 수준 높은 정보들이 담겨 있는 책들이 있었다.

가장 먼저 몬스터 대백과사전을 선택한 카리엘이 천천히 책장을 넘겼다.

"호, 역시 몬스터들도 만만치 않아."

카리엘이 전생을 생각하며 고개를 주억거렸다.

몬스터 웨이브로 고생할 때를 생각하면 아직도 치가 떨렸다.

분명 각 지역의 변경백들이 수차례나 경고했음에도 빌어먹을 반란과 인접 국가들의 침공 때문에 제대로 대비하지 못했다.

그 때문에 수도가 함락 직전까지 가서 피난했어야만 했다.

지금 생각해 보면 굉장히 억울한 일이었다.

분명 자신은 몬스터에 관해 대비하려고 했는데, 빌어먹을 반란과 인접국의 공격 때문에 때를 놓친 것뿐이었다.

"큽!"

분노하자 다시금 머리를 뜨겁게 달구는 화기 덩어리들.

카리엘은 곧바로 눈을 감고 명상에 잠겼다.

그리고 속으로 연신 '침착하자.'라고 외치며 분노를 잠재웠다.

"후……."

그렇게 간신히 머리끝까지 뻗치는 분노를 잠재운 카리엘은 몬스터에 관한 책을 탐독했다.

지금 카리엘이 읽고 있는 몬스터 대백과사전은 단순히 특징만을 적어 놓은 것이 아니었다.

무려 황족이 읽는 책답게 각 몬스터에 대한 정보들이 세세하게 적혀 있었다.

그중에는 각 종족들이 사용하는 힘에 관한 서술도 있었다.

"확실히 마나 숙성법도 연구할 가치는 있어."

카리엘이 그렇게 중얼거리면서 고개를 주억거렸다.

한때 화기를 잠재우기 위해 마나를 깊이 연구했던 카리엘이기에 몬스터들이 사용하는 마나 숙성법의 가치를 누구보다 높게 평가하고 있었다.

카리엘은 이곳 출신이 아니기에 몬스터들의 기술에 대해서도 편견을 갖지 않은 시선으로 바라봤다.

그런데 그 와중에 몬스터 웨이브까지 터지니 몬스터들이 사용하는 마나 활용에 대해 좀 더 심도 있게 연구하게 되었고, 몬스터들의 마나 활용이 어떤 면에선 인간들보다 훨씬 수준 높은 경지에 이르렀다는 것을 알게 되었다.

물론 마법사들이나 학자들은 이런 카리엘을 못마땅해했다.

하긴, 황제란 작자가 미개한 몬스터들의 기술을 연구하고

앉았으니 학자들 입장에선 황제가 미친놈처럼 보일 만도 했다.

"학자란 인간들이 오히려 틀에 박힌 사고를 갖고 있으니……."

카리엘이 그렇게 중얼거리면서 혀를 찼다.

그러고선 대륙의 모든 마나 활용법을 모아 둔 고서를 들었다.

대부분 익히 아는 것들이었으나 몇 가지는 흥미로운 것들도 있었다.

"확실히 흥미롭긴 해."

카리엘이 그렇게 중얼거리면서 책장을 넘겼다.

학자들조차 얼마나 더 많은 종류가 있을지 가늠조차 못 하는 수준까지 와 버린 현대의 마나 활용법들.

물론 그렇게 많은 마나 활용법도 크게 보면 결국 두 개로 나뉜다.

마나 숙성법.

마나 정제법.

고대부터 내려온 이 두 가지의 방법은 현재에 이르러서 다양한 방식으로 발전했다.

인류와 아인종은 마나 정제법 계열로.

인류를 제외한 몬스터라 불리는 대부분의 종족들은 마나 숙성법 계열로.

인간들이 마나 정제법을 선택한 이유는 간단했다.

각각의 방법들은 장단점이 명확했는데, 먼저 인간들이 선택한 마나 정제법의 장점은 이러했다.

1. 안전하다.
2. 가공하기 편리하다.

그렇다면 몬스터들이 선택한 마나 숙성법의 장점은?

1. 빠르게 강해지는 게 가능하다.
2. 회복 속도가 빠르다.
3. 단순하다.

장점이 극명하게 갈리는 만큼 단점들도 명확했다.

마나 정제법은 마나 숙성법에 비해 강해지고 마나를 쌓는데 시간이 오래 걸리고 복잡한 과정을 거쳐야 했다.

반면에 마나 숙성법은 불완전했다.

그만큼 위험을 동반해야 한다는 뜻.

몬스터들이 마나 숙성법을 선택한 이유는 태어나는 그 순간부터 위험에 직면하기 때문이다.

매 순간이 치열한 전쟁터와 같은 그들은 살아남기 위해서라도 어쩔 수 없이 마나 숙성법을 선택해야만 했다.

반면에 인간들과 아인종들은 그렇지 않았기에 리스크를 최대한 줄이는 방법으로 마나 정제법을 선택한 것이다.

　그렇기에 가뜩이나 몸이 약한 카리엘이 마나 숙성법을 익힐 경우 더 위험해질 수 있었다.

　하지만 마나 정제법을 극한까지 단련한 자들과 고명한 학자들도 결국 카리엘의 화기를 제어할 방법을 찾지 못했기에 방법은 이것밖에 없었다.

　'리스크는 감내한다.'

　언제까지 평생 화기에 질질 끌려다닐 수는 없는 법.

　어느 정도의 리스크는 감내하겠다는 마음가짐으로 웨어울프에 관한 정보들을 뒤져 봤지만 결과는 실망스러웠다.

　"역시 별거 없네."

　카리엘이 한숨을 쉬며 고개를 절레절레 흔들었다.

　전생에서 이미 알아봤던 것이기에 곧바로 뭔가가 나오진 않았다.

　"분명 그때 웨어울프도 알아봤는데……."

　전생에 학자들과 알아본 바로는 웨어울프의 마나 운용도 오크들이나 다른 몬스터들과 크게 다르지 않았다.

　그들의 강력한 몸을 기반으로 하는 마나 숙성법.

　그리고 그것을 이용한 투술까지.

　모든 것을 알아보았던 카리엘이기에 고개를 갸웃거릴 수밖에 없었다.

몬스터 백과사전에 있는 내용은 대부분 익히 아는 내용이었기에 심드렁한 표정으로 책장을 넘기던 카리엘은 갑자기 멈춰 섰다.

-고대 웨어울프들 중에는 독특한 형태의 마나 활용법을 사용하는 종족이 있었다.

이 문장을 본 카리엘의 눈이 동그랗게 떠졌다.
"맞아. 고대 시절까진 알아보지 않았지."
카리엘이 그렇게 중얼거리면서 다음 장을 넘겨 보았지만 간단한 개념만 있을 뿐, 자세하게는 나와 있지 않았다.

-일반적인 투술이 아닌 신체 능력 극대화와 본능을 갈고닦는 개념의 고대 웨어울프의 무투술.

웨어울프 내에서도 사장된 기술이기에 자료는 얼마 없었다.
카리엘도 신이 알려 준 힌트가 아니었다면 넘겼을 만큼 볼품없는 서술이었다.
그럼에도 불구하고 카리엘은 만족했다.
"방향은 잡았네."
카리엘이 그렇게 말하며 빙그레 웃었다.

상세한 내용은 다른 곳에서 찾으면 그만이다.

웨어울프에 관해서 파헤치다 보면 어느 정도 정보는 나올 터.

한 가지 걱정되는 점은 너무 오래전의 일이라면 자료가 얼마 남아 있지 않을 가능성도 있다는 것이다.

'부디 남아 있기를 바라야겠지.'

대륙에서 가장 많은 장서량을 자랑하는 제국의 황궁 도서관을 믿으며 카리엘은 몬스터들에 관한 책들을 한쪽으로 밀어냈다.

지금 당장 고대 웨어울프에 대해서 찾기보다 다음 순서를 알아보려 했다.

"많기도 하네."

신화 시대에 관련된 서적들이 쌓여 있는 것을 보고 작게 한숨을 쉰 카리엘이 찬찬히 훑어보기 시작했다.

그래도 시간을 아낄 수 있는 것은 전부 불에 관련된 자들만 찾아보면 되었기 때문이다.

"이렇게 많았나?"

신화 시대부터 고대 시절까지만 하더라도 불과 관련된 존재들이 많았다.

거기다 제국의 근간이 되는 불과 관련된 영웅들 역시 엄청나게 많이 존재하고 있었다.

그렇기에 가장 압도적인 존재부터 찾았다.

"멸망의 마신 정도면 쉽게 찾을 줄 알았는데……."

카리엘이 그렇게 중얼거리면서 미간을 찌푸렸다.

무려 '멸망'이란 단어가 들어간 존재였고 마신이란 이명이 붙은 만큼 금방 찾을 줄 알았다.

하지만 어디에도 멸망의 마신이란 존재는 없었다.

"알려 줄 거면 다 알려 줄 것이지. 쪼잔한 새끼."

화딱지가 난 카리엘이 신을 욕하면서 한숨을 푹 쉬었다.

결국 멸망의 마신을 찾는 것은 포기하고 불과 관련된 신들을 찾기 시작했는데, 의외로 다른 존재들은 단서를 생각보다 금방 찾을 수 있었다.

태양을 삼킨 마수 – 태양을 삼킨 늑대 스콜

지옥의 문지기 – 지옥의 충견 가름

불의 정령왕의 파편 – 이그니스 또는 셀라임

그러나 여전히 문제가 있었으니, 그 외에는 자료를 구하기가 어렵다는 점이었다.

태양신을 섬기는 이들에게 배척받은 존재인 스콜.

흑마법사의 난으로 인해 지옥의 존재라면 치를 떨기에 지옥의 문지기인 가름 역시 많은 자료가 유실되어 사라진 상태.

그나마 불의 정령왕의 파편은 그런 것이 없었지만 두 존재

역시 고대 이후 종적이 묘연하기에 자료랄 것이 없었다.

"그럼 그렇지."

신이란 작자가 자신이 쉽게 불치병을 극복하도록 내버려 둘 리가 없었다.

머리를 벅벅 긁으며 한껏 짜증 난 표정을 짓던 카리엘이 신경질적으로 책장을 넘겼다.

그러던 중 불과 관련된 신화의 마지막 책장에서 하나의 이름이 나왔다.

-무스펠의 주인.

머나먼 신화 시대의 종언을 내린 불의 거인이자 무스펠의 왕.

불을 숭배하는 제국에서조차 꺼릴 정도의 존재.

하지만 신화 시대를 끝낸 장본인 중 하나인 만큼 신화 시대에 관련된 역사서에서는 항상 마지막을 장식하는 존재였다.

"신들의 세계마저 소멸시키는 존재라……."

카리엘은 자신을 엿 먹인 신을 생각하며 수르트의 힘을 잠깐이라도 빌려 봤으면 하는 생각을 했다.

그렇게 멍하니 수르트에 관련된 정보들을 뒤적거릴 때였다.

그런 그를 가리키는 수많은 칭호 사이로 작게 적힌 글씨가 보였다.

-멸망의 마신.

"응?"

카리엘은 잘못 봤나 싶어 다시금 자세하게 책을 들여다보았다.

책에는 신화 시대에서 살아남은 자들 중에 수르트를 멸망의 마신으로도 부르는 자들이 있었다고 적혀 있었다.

"진짜 수르트가 멸망의 마신이라고?"

카리엘이 당황한 표정으로 중얼거렸다.

"정말로?"

카리엘이 믿을 수 없다는 표정으로 중얼거리다 벌떡 일어났다.

"황궁 보물 창고!"

머릿속으로 스쳐 지나는 생각에 카리엘의 눈이 커다랗게 떠졌다.

마침 황궁에 수르트의 유물 중 하나가 보관되어 있었다.

저주를 품고 있었고 진위 여부에도 문제가 있긴 했으나 어차피 밑져야 본전이었다.

"일단 해 봐야지."

카리엘이 그렇게 중얼거리며 입가에 진한 미소를 드리웠다.

그런데 웃고 있던 카리엘이 갑자기 고개를 갸웃거렸다.

신화급 존재들의 유물은 대부분 유실되거나 찾기 힘든 지역에 봉인되어 있는 게 일반적이다.

그중 정말 극히 일부만 각 국가들의 보물 창고에 모셔져 있는데 공교롭게도 수르트의 보물도 딱 하나 제국의 보물 창고에 보관되어 있었다.

그런데 그게 카리엘의 병을 회복하는 데 도움이 된다네?

순간 자신이 받은 보상 '계약자'부터 수르트까지 모든 것이 연결되는 느낌에 카리엘의 표정이 일그러지기 시작했다.

"이 새끼…… 설마 계획한 거냐?"

카리엘이 하늘을 바라보며 자신을 지켜보고 있을 신을 향해 중얼거렸다.

하지만 대답이 들려올 리 없었다.

"하……."

마지막까지 놀아나는 느낌에 결국 뒷목을 잡은 카리엘은 한동안 침대에 누워 일어나지 못했다.

계약

생각보다 오래 걸릴 줄 알았던 신화급 존재와의 계약. 그러나 그것이 예상외로 빠르게 될 것 같자 느긋했던 카리엘이 바빠졌다.

웨어울프의 강체술을 찾아 시간을 벌고 신화급 존재를 천천히 알아볼 생각이었는데 순서가 바뀐 것이다.

'수르트의 유물이 저주받은 게 그나마 다행일까?'

강력한 저주 때문인지 황궁에서도 천덕꾸러기 취급을 받고 있기에 접근은 어렵지 않았다.

비록 무늬만 황태자였지만 권한 자체는 생각보다 강했다. 황궁 보물 창고 중에 상당히 높은 곳까지 접근이 가능했기 때문이다.

'갖고 나오는 건 힘들겠지만 보는 건 가능하겠지.'

카리엘이 그렇게 생각하면서 고개를 주억거렸다.

현재 황궁에 남아 있는 수르트의 보물은 세계를 부순 불의 마검도, 거신의 심장도, 무스펠의 정수도 아닌 그저 수르트의 힘이 일부 담겨 있다고 전해지는 목걸이었다.

주신조차 두려워할 만큼 강대했던 그의 힘이 아주 쥐꼬리만큼 담겼다는 목걸이.

그런데 외부로 새어 나오는 저주 수준은 강력하니 보물로 썬 가치가 없었다.

그저 한때 신화 시대에 종식을 선언한 존재의 힘이 조금이라도 담겼기에 상징적인 의미로 갖고 있을 뿐.

'성국이었다면 어디 처박아 놓고 이중 삼중으로 봉인해 놓았겠지.'

카리엘이 그렇게 생각하며 피식 웃었다. 신이 생각보다 꼼꼼하게 일을 처리했다는 느낌이 들었기 때문이다.

진귀한 보물이라면 접근하기 어려웠을 테지만 아무도 관심을 갖지 않는 저주받은 유물이라면 현 상태의 카리엘이라도 충분히 접근 가능하다는 것을 노린 것이리라.

딸랑!

밖에 있는 시종을 부르는 종소리에 타리온이 직접 문을 열고 들어왔다.

"밖으로 나가겠다."

"좀 더 쉬셔야 합니다."

"가볍게 황궁 안에만 좀 돌아볼 생각이야."

카리엘의 말에 타리온이 한숨을 쉬었다.

"알겠습니다."

타리온이 한숨과 함께 대답하고는 카리엘을 보며 물었다.

"목적지가 있으십니까?"

"황궁 보고."

"……예?"

카리엘의 대답에 타리온의 눈동자에 의아함이 서렸다.

"갑자기 황궁 보고는 왜……?"

'내 몸의 회복과 관련 있어.'

카리엘이 입술만 달싹여 답했으나 오랫동안 카리엘을 보필해 온 타리온은 그것을 대번에 알아듣고 눈동자가 떨렸다.

그동안 카리엘의 몸을 회복하기 위해 백방으로 뛰어다녔음에도 전혀 차도가 없었다.

온갖 약을 써서 화기를 억제시키고, 병의 진행을 멈추는 것이 전부였다.

그리고 그 대가로 평생 마나 활용에 제한을 받으며 병약한 몸으로 살아야 했다.

'확실한 건 아니야.'

카리엘의 대답에 타리온은 작게 고개를 끄덕였다.

방 안에 산더미처럼 쌓인 책들을 보니 카리엘이 답을 찾은 것 같았지만 사실 별 기대는 하지 않았다.

겨우 며칠 알아본 것으로 답을 찾아낼 수 있을 리가 없었기 때문이다.

그저 희망 없이 누워만 있지 않고 이렇게라도 움직이는 것이 대견스럽다고 생각했을 따름이었다.

"준비해."

"예."

타리온이 대답과 동시에 밖으로 나가서 카리엘이 외출할 준비를 했다.

몸이 안 좋은 카리엘은 황궁 내를 돌아다니더라도 마차를 타고 이동해야 했다.

황태자궁 내에서 잠깐 동안 정원을 구경하더라도 특수 제작된 가마에 올라타야 할 정도로 몸이 좋지 않았다.

그렇기에 준비해야 할 것이 많았다.

"준비됐습니다."

타리온이 들어와서 준비가 끝났다고 보고하자 카리엘이 조심스레 걸어 방 밖으로 나갔다.

"조심하셔야 합니다. 어이쿠! 언제나 안전! 안전을……."

"알았어. 조용히 좀 해."

옆에서 쫑알대는 타리온에게 면박을 준 카리엘이 한숨과 함께 마차에 올라탔다.

마차에 올라타는 것조차 타리온의 도움을 받아야 할 정도로 유약한 황태자.

그것이 현재의 카리엘이었다.

'빌어먹을 몸뚱이.'

카리엘이 이를 갈면서 마차에 올라탔다.

장인들이 피와 땀을 갈아 넣어 만든 마차답게 그 흔한 덜 컹거리는 느낌도 없었지만 익숙하지 않은 환경만으로도 피로가 몰려오는 느낌이 들었다.

'새삼 전생에 고생 많이 했네.'

카리엘이 그렇게 생각하며 전생을 회상했다.

황제가 될 때까지 악착같이 회복에 전념하며 겨우 사람 구실 할 정도로 몸을 회복했다.

물론 그 과정에 타리온의 헌신이 없었다면 불가능했을 것이다.

이런저런 잡생각을 하는 와중에 어느새 마차는 목적지까지 도착했다.

"전하를 뵙습니다!"

황궁 보고를 지키는 기사가 경례를 올리며 인사하자 뒤이어 근방에 있는 모든 이들이 허리를 숙였다.

아무리 병약한 황태자라 하더라도 황족은 황족이다.

제국 역사상 최악을 다툴 정도로 무너진 황권과 제대로 된 세력 하나 없는 황태자라 한들 그건 고위 귀족에게나 해당되는 얘기일 뿐.

"전하, 예까진 어인 일로 찾아오셨는지요?"

황궁 보고를 담당하는 내관이 카리엘에게 다가와 허리를 숙이며 말했다.

그러자 카리엘의 미간이 찌푸려졌다.

뒤늦게 온 것도 모자라 마치 자신이 이곳의 주인이라도 되는 양 말하는 꼴을 보니 카리엘의 심사가 뒤틀렸다.

앞서 설명했듯, 아무리 황권이 끝도 없이 추락 중이라 한들 황족은 황족이다.

대부분의 사람들에겐 어려운 존재일 수밖에 없는데, 그에 해당되지 않는 존재들이 일부 있었다.

바로 고위 귀족들이다.

무너지는 황권의 빈틈을 비집고 들어와 자신이 마치 황족보다 대단하다고 생각하며 거들먹거리는 자들, 또는 자신이 황족인 양 행동하는 자들이다.

"여기에 오는 데 너한테 보고하고 와야 하나?"

카리엘의 물음에 내관이 눈을 커다랗게 떴다.

"그, 그것이 아니오라…… 오신다고 기별을 주셨다면 좀 더 성심껏 모셨을 것이라 안타까워……."

"어느 가문 소속이지?"

카리엘의 물음에 내관이 입을 다물었다.

잘못 말했다간 큰일 날 수도 있음을 직감적으로 깨달은 것이다.

"대답."

"베, 베리오트 가문의……."

"황제파군."

대답이 끝나기도 전에 미간을 찌푸리며 말한 카리엘이 싸늘한 표정으로 내관을 바라보았다.

마치 자신이 황족이라도 된 양 황족의 권위를 빌려 제국을 좀먹는 쓰레기들.

카리엘의 싸늘한 시선에도 떨떠름한 표정을 짓고 있는 내관 역시 마찬가지였다.

마치 지금 이 순간만을 넘기고자, 허리를 숙이고 있지만 표정에선 짜증이 가득 담겨 있었다.

그 모습을 본 타리온은 당장이라도 내관을 죽여 버리고 싶은 표정이었지만 카리엘의 앞이기에 참았다.

"타리온."

"예, 전하."

"폐하께 이곳 담당자를 바꾸라고 상신해."

"저, 전하!"

카리엘의 말에 내관이 고개를 벌떡 들면서 소리쳤다.

그러자 타리온의 표정이 일그러졌다.

감히 황태자의 얼굴을 직접 보는 것도 모자라 소리까지 쳤다. 황권이 강했던 시절이라면 절대 일어날 수 없는 일이었다.

"시끄럽군."

카리엘이 시끄럽다는 듯 손짓하자 타리온이 기다렸다는 듯, 내관을 무릎 꿇렸다.

그러자 뒤이어 시종들이 내관의 입을 틀어막았다.

내관이 저항하듯 마력을 사용하려 했으나 그마저도 막혔다.

황태자궁의 시종들은 전부 일반적인 시종들이 아닌 특수한 경력을 가진 자들이었기 때문이다.

"감히 건방지게 황족에게 소리치고 무례를 범하는 자가 상급 내관이 될 수는 없겠지."

"그리 상신하겠습니다."

타리온이 고개를 숙이며 대답하자 카리엘이 무릎 꿇은 내관을 바라보며 말했다.

"억울한가?"

그의 물음에 내관이 움찔거렸다.

하지만 당혹스러움만 남아 있을 뿐 두려움이나 다급함 따위는 없었다.

그저 이 엿 같은 시간이 빨리 지나가기만을 간절히 바랄 뿐.

"이 순간만 지나가면 없던 일이 될 거라 생각하나?"

이번에도 움찔거리는 내관을 향해 카리엘이 그를 싸늘하게 바라보며 말했다.

"내 상신이 귀족들의 반대로 무산될 거라 생각하겠지. 힘도 없는 황태자의 의견 따위 묵살될 테니까."

카리엘이 그렇게 말하면서 내관을 무미건조한 표정으로 보았다.

그러자 자신의 생각이 읽혔다는 듯, 그의 두 눈동자가 떨리기 시작했다.

"넌 내가 책임지고 지방으로 좌천시켜 주지. 힘없는 황태자라도 너 하나쯤은 좌천시킬 수 있다는 걸 보여 주마."

카리엘이 그렇게 말하면서 빙그레 웃었다.

그러자 내관의 표정이 일그러지기 시작했다.

그제야 진짜 × 됐다는 것을 느낀 것이다.

"그러게 엔간히 해야지. 바쁜 척하면서 늦게 오면 봐줄 줄 알았나? 아니면, 은근슬쩍 무례를 범해도 못 알아먹을 거라고 생각했어?"

카리엘의 물음에 내관의 눈동자가 떨리기 시작했다.

자신의 마차가 이리로 향하는 걸 알았을 텐데도 바쁜 척하며 뒤늦게 등장하고, 자신을 맞이하는 데도 무례를 범한 것.

모두 아슬아슬하게 선을 넘나드는 행위였기에, 상황에 따라서는 충분히 경고만 하고 넘어갈 수도 있었다.

하지만 카리엘은 그럴 생각이 없었다.

조만간 황태자 자리도 걷어찰 판국에 평판 따위를 신경 쓸 리 없었다.

"감히 황제파를 믿고 황족을 시험하면 어찌 되는지 너를 통해 모두에게 보여 주마. 그러니 자랑스러워해라, 너를 통해 황권의 지엄함을 알리는 것이니……."

카리엘이 그 말을 끝으로 황궁 보고 안으로 들어가자 뒤에서 내관이 '읍! 읍!' 하는 소리와 함께 뭐라고 변명하려 했다. 그러나 황태자궁의 시종들이 그것을 가만두고 볼 리 없었다.

그렇게 건방진 내관 하나가 카리엘에게 잘못 걸려서 끌려가자 근방에 있던 시종들이 벌벌 떨기 시작했다.

그런 그들을 무시하며 카리엘이 황궁 보고로 들어가자 또 다른 내관이 벌벌 떨면서 다가와 말했다.

"저, 전하, 황궁 보고 안에 있는 보물들은 폐하의 재가가 없으면……."

내관의 말에 카리엘이 가만히 그를 바라보았다.

"무, 물론 태자 전하께오선 보고 안의 보물들을 대여하는 것은 가능하시옵니다! 기, 기준에 따라 4관…… 아니 3관 일부 정도는……."

"쯧! 그냥 보고만 나올 것이다. 그럼 상관없겠지?"

카리엘의 말에 내관이 벌벌 떨다가 침을 꿀꺽 삼키고는 조심히 입을 열었다.

"2, 2관까진 괜찮지만 1관부터는……."

"알아. 폐하의 보물 창고엔 들어가지 않겠다."

황궁 보고의 제1관.

오직 황제만이 들어갈 수 있고, 황제만이 가지고 나올 수 있는 황궁 보고.

그곳만 제외하면 황태자 신분으로 황궁 보고의 어디든 돌아다닐 수 있었다.

"여기 있어."

"예."

타리온에게 문 앞에서 대기하라는 명령과 함께 거대한 황궁 보고 안으로 들어섰다.

고작 조금 걸었을 뿐인데도 벌써부터 숨을 헐떡이자, 카리엘은 인상을 찌푸리며 주변을 둘러보았다.

거대한 크기의 황궁 보고.

그 안에 잠든 엄청난 숫자의 보물들을 보며 카리엘이 한숨을 쉬었다.

자신이 황제로 있었을 때, 이곳이 털린 것이 얼마나 아쉬웠던가.

반란, 몬스터 습격, 마족의 침공.

여러 번의 습격에서 황궁 보고는 정말 바람 잘 날이 없었다.

거기다 돈이 없어 내다 판 보물들도 엄청났다.

"많기도 하네."

황권이 바닥으로 수직 낙하하고 있음에도, 굳건한 황궁 보고를 잠시 감상하던 카리엘은 곧장 발걸음을 옮겼다.

일반 황족들도 접근이 가능한 4관부터 직계 황족만이 볼 수 있는 3관, 마지막으로 황태자와 황제만이 마음대로 발을 디딜 수 있는 2관까지 도달했다.

"그림자인가?"

자신의 앞을 가로막은 검은 복면의 사내가 부복하며 고개를 숙였다.

대답조차 하지 않았음에도 카리엘은 이해한다는 듯 고개를 끄덕였다.

그림자란 본래 그런 것이기에…….

"1관에 들어갈 생각은 없으니 긴장 풀어."

카리엘이 그렇게 말하면서 주변을 둘러보았다.

마치 정말로 보물들을 구경하러 온 것처럼 이리저리 둘러보는 카리엘에게 그림자가 다시 나타났다.

"……그곳은 위험하십니다."

저주받은 무구들만 모아 놓은 특별한 방.

그곳에 진입하려는 자신을 막아서는 그림자를 보며 카리엘이 진중한 음성으로 말했다.

"내 일은 내가 알아서 할 터이니 그대는 본연의 임무에 집중하도록."

"명!"

카리엘의 명령에 짧게 대답하고는 그 즉시 사라졌다.

그런 그림자의 모습에 카리엘이 미소를 지었다.

세간에서 자신을 어떻게 평가하든 그림자는 상관하지 않는다.

그들의 황제에 대한 충성심은 진짜였고, 차기 황제인 황태자에 대한 충성심 역시 마찬가지였다.

그렇기에 그림자의 모습을 보며 슬며시 웃은 카리엘은 저주받은 방 안으로 들어섰다.

그리고 바로 그 순간 그의 귓가에 음성이 들려왔다.

─계약하자!

갑작스럽게 들려오는 목소리에 카리엘의 표정이 살짝 굳어졌다.

그는 곧 묘하게 굳어 가는 몸을 보고 주변을 둘러보았다.

'저주인가?'

목소리에 담겨 있는 묘한 이질감.

'봉인되어 있어도 이 정도 존재감이라…….'

카리엘이 심각한 표정으로 저주받은 무구들을 바라보았다.

마법사들에 의해 봉인된 무구들.

그중에서 위험한 것들은 자체 봉인과 더불어 보관하는 상자에 결계까지 걸어 이중으로 저주를 막아 내고 있었다.

그럼에도 불구하고 새어 나오는 저주들은 카리엘을 위협하기 충분했다.

─계약하자! 계약하자! 계약! 나랑 계약해! 나랑!

계속해서 들려오는 목소리에 점차 정신이 몽롱해지는 기분이었지만 이내 정신을 차렸다.

전생에 수없이 구른 짬밥이 있는데 이 정도로 정신이 먹히는 건 용납되지 않았다.

카리엘이 정신을 차리고 앞으로 뚜벅뚜벅 걸어 나가자 다른 저주들이 접근해 왔다.

몸을 경직시켜 협박하는 놈들.

대놓고 저주를 걸며 계약해 달라는 놈들.

불쌍한 척하면서 은근슬쩍 접근하는 놈들.

그냥 징징거리는 놈들.

수없이 많은 저주의 무구들이 카리엘을 향해 날아들어 왔다.

전생에 구른 짬밥으로 감당하기 힘들 정도로 많은 저주들이 몰려들 때였다.

저주에 의해 혈계 능력이 일부 각성합니다.
혈계 능력의 각성으로 멸망의 마신의 파편이 반응합니다.
신이 숨겨 놓은 첫 번째 시련이 시작됩니다.

"……뭐?"

한동안 안 보이다가 갑작스럽게 뜨는 반투명한 창에 카리엘의 표정이 굳었다.

그리고 그 순간 약물로 억제시켜 놓았던 화기가 몸 이곳저곳을 돌아다니기 시작했다.

"이런 미친……."

카리엘이 자신도 모르게 욕을 내뱉으며 한쪽 무릎을 꿇었다.

유약한 카리엘의 몸으로는 감당하기 힘들 정도로 많은 화기가 이제는 몸 밖으로 빠져나와 유형화되기 시작한 것이다.

갑작스레 화기가 날뛰기 시작하자 엄청난 고통에 시달렸으나, 나쁜 점만 있는 건 아니었다.

"저주가…… 사라졌어?"

저주마저 태워 버리는 순수한 화염.

잡스러운 것을 전부 불태워 정화시키는 화기에 카리엘은 잠시 놀랐으나, 이내 고통을 참아 내며 몸을 일으켜 세웠다.

이곳에 온 목적을 이루기 위함이었다.

잡스러운 저주 덩어리들은 죄다 정화되고, 남은 건 상당히 위험한 놈들뿐.

-제법 괜찮은 기운이구나. 나와 계약하자. 널 마스터로 만들어 주마!

-아니! 저 애는 나와 계약해야 해. 나 불의 마녀의 이름으로 널 최고의 마도사로 만들어 줄게! 나와 계약해!

온갖 마법 도구로 봉인된 마녀의 모자.

딱 봐도 위험해 보이는 칠흑의 검.

두 저주받은 무구가 카리엘을 유혹해 왔다.

하지만 카리엘은 미간을 찌푸릴 뿐, 앞으로 걸어 나갔다.

그러자 질척대면서 말을 걸어오는 저주받은 무구들.

"꺼져라."

카리엘이 그들을 향해 그렇게 말하면서 뚜벅뚜벅 걸어 나갔다.

한때 황제까지 했던 자신이 뭐가 아쉬워 저런 놈들과 계약할까.

마스터? 마도사? 그딴 게 없어도 자신은 가장 높은 자리에 올랐던 자이기에 저들의 유혹은 하찮은 것에 불과했다.

무엇보다 카리엘이 가장 원하는 바를 저들은 이뤄 줄 수 없었다.

"쓰레기 같은 것들."

이미 전생에 저주받은 무구를 통해 몸의 회복을 노려보았기에 잘 알았다.

그들과 계약한다 한들 몸 안에 가득한 화기로 인한 선천적인 질병은 고칠 수 없었다.

그렇기에 온갖 유혹 속에서도 목표한 바를 향해 걸어 나갈 수 있었다.

수르트의파편.

무스펠의 주인인 수르트의 힘의 일부가 들어 있다는 목걸이.

가까이 다가가는 것만으로도 끔찍한 기운이 느껴졌다.

웬만한 저주들을 전부 정화시켜 버리는 화기 덩어리가 검게 오염될 정도로 강력한 저주였다.

"……이름값은 한다는 건가?"

위험성 때문에 저주받은 무구들만 모아 놓은 이 방에서 가장 깊은 곳에 보관된 무구들.

그것들 중 하나가 바로 수르트의 파편이었다.

가장 안쪽에 배치된 무구답게 강력한 저주를 발산하며 밀어냄에도 기어코 목걸이에 손을 얹은 카리엘.

그 순간 카리엘은 현기증이 일어나며 비틀거렸다.

"큭!"

갑자기 머리가 띵해지며 의식을 놓을 것 같은 상황에 카리엘은 당황하며 한쪽 무릎을 꿇었다.

바로 그 순간 목걸이에서 푸른 화염이 솟구치며 카리엘의 앞으로 모여들기 시작했다.

-태초의 불이라…….

솟구친 화염이 인간의 형태로 변화하며 가만히 카리엘을 들여다보았다.

약하디약한 화염.

그 안에 숨겨진 티끌만큼 느껴지는 태초의 불.

하지만 양은 중요하지 않았다.

티끌만큼이라고 하더라도 태초의 불이 느껴진다는 점이 중요했다.

─혈계 능력으로 '그'의 불이 이어진 건가? 과분하군.

미약하게나마 이어진 불은 불씨의 형태로나마 잔존하고 있었다.

쓰레기 같은 육신에 있기에는 너무나도 아까운 힘이기에 혀를 찼다.

─쯧쯧! 아깝구나, 아까워.

고작 티끌만큼의 힘이었지만 그것조차 감당하지 못해 비척거리는 카리엘을 한심하게 바라보았다.

자신을 한심하게 보는 수르트의 모습에 카리엘이 표정을 일그러뜨렸다.

"그러는 너도 마찬가지 아닌가? 반편이도 못 되는 주제에 누굴 평가하지?"

카리엘이 고통을 참아 내며 그에게 말했다.

그러자 수르트가 침묵했다.

─……맞는 말이다. 내가 누굴 평가할 처지가 못 되긴 하지.

순순히 인정하는 수르트.

한때는 세계마저 멸망시킬 존재였지만 지금은 힘의 파편에 기생해 살아가는 한심한 존재였다.

지금 이렇게 유형화하는 것만으로도 실시간으로 격이 깎

여 나가고 있었다.

오랜 세월 목걸이에 봉인되어 격이 깎이다 못해 영혼마저 붕괴되어 갔다.

그렇기에 지금의 그는 수르트의 파편이라 부르기도 미안할 정도로 변질된 존재에 불과했다.

–그래도 너 같은 하찮은 것보단 낫지 않을까?

"개소리. 유령 주제에 감히 살아 숨 쉬는 나에 비할까?"

–유령이어도 한때 이름이 드높았던…….

"그래 봤자 망령이지."

카리엘의 말에 수르트가 그를 째려보았다.

그러자 카리엘도 지지 않고 그를 노려보았다.

서로의 눈에서 광선이라도 나올 것처럼 노려보던 그들은 픽 고개를 돌리고는 잠시 침묵했다.

–신의 농간인가? 나랑 계약하러 왔군.

"……뭐?"

수르트의 파편이 하는 말에 카리엘이 놀란 표정으로 그를 바라보았다.

–너도 신에게 당했군?

"설마…… 너도?"

그의 말에 카리엘이 설마 하는 표정으로 묻자 수르트가 고개를 끄덕였다.

그러자 방금 전까지 서로 노려보던 것이 무색하게 빙그레 웃었다.

그러고는 신을 상대로 뒷담을 까기 시작했다.

-× 같은 새끼지.

"맞아. 마지막까지 사기를 치더라니까."

-신이란 작자들이 다 그렇지. 특히 로키 그 새끼가 대박이었어.

"아! 로키는 유명하지."

카리엘도 로키에 대해서 안다는 듯 답하자 수르트가 자신이 기억하는 일들을 읊었다.

오딘도 쓰레기고, 그 당시 상위 신이라 불리는 놈들이 얼마나 쓰레기였는지 설명하며 거인들은 험해 보여도 알고 보면 여린 놈들이라고 두둔했다.

"그러고 보니 그 '신'은 뭐지? 말하는 걸 보면 너도 알고 있는 거 같은데."

카리엘의 물음에 수르트가 뭐라 말을 하려다가 다물었다.

뭔가 말하고 싶은데 제약이라도 걸려 있는 모습.

그것을 보며 카리엘도 더 묻지 않고 가만히 그를 바라보기만 했다.

그러자 수르트가 답답한 표정으로 불타는 듯 요동치는 머리칼을 긁적였다.

-쯧! 그냥 × 같은 새끼라고만 알아 둬. 그 새끼 정체 따윈 알 필요도 없어.

"하긴…… 이제 와서 그딴 새끼 정체가 뭐가 중요하겠냐."

카리엘이 그렇게 말하면서 고개를 주억거리다가 수르트를 바라보았다.

"……그래서 계약할 거냐?"

그의 물음에 수르트가 침묵했다.

"왜, 약해서 마음에 안 드나?"

ㅡ내 처지에 누굴 가릴 처지가 되나? 너 정도면 훌륭하지.

수르트가 그렇게 말하며 오랜만에 맘에 맞는 존재를 만나 좋다고 말했다.

"그럼 뭐가 문제지?"

ㅡ나와 계약하면 넌 죽는다.

그의 말에 카리엘의 미간이 찌푸려졌다.

"뭔 소리야?"

ㅡ지금 네 몸 상태로 나랑 계약하면 죽는다고.

대를 거듭할수록 옅어져 거의 남아 있지 않은 태초의 불이지만 조금이라도 남아 있는 이상 언젠가는 다시 타오르기 마련이다.

수르트가 보기에 카리엘이 감당하기엔 태초의 불이 가진 격은 너무 높았다.

"신은 네가 이 빌어먹을 화기를 극복할 존재라고 했는데?"

ㅡ……맞는 말이긴 하다. 장기적으로 보면, 아니 계약하는 순간만 잘 넘기면 내가 화기를 어느 정도 컨트롤해 줄 수도 있지.

수르트가 카리엘의 말이 맞다는 듯 고개를 주억거리면서도 아쉬운 표정을 지었다.

─하지만 넌 나와 계약하는 순간 뒈질 가능성이 높으니까 어쩔 수 없지.

"그 순간만 넘길 방법은 없는 거야?"

그 말에 수르트가 계약에 대해 아냐고 물었다.

그러자 정령 계약을 예시로 들며 어느 정도는 알고 있다고 답한 카리엘.

─그럼 설명하기 쉽겠군. 정령 계약이나 소환수와 계약할 때, 일시적으로 계약자의 마나가 증폭된다.

"그래, 소환사와 소환수가 공명하며 마나가 증폭…… 응? 설마?"

─맞다. 화기의 증폭.

수르트의 말에 카리엘이 이해할 수 없다는 표정을 지었다.

"증폭이라고 해 봐야 약간에 불과할 텐데?"

─네 몸이 그것도 못 버틸 만큼 쓰레기라는 거지.

수르트가 가슴을 후벼 파듯 팩트 폭행을 해 주자 카리엘이 미간을 찌푸렸다.

새삼 자신의 육체가 얼마나 쓰레긴지 다시 한번 깨달을 수 있었다.

"……그럼 육체가 어느 정도 회복되면 가능한가?"

─아마도? 그런데 가능하겠냐?

수르트가 카리엘을 바라보며 가망 없을 것 같다는 듯 고개를 절레절레 흔들었다.

"한 가지 방법이 있긴 해."

카리엘이 그렇게 말하면서 웨어울프의 강체술에 대해 설명했다.

그러자 수르트가 잘 모르겠다는 듯 고개를 갸웃거렸다.

강대했던 그였기에 하위 종족에 대해 관심이 덜한 것도 있었으나, 애초에 오랜 시간 봉인되어 있다 보니 밖의 일을 잘 모르기도 했다.

"어쨌든 가능성은 있다는 건가?"

카리엘이 그렇게 중얼거리면서 자리에서 일어났다.

가능성을 봤다는 것만으로도 충분했다.

애초에 신화적 존재의 유물을 예상보다 훨씬 빠르게 찾아낸 셈이니 그것만으로도 이득이었다.

ㅡ……가냐?

수르트가 미련이 뚝뚝 떨어지는 눈으로 카리엘을 바라보았다.

"금방 올 거다."

ㅡ퍽이나.

수르트가 카리엘의 빈약한 몸뚱어리를 보면서 한숨을 푹 쉬었다.

그러자 카리엘이 이를 갈면서 말했다.

"진짜 금방 올 거니까 기다려."

카리엘이 그렇게 말하면서 저주받은 무구들의 보고를 나가려 했다.

그러자 푸른 불덩이들이 주변을 비추면서 카리엘이 나갈 수 있는 길을 만들어 주었다.

─얼른 와라. 심심하다.

멀리서 들려오는 수르트의 음성.

그것을 들은 카리엘이 고개를 돌려 작게 끄덕이고는 보고를 나섰다.

"전하."

제2관에 들어서자, 걱정되었는지 2관을 주시하던 그림자가 황급히 다가왔다.

"보고를 나가야겠다. 부축해라."

"예."

그림자의 부축을 받으며 2관을 지나 황궁 보고의 문 앞까지 도착했다.

"송구하오나 소신은 여기까지만 모실 수 있습니다."

"수고했다."

그림자에게 수고했다고 말한 카리엘은 홀로 비틀거리며 문밖으로 나왔다. 그러자 그 모습을 본 타리온이 황급히 그를 부축했다.

"전하, 괜찮으시옵니까?"

"괜찮아."

카리엘이 타리온의 부축을 받고 있자, 그 옆으로 황궁 보고를 관리하는 내관이 안절부절못하며 서 있었다.

규정상 황태자라 하여도 황궁 보고에서 나올 때는 가지고 나온 것이 없는지 확인 작업을 해야 했다.

만약 갖고 나온 게 있다면 대여할 수 있는 무구인지 확인해야 했기 때문이다.

"뒤져 봐라. 아무것도 갖고 나온 것은 없으니⋯⋯."

"소, 송구하옵니다."

내관은 덜덜 떨리는 손으로 카리엘의 몸을 대충 훑고는 고개를 숙이며 황급히 물러났다.

그러자 카리엘이 타리온에게 말했다.

"주변에 감시자들은?"

"있긴 합니다만 멀리 떨어져 있습니다."

타리온의 대답에 카리엘이 고개를 끄덕이고는 최대한 작은 목소리로 말했다.

"바쁜 건 알겠는데 부탁할 게 있다."

"말씀하십시오."

"고대 웨어울프, 그들에 관한 모든 정보를 갖고 와. 이 일을 최우선으로 최대한 은밀하게. 알지?"

카리엘의 말에 타리온이 빙그레 웃으면서 대답했다.

"예!"

· 米 ·

타리온에게 고대 웨어울프들에 대한 자료를 가지고 오라
고 명령한 후, 곧바로 궁으로 돌아온 카리엘이 할 일은 바로
침대에 들어가는 것이었다.

"끙……."

고작 황궁 보고 좀 걸어 다녔다고 체력이 방전돼서 끙끙
앓는 지경에 이른 카리엘.

자신의 쓰레기 같은 체력을 저주했지만, 한편으로는 기대
감에 차 있었다.

'진짜였어.'

신이 신화적 존재와 계약해야 한다고 했고 계약자라는 능
력을 주었지만, 완전히 믿진 않았다.

그만큼 신에 대한 불신이 가득했기 때문이다.

계약 과정이 어렵거나 찾기 힘든 곳에 처박혀 있을 것이라
고 생각했는데 그게 아니었다.

비록 몸 상태가 나빠서 계약에 실패했지만 이 정도라면 충
분히 희망을 가져 볼 만했다.

"강체술……."

카리엘이 고대 웨어울프의 강체술을 중얼거리면서 상념에

젖어 들었다.

계약하기 위한 최소한의 체력을 마련할 방법으로 강체술을 익혀야만 했다.

문제는 고대 웨어울프의 사장된 기술이라 찾기가 힘들 것이라는 점이다.

그렇기에 위험을 감수하고 타리온에게 시킨 것이다.

"쯧, 한동안 간자들이 늘어나겠네."

카리엘이 피곤한 표정으로 창밖을 바라보았다.

그동안 타리온이 있기에 큰 위협은 없었지만 간자들을 색출한 적이 한두 번이 아니었다.

아마 타리온이 아니었다면 자신은 진즉에 죽었을 것이다.

'황궁 보고에서 있었던 일까지 소문나면 더 피곤해지겠지.'

얌전했던 황태자가 갑자기 활동적으로 변했다.

그것만으로도 관심을 받기에 충분한데, 뭔가를 하려고 한다.

몸을 회복하는 방법을 찾은 것인지, 아니면 믿는 구석이 생겼는지 알아보려 할 것이다.

뭐가 되었든 그들에겐 피곤한 일이므로 몇몇 세력은 카리엘의 회복을 방해하려 들 것이다.

그렇게 되기 전에 웨어울프의 강체술을 찾고 수르트와 계약을 마쳐야 했다.

"시간이 많지는 않겠어."

카리엘이 그렇게 중얼거리면서 책 더미를 바라보았다.

-웨어울프에 대한 고찰 (1)

웨어울프와 연관 있는 책 하나를 집어 든 카리엘이 대충 훑어보다가 저 멀리 던져 버렸다.

많은 내용이 담긴 것처럼 책이 상당히 두꺼웠으나 내용은 뻔한 이야기만 길게 나열해 놓은 것에 불과했다.

"그러고 보면 참 쓰레기들이 많아."

분명 교수급이 쓴 책인데 내용을 들여다보면 알맹이라고는 좁쌀보다 작았다.

몬스터와 관련된 책들도, 고대 마나 활용에 대한 고서들 역시 마찬가지였다.

귀족이라는 신분과 인맥발로 된 무늬만 교수들이 돈을 벌기 위해 낸 책들을 황궁에 은근슬쩍 납품해 명성을 올리고 그걸로 교수 생활을 더 이어 나가는 자들이 꽤 있었다.

하지만 전생엔 반란과 외부의 침입으로 그런 쓰레기들이라도 데리고 써야 했기에 스트레스가 장난이 아니었다.

이번 생은 황제가 될 생각이 없으니 상관없겠지만, 자신을 대신해서 황제가 될 이라면 굉장히 짜증 나는 상황에 직면할 것이다.

일은 미어터지는데 쓸 만한 인재는 안 보일 것이니 당연했다.

"뭐, 나랑은 상관없는 일이지."

카리엘이 그렇게 말하면서 또 다른 책을 툭 던져 버렸다. 방금 읽은 책은 제법 쓸 만한 것도 있었지만 강체술과 관련된 내용은 없었다.

만약 강체술을 찾는 게 아니었다면 혹하는 내용도 있었지만 해답지가 있는데 돌아갈 필요는 없었다.

그렇기에 기대감을 가지고 얌전히 타리온을 기다리는 카리엘.

그런 그의 마음을 알았는지 얼마 후, 타리온이 돌아왔다.

"전하."

"많네?"

타리온이 수레를 끌고 들어오자 그곳에는 엄청난 양의 책들이 가득 쌓여 있었다.

그중 대부분은 쓸모없는 것으로, 타리온 나름대로 적들을 기만하기 위한 책들을 잔뜩 가져온 것 같았다.

"마법서는 또 뭐야?"

"하하……."

카리엘의 책망 섞인 말에 어색하게 웃은 타리온.

"명령한 건?"

"여기 있습니다."

"고작?"

타리온이 꺼낸 두 권의 책.

두 권 모두 낡은 책으로 상당히 얇았다.

"제 권한으로 찾을 수 있는 건 이 두 권뿐이었습니다."

"나머진 내가 찾아야 한다는 거군."

카리엘이 그렇게 말하면서 심각한 표정을 지었다.

그러자 타리온이 그런 그를 보면서 물었다.

"무엇을 찾으시려는 건지 물어도 되겠습니까?"

그의 물음에 카리엘이 잠시 고민하더니 작은 음성으로 말했다.

"고대 웨어울프의 마나 활용법. 정확히는 그들의 육체 강화법이 필요해."

"육체 강화……."

"짧은 서술이긴 했지만 육체 자체를 강화시킨다고 적혀 있었어."

카리엘의 말에 타리온이 턱을 문지르며 생각에 잠겼다.

평생을 마나 정제법을 익혀 온 타리온이기에 이 부분에 대해서는 문외한일 수밖에 없었다.

"음, 일반적인 마나 숙성법이 아닌 다른 것입니까?"

"그런 것 같아."

타리온의 질문에 카리엘이 고개를 끄덕이며 말했다.

몬스터들이 사용하는 마나 숙성법은 전부 다른 것 같아도 근본은 같았다.

근육이나 장기 등에 작은 마나 홀들을 만들고 혈관을 타고 마나를 순환시켜 순수한 마나를 육체에 맞게 변화시키는 것이다.

그래서 마나 숙성법을 '육체 강화를 위한 마나 활용법'이라고 달리 칭하는 학자도 있었다.

하지만 고대 웨어울프는 이보다 더한 것 같았다.

"마나 홀 없이 육체 자체에 마나를 쌓는 방법일 거라 추정하고 있어."

"정말 고대의 순수한 육체 강화법일 수도 있겠군요."

타리온이 무슨 말인지 알아들었다는 듯 말했다.

지금처럼 투술이 발달되지 않은 시기에는 효율보다 순수하게 육체에 마력을 쌓는 극히 비효율적인 마나 활용법이 있다고 들은 적이 있었다.

그렇기에 타리온이 턱을 문지르면서 그럴듯하다는 결론을 내렸다.

"위험하긴 하지만…… 확실히 가능성은 있을 것 같습니다."

타리온이 그렇게 말하면서 고개를 끄덕였다.

한 군데에 모아서 마나를 정제해 가공하거나 압축하는 방법으로 안정성을 꾀하는 게 아닌 이상 위험성이 동반된다.

다수의 마나 홀을 이용하는 마나 숙성법조차 날뛰는 마나들을 제어하기가 극히 까다롭다고 알려졌는데, 육체 자체에 마나를 때려 박는다?

그건 정말 리스크가 크다고밖에 볼 수 없는 것이다.

인간들이 괜히 심장에 마나 홀을 만들고 한 군데서만 마나를 정제하는 작업을 하는 게 아니었다.

그만큼 순수한 마나들은 악동과도 같아 몸 이곳저곳을 날뛰려 하기에 제어하기 까다로운 것이다.

카리엘은 타리온이 가져온 책들을 살펴보기 시작했다.

그러나.

"일단…… 꽝이네."

카리엘은 들고 있던 책을 내려놓으며 한숨을 쉬었다. 원하는 내용이 없었던 것이다.

"내가 직접 도서관에 가는 수밖에 없겠어."

황태자의 권한을 이용해 최심부의 책들을 살펴보는 수밖에 없다고 결론을 내렸다.

그러자 타리온이 입을 열었다.

"전하, 고대의 마나 활용법을 복원하기 위한 것이라면 도움을 드릴 수 있는 이가 있습니다."

타리온의 말에 카리엘이 의아한 표정을 지었다.

"도울 이?"

"그렇습니다. 아는 친구가 있는데…… 육체에 관해서라면 전문가 수준입니다. 다만……."

"다만?"

카리엘이 고개를 갸웃거리면서 묻자 그가 망설이다가 입술을 열었다.

"괴짜라는 게 문제입니다!"

그의 말에 카리엘이 순간 머리로 스쳐 지나가는 인물이 있었다.

근육에 미친 기사.

"설마 토토 경인가?"

"그, 그렇습니다."

카리엘의 말에 타리온이 떨떠름한 표정을 지어 보였다.

기사 주제에 마나 숙성법을 연구하고 근육을 연구하는 괴짜.

지구의 헬창을 떠올릴 정도로 매일같이 운동에 매진하는 미친놈.

그가 바로 토토였다.

물론 그가 단순히 운동에만 열중하는 괴짜였다면 이렇게까지 유명해지지는 않았을 것이다.

그러나 그는 괴짜인 주제에 제국에서도 손에 꼽을 정도로 실력이 뛰어난, 강력한 존재였다.

"타리온이랑 친구인 줄은 몰랐는데?"

"어렸을 적에 같은 동네에 살았습니다. 제가 황궁에 들어오고 나서는 자주 볼 수 없게 되었지만요."

타리온이 씁쓸한 표정을 지었다.

그림자 출신인 타리온이기에 최대한 아는 사람을 줄여야
했고, 그 때문에 본래의 인연들도 상당수 끊어 내야 했다.

"흠, 그렇단 말이지."

카리엘이 타리온의 말에 잠시 생각에 잠겼다.

그러다 고개를 들어 타리온에게 말했다.

"이왕 도움을 받을 거라면 사람을 좀 더 모으자."

"사람을 말입니까?"

"그래, 어차피 황궁에는 마나 숙성법의 전문가들이 거의
없잖아? 그러니 밖에서 찾아야지."

카리엘이 그렇게 말하면서 빙그레 웃었다.

그러고선 종이를 가져오게 시켜서 머리에 떠오른 사람들
을 나열했다.

　－불에 미친 마법사 아르슈나.

　－광전사 이리스.

　－몬스터 외과 의사 브리온.

"전부 괴짜로 유명한 자들이군요. 이들에 대한 이야기를
대체 어디서 들으신 겁니까?"

타리온의 물음에 카리엘이 산더미처럼 쌓인 책들을 가리
켰다.

그러자 타리온이 나직이 한숨을 쉬었다.

"알겠습니다."

"그래, 바쁘겠지만 수고 좀 해."

"예!"

타리온에게 이 일이 최우선 사항임을 말해 준 후, 카리엘이 곧바로 잠에 빠져들었다.

❋

다음 날, 동이 뜨기도 전에 일어난 카리엘이 곧바로 황궁 도서관으로 가기 위해 마차에 올랐다.

쇠뿔도 단김에 빼랬다고, 육체 강화를 위해 토토를 데려오겠다는 타리온에게 황궁 도서관으로 오라는 말을 전한 카리엘은 곧바로 고대 웨어울프를 찾기 위해 움직였다.

어제 황궁 보고에서 있었던 일이 퍼진 덕분일까?

황궁 도서관에선 누구도 시건방지게 굴지 않고 알아서들 허리를 90도로 숙이고 있었다.

카리엘은 그런 그들을 뒤로하고 황궁 도서관에 걸어 들어갔다.

귀족들이 열람할 수 있는 곳을 지나 황족 전용 서고에 들어섰다.

그리고 그중에서도 가장 깊숙한 곳인 직계 황족들을 위한 서고마저 지나가자 늙은 노인이 나와 카리엘에게 인사했다.

"전하를 뵙습니다."

"안에 들어갈 수 있겠나?"

그의 물음에 노인이 미소를 지으며 카리엘을 잠시 바라보더니 한 발자국 옆으로 비켜섰다.

황족들을 위한 서고보다 더 안쪽에 위치한 곳.

황제와 차기 황제만을 위한 황궁 도서관의 최심부.

카리엘이 황궁 도서관에 직접 온 것은 바로 이곳에 들어가기 위함이었다.

타리온이 시종장의 권한으로 황족의 서고까지 뒤져서 가져온 책이 변변찮은 이상, 남은 건 이곳뿐이었다.

"고맙네."

"당연한 권리이십니다."

'무늬만 황태자'라는 별명을 갖고 있어 혹시나 했지만 늙은 사서는 그런 건 상관없다는 듯 자신을 안내했다.

'그림자 출신인가?'

예사롭지 않은 사서의 발걸음에 고민하며 가만히 뒤따라가는 사이, 카리엘은 자물쇠가 걸린 문 몇 개를 통과해 황궁 도서관의 최심부에 도착했다.

"미안하지만 좀 도와줄 수 있겠나?"

내관에게 했던 하대와는 달리 존중이 담긴 말투에 늙은 사서의 눈이 빛났다.

"그러기 위해 사서가 있는 것이니 편히 말씀만 해 주십시오."

"그럼 부탁 좀 하지."

카리엘이 그렇게 말하며 고대의 마나 활용법이 담긴 책과 육체를 강화하는 방법들, 그리고 고대 웨어울프의 마나 기술들이 담긴 책들을 요구했다.

그러자 사서의 눈에 흥미가 가득 담겼다가 사라졌다.

"앉아서 쉬고 계시면 금방 찾아오겠습니다."

사서의 말에 카리엘이 작게 고개를 끄덕였다.

그리고 고작 황궁 도서관에 온 것만으로도 살짝 피로감을 느낀 카리엘이 의자에 앉아 늘어져 있노라니, 어느샌가 책을 전부 찾은 늙은 사서가 조용히 다가왔다.

"전하."

"벌써 찾았나?"

몇 권의 고서를 들고 온 늙은 사서를 본 카리엘은 자세를 바로 했다.

그러자 늙은 사서가 책을 내려놓으며 말했다.

"찾고자 하시는 것이 고대 웨어울프의 마나 활용법에 관한 것이라면 여기 있사옵니다."

"음……."

늙은 사서의 말에 카리엘이 침음성을 삼키자 주름진 얼굴로 빙그레 웃으며 말했다.

"소신이 이곳에 나갈 일은 없을 것이니 걱정 마시옵소서."

그 말에 카리엘이 늙은 사서를 빤히 바라보았다.

분명 전생에도 어릴 적에 몇 번 본 적이 있는 자였지만 황제가 되고 나서 자취를 감췄다.

'묘하군.'

심상치 않은 자임을 본능적으로 느꼈으나 지금은 그게 중요한 게 아니었다. 다급히 사서가 펼쳐 준 부분을 확인한 카리엘이 빙그레 미소를 지었다.

"찾았군."

드디어 그토록 찾던 것을 찾아낸 카리엘이 빙그레 웃으면서 늙은 사서를 돌아보았다. 그러자 마치 그의 마음을 읽기라도 하듯 종이와 펜을 가져왔다.

그런 그에게 고맙다는 말과 함께 중요 부분을 빠르게 적어 내려간 카리엘은 종이를 고이 접어 품속에 넣고는 자리에서 일어났다.

"이 은혜는 반드시 갚지."

"할 일을 했을 뿐이옵니다."

늙은 사서가 그렇게 말하며 고개를 숙이자 카리엘은 언젠가 반드시 보답하겠다는 말과 함께 곧바로 도서관을 나섰다.

그런 그를 보면서 늙은 사서가 조용히 중얼거렸다.

"불의 의지가 사라지진 않겠군."

늙은 사서를 뒤로하고 황궁 도서관을 나선 카리엘의 눈에 입구에서 타리온이 한 남자와 함께 자신을 기다리는 것이 보였다.

"전하."

"이자인가?"

카리엘의 물음에 옆에 서 있던 남자가 한 발자국 앞으로 나섰다.

"황궁 기사 토토라 하옵니다."

"반갑다."

인사하는 토토에게 반갑다는 말을 전한 카리엘은 주변을 둘러보았다.

그리고 고개를 숙이고는 있으나, 힐끔힐끔 이곳을 보는 시종들을 보면서 혀를 찼다.

"일단 궁으로 가지."

"예."

카리엘의 명에 타리온과 토토가 고개를 숙이며 대답했다.

그리고 곧 마차가 움직이며 곧바로 황태자의 궁으로 향했다.

느릿느릿 움직이는 마차를 따라 타리온과 토토를 비롯한 시종들이 바삐 걸음을 놀렸다.

"그래, 육체에 대해 잘 안다고?"

어느새 궁에 도착한 카리엘은 침상에 앉아 토토에게 물었다.

"예, 육체라면 제국의 그 누구보다 잘 알고 있습니다."

자신감에 찬 그의 목소리에 타리온이 고개를 저었다.

말하면서 근육을 꿈틀거리는 꼴에, 못 볼 꼴을 봤다는 표정을 지은 것이다.

하지만 카리엘은 만족했다.

"그럼 묻지. 지금 내 상태가 어떻지?"

"……솔직히 말씀드려도 되겠습니까?"

"말해 봐."

"최악입니다."

카리엘의 허락에 토토가 솔직하게 답했다.

근육은 볼품없고, 운동을 위한 최소한의 체력조차 형성되지 않았다.

그런데 날뛰는 화기 때문에 격한 운동은 어림도 없었다.

설상가상으로 화기를 억제하기 위한 약물 역시 몸에는 좋지 않은 영향을 주고 있었다.

"현시점에선…… 전하의 몸을 회복할 방도가 없습니다."

"어찌 대충 훑어보고……."

토토의 말에 화를 내는 타리온을 카리엘이 손을 들어 제지했다.

"솔직한 의견을 주어 고맙다."

카리엘이 그렇게 말하면서 턱을 괴고 빤히 토토를 바라보았다.

그가 보기에 토토는 단순한 괴짜가 아니었다.

정말로 육체에 관해선 전문가라는 게 느껴졌다.

'헬창이네.'

본능적으로 근육을 자랑하는 토토를 보면서 카리엘이 피식 웃었다.

"나 역시 지금 상태로는 몸을 회복할 방법이 없다는 것쯤은 잘 안다."

카리엘이 그렇게 말하면서 쓴웃음을 지었다.

전생에 그렇게 열심히 알아봤어도 결국 찾아내지 못한 방법이었다.

"하지만 이건 어떨까?"

카리엘이 그렇게 말하며 품속에서 종이 한 장을 꺼내 들었다.

그리고 곱게 접힌 종이를 펼쳐 건네자 토토가 양손으로 조심스레 그것을 받아 들고 차분하게 읽어 내렸다.

그 모습을 보며 카리엘이 첨언했다.

"고대 웨어울프의 마나 활용법. 강체술이라 불리는 거다."

카리엘의 말을 들은 토토가 곧 놀라워하며 고개를 들었다.

"굉장하군요, 순수하게 육체를 강화시키는 마나 활용법이라니……. 하지만 한계가 명확합니다."

토토가 그렇게 말하면서 살짝 아쉬운 표정을 지었다.

고대의 마나 활용법은 놀라울 만큼 신기했지만, 그뿐이다.

시대를 거쳐 발전을 거듭한 현재의 마나 활용법에 비하면 효율이 떨어졌다.

"현대의 마나 정제법에 비하면 효율이 5분의 1 수준도 안 될 수 있습니다."

토토의 말에 카리엘이 빙그레 웃으면서 고개를 끄덕였다.

마나 숙성법이라는 것만으로도 절반 이하의 효율인데 고 대의 것이라 효율은 더 떨어진다.

하지만 카리엘에게 효율은 상관없었다.

"하지만 나한테 적용한다면?"

카리엘의 물음에 토토의 입이 다물렸다.

낭비되는 힘이 많은 건 카리엘에게 아무런 문제도 되지 않 았다.

오히려 외부로 화기를 발산시켜 낭비시킬 수 있다면 몸 상 태는 더욱 좋아지게 되는 셈이다.

게다가 그 과정에서 육체가 조금씩이라도 강화된다면?

"나한텐 최고의 결과겠지?"

"……그럴 것 같습니다. 하오나 어떤 위험이 있을지 알 수 가 없사옵니다."

토토가 걱정 어린 표정으로 말하자 옆에 있던 타리온 역시 마찬가지였다.

마나 정제법이 아닌 이상 리스크가 너무 컸다.

하지만 카리엘의 의지는 단호했다.

"이미 마음먹은 사안이다. 그대가 할 일은 내가 이걸 익혀 최소한의 몸 상태를 만들면, 이것에 맞춰서 내가 체력을 회복할 계획을 세워 주는 것뿐."

카리엘의 단호한 말에 토토가 걱정 어린 표정을 짓다가 무겁게 고개를 숙였다.

"최선을 다해 전하의 운동 계획을 만들어 보겠습니다."

"기대하지."

고개를 끄덕인 카리엘은 토토를 내보냈다. 그리고 미소를 지으며 강체술이 적힌 종이를 바라왔다.

"타리온."

"예!"

"지금부터 아무도 오지 못하게 막아."

카리엘의 명령에 타리온이 머뭇거리면서 어렵게 입을 열었다.

"소신이 도와드리겠습니다."

"아니, 혼자 한다."

마나 정제법을 익힌 타리온은 마나 숙성법에 큰 도움을 주기 힘들다.

그럴 바에 자신 혼자 하는 편이 나았다.

거지 같은 몸뚱어리를 낫게 하기 위해 위험을 감수하고 여러 가지 시도를 했다.

몸에 직접 약물을 주입하기도 했고, 강제로 육체를 강화시키기 위해 몸에 실험을 하기도 했다.

'그때에 비하면 마나 숙성법 따윈 별거 아니다.'

카리엘이 그렇게 생각하며 화기를 느꼈다.

남들은 마나를 느끼는 것만으로도 한 세월이지만 카리엘은 태어나자마자 화기의 존재를 느꼈다.

대륙인들 중 마나에 재능이 있는 자들이 20%도 안 된다는 점을 고려하면 카리엘은 말 그대로 축복받은 것이나 다름없는 셈이다.

문제는 과한 축복이 독이 되어 저주나 다름없게 되어 버린 것.

"큭!"

화기를 컨트롤하려는 시도만으로도 녀석들이 발광하면서 날뛰기 시작했다.

어렸을 적부터 함께해 온 녀석인지라 이미 몇 번이나 자신의 의도대로 움직여 보려고 한 적이 있었다.

그러나 그럴 때마다 녀석은 날뛰면서 몸이 망가졌는데, 이번에도 다르지 않았다.

"쿨럭!"

내상이 심해져 피를 토한 순간, 카리엘은 타리온이 두고

간 포션을 입속으로 들이부었다.

그러자 꿀꺽거리는 소리와 함께 포션이 내상을 치유하기 시작했다. 어느 정도 내상이 치유되자 카리엘은 곧바로 화기를 컨트롤하기 위해 움직였다.

'퍼져라. 퍼져! 퍼져!'

카리엘이 속으로 그렇게 생각하면서 화기가 온몸으로 퍼지길 간절히 염원했다.

그러자 심장 부근에 억제시켜 놓은 화기가 조금씩 움직이기 시작했다.

약물과 마법으로 억눌러 놓은 주제에 갑자기 몸 전체로 퍼지라 하니 화기가 주춤거렸다.

카리엘을 믿을 수 없다는 듯, 경계하는 화기.

그런 그를 계속해서 달래 가며 조금씩 심장에서 온몸으로 퍼뜨려 나가자, 화기는 이내 폭발적으로 심장에서 온몸으로 나오려 했다.

쿵! 쿵!

심장을 둘러싼 마나막을 두드리는 화기를 보면서 카리엘이 조심스레 팔찌를 풀었다.

그 순간 마법으로 억눌러 두었던 화기가 폭발적으로 온몸으로 퍼져 나가기 시작했다.

'약물로 대부분의 화기는 잠들어 있어. 버틸 만해.'

카리엘이 그렇게 생각하면서 온몸을 휘젓는 화기를 이용

했다.

화기 일부를 온몸의 근육에 직접 때려 박은 것이다.

마나 홀을 만드는 번거로운 짓 따윈 하진 않고 그대로 깃들게 하자 온몸이 벌겋게 달아오르기 시작했다.

꿀꺽!

또 한 병의 포션을 입속으로 털어 넣은 카리엘은 다시금 화기 일부를 육체에 각인했다.

그러다 피부가 붉게 달아오르자 마지막 남은 포션을 털어 넣고 덜덜 떨리는 손으로 팔찌를 다시 꼈다.

그러자 추가적으로 나오려는 화기가 심장에 생성된 막 안에 갇혔다.

"헉……헉……."

카리엘이 식은땀을 흘리면서 침상에 털썩 누웠다.

"확실히 미친 짓이긴 하네."

카리엘이 고통스러운 표정으로 자신의 몸을 바라보았다.

어째서 인간들이 마나 숙성법을 사용하지 않는지 깨달았다.

리스크가 너무 컸다.

"후, 이러고 있을 때가 아니지."

카리엘이 붉게 달아오른 몸을 억지로 일으켰다.

마나 숙성법은 마나 정제법과 달리 초기부터 몸을 강화시키기 때문에 각 종족마다 전해지는 무술이나 기술과 함께해야 했다.

각 종족의 기술을 사용하기 위해 몸을 맞추는 느낌이다.

반대로 마나 정제법에서 검술이나 무술은 부가적인 것이다.

인간에게 검술이란 더 효율적이고 더 강력한 마나를 활용하기 위한 수단에 불과한 것이다.

하지만 카리엘은 몬스터처럼 움직여야 했다.

"끄으읍!"

부들부들 떨리는 몸으로 고서에서 보았던 가장 기초적인 움직임을 떠올린 카리엘이 그것을 그대로 따라 했다.

마치 운동과도 같은 움직임들.

각각의 근육들을 자극하는 움직임을 통해 마나들이 근육에 더 쉽게 자리 잡을 수 있게 하는 움직임은 아직 자리 잡지 못한 화기까지 온몸에 자리 잡도록 만들어 주었다.

"끄으으……."

온몸이 비명을 지르는 것 같았지만 끝끝내 기초 동작을 끝낸 카리엘이 그 자리에 주저앉았다.

"타, 타리온!"

쾅!

"전하!"

카리엘의 부름을 듣고 다급히 달려온 타리온이 곧바로 카리엘의 몸을 부축해 침상에 뉘었다.

"너무 무리하셨습니다."

타리온이 침상에 있는 혈흔을 보고 표정을 찡그렸다.

지금도 부들거리는 카리엘의 몸은 그가 얼마나 무리했는지를 알려 주고 있었다.

"……그래도 성공했다."

온몸에 고통이 올라옴에도 불구하고 미소를 짓는 카리엘.

그런 그를 보면서 타리온이 한숨을 쉬며 고개를 저었다.

마음 같아선 말리고 싶지만 그럴 수 없었다.

평생을 고생했던 카리엘이 마침내 지긋지긋한 병을 치료할 방법을 찾은 것이다.

그렇기에 고통에 신음하는 자신의 주인을 말리지 못한 채 속앓이만 할 수밖에 없었다.

"……내일 당장 토토를 부르겠습니다."

"더 수련해야 돼. 아직 완전히 자리 잡지 않았다."

"녀석이라면 그걸 감안하고서도 해결할 방법을 찾을 수 있을 겁니다."

타리온이 이것만큼은 절대 물러설 수 없다는 듯 말하자 카리엘이 쓴웃음을 지으며 고개를 끄덕였다.

그가 자신을 걱정하는 마음이 진심임을 알기에 그의 말을 들어줄 수밖에 없었다.

전생에 자신을 위해 목숨까지 바친 그의 말에 따라 카리엘은 고집을 피우지 않고 곧바로 잠에 빠져들었다.

'해……냈다.'

잠결에 빠지면서도 해냈다는 생각에 미소를 짓는 카리엘.

그런 그를 보면서 타리온도 슬며시 미소를 지었다.

"고생하셨습니다."

타리온이 눈시울을 붉히며 조용히 카리엘의 방에서 물러났다.

다음 날, 카리엘은 해가 뜨자마자 토토를 호출해 고대 웨어울프의 강체술에 대한 연구를 시작했다.

전날 무리해서라도 화기를 어느 정도 각인시킨 덕분일까?

카리엘은 한결 가벼워진 몸으로 토토 앞에서 고대 웨어울프의 강체술을 시연했고, 그것을 본 토토는 강체술의 기초를 뒷받침할 운동법을 곧바로 알려 주었다.

가벼운 스트레칭으로 몸을 먼저 풀고 가벼운 운동으로 근력을 끌어올린 다음 기초 강체술을 수련할 수 있도록 했다.

일주일.

그동안 카리엘은 모든 시간을 토토의 도움을 받아 강체술 수련과 체력을 끌어올리는 데 집중했다.

"후…… 후……."

"전보다 훨씬 움직임이 좋아졌사옵니다."

"맞습니다. 두 눈으로 보고 있지만 믿을 수가 없습니다."

타리온과 토토가 박수를 보내면서 카리엘이 뭔가를 해낼

때마다 격한 칭찬을 보내 주었다.

"호들갑 떨지 마."

"아닙니다. 정말 많이 좋아졌습니다."

"그렇습니다."

토토의 말에 타리온이 맞다는 듯 격하게 고개를 끄덕이며 말했다.

둘의 말처럼 카리엘의 몸은 많이 달라진 상태였다.

걷은 것조차 힘겨워했던 지난날과 달리 지금은 상당히 격한 운동조차 소화할 정도로 몸 상태가 좋아졌다.

"이 정도면 화기가 증폭되어도 버틸 만하려나?"

"어느 정도인가가 중요하겠지요."

"2배에서 3배 수준?"

토토의 말에 카리엘이 고개를 갸웃거리면서 말했다.

"그 정도라면······."

"음······ 그래도 무리하지 않으시는 게······. 뭘 하실지 모르겠지만 좀 더 시일을 두고 하시지요."

타리온이 걱정스레 말했지만 카리엘은 고개를 저었다.

시간이 없었다.

벌써 자신의 궁에 대한 소문이 돌기 시작했다는 것을 타리온에게 보고받았다.

게다가 카리엘이 황제파와 갈라서고자 한다는 소문도 황궁을 넘어 수도에 퍼지고 있었다.

일이 터지기 전에 수르트와의 계약을 끝내고 본격적으로
움직일 필요가 있었다.

　"당장 황궁 보고로 간다."

　카리엘의 말에 타리온이 눈을 동그랗게 뜨며 물었다.

　"지금 말입니까?"

　"그래."

　반론은 허용치 않겠다는 듯 카리엘은 곧바로 마차로 걸어
나갔다.

　"토토 경, 오늘 고생했네."

　어물쩍거리며 따라오던 토토마저 보내 버린 후 마차에 올
라타자 타리온이 마지못해 황궁 보고를 향해 마차를 움직였
다.

　"저, 전하를 뵙습……."

　"보고에 들어가겠다. 전처럼 구경만 하고 나오지."

　"그, 그리하십시오."

　덜덜 떨며 대답하는 내관을 지나 황궁 보고 안으로 진입한
카리엘.

　단숨에 2관에 도달한 카리엘은 그림자의 인사를 손으로
대충 받으며 곧바로 저주받은 무구의 방으로 향했다.

　그 순간 푸른 화염이 만들어지며 주변에서 찝쩍거리는 저
주들을 물리쳤다.

푸른 화염이 만들어 준 길을 따라 곧바로 수르트에게 향한 카리엘.

─기다리느라 지루해 죽는 줄 알았다.

"수천 년간 잠들었으면서 고작 며칠을 못 기다리나?"

카리엘이 그렇게 말하며 수르트를 바라보았다.

그러고는 빙그레 웃으면서 말했다.

"계약하자."

카리엘의 말에 잠시 입을 다물고는 그의 몸을 훑어보는 수르트.

─놀랍네. 뭔 짓을 했길래 이렇게 변한 거지?

"글쎄?"

카리엘이 빙그레 웃으며 수르트를 바라보며 말했다.

"계약할 거야, 말 거야?"

─그래, 하자.

졌다는 듯 고개를 끄덕이며 말하는 수르트.

그 순간 푸른 화염과 카리엘이 내뿜은 화기가 합쳐지면서 환하게 빛을 뿜기 시작했다.

달라진 황태자

아무도 들어오지 않는 저주받은 방.

그곳에서 퍼져 나가는 푸른 빛은 잠시뿐이지만 저주받은
공간을 정화시켰다.

신화적 존재와의 계약으로 신의 숨겨 놓은 미션을 클리어할 자격을 갖
추셨습니다.
신이 숨겨 놓은 두 번째 시련이 발동됩니다. 저주받은 방에서 나가십시
오!

반투명한 창이 사라지는 순간, 잠시 정화되었던 저주의 기
운이 카리엘에게 몰려들기 시작했다.

-부럽다! 나도 계약해 줘!

―나도 나가고 싶다!

―나랑 계약해!

저주받은 무구들이 카리엘의 정신을 오염시킬 기세로 몰려들기 시작하자 작은 불덩이가 튀어 올랐다.

―어딜 잡것들이!

눈, 코, 입이 생긴 작은 불덩이가 앙증맞은 팔을 꺼내며 휘둘렀다.

그러자 아주 잠시 동안 검은 기운들이 카리엘의 주변에서 사라졌다.

"수……르트?"

―뭐 해! 빨리 나가!

"목걸이를……."

카리엘이 봉인 장치를 부수고 목걸이를 꺼내려 하자 수르트가 고개를 저었다.

―당장 이곳에서 나가!

수르트의 말에 카리엘이 미간을 찌푸렸다.

기껏 계약했는데 목걸이를 두고 나가면 의미가 없지 않을까 싶었던 것이다.

푸른 화염을 뿜어내고 있는 목걸이를 보며 망설이자 수르트가 다급하게 얘기했다.

―저건 내 힘의 파편 일부에 기생하는 저주만 남아 있다. 내가 너한테 넘어온 이상 아무짝에도 쓸모없어.

수르트가 그렇게 말하자 카리엘도 더 이상 망설이지 않고 재빨리 움직였다.

그러자 절대 안 보내겠다는 듯, 사방에서 무기들이 떨리며 저주의 기운을 뿜어냈다.

─더 빨리!

"이게 한계야!"

숨을 헐떡이면서 뛰어가는 카리엘에게 빨리 뛰라고 재촉하는 수르트였지만 이미 카리엘은 한계였다.

푸른 화염이 일시적으로 저주의 기운을 막아 주고는 있었지만 점차 막이 얇아져 가면서 몇몇 저주들이 카리엘에게 몰려들었다.

다행히 몸 밖으로 발산하는 화기에 의해 가로막혔으나 시간문제였다.

그래도 미친 듯이 뛴 덕분인지 저주받은 방의 문이 코앞까지 도달한 상태.

─제길! 이제 한계다!

사방에서 몰려드는 저주의 힘에 수르트의 푸른 막이 사라졌다.

그러자 카리엘을 향해 몰려드는 수많은 저주의 손길들.

검은 연기로 이루어진 엄청난 양의 손들이 카리엘의 몸에 닿으려는 순간 화기들이 저항했다.

하지만 워낙 많은 양이었기에 화기들이 서서히 검게 물들어 가기 시작했다.

"끄아아!"

카리엘이 비명과도 같은 괴성을 지르며 문밖으로 몸을 날렸다.

이곳에 넘어온 후 처음으로 해 보는 과격한 움직임.

하지만 그 과격한 움직임 덕분에 문밖으로 빠져나올 수 있었고, 저주의 기운들에 반응한 문이 곧바로 닫히면서 결계를 가동시켰다.

쿠웅!

황궁 보고를 울릴 정도의 소리와 저주받은 개체의 끔찍한 비명이 새어 나왔으나 이내 잠잠해졌다.

수많은 저주받은 무구를 가둬 둔 방답게 강력한 마법이 저주들을 찍어 눌러 버렸기 때문이다.

그럼에도 불구하고 새어 나오는 저주들.

그 순간 멀리서 나타난 그림자가 저주들을 모조리 베어 냈다.

황궁의 그림자들의 무기라 할 수 있는 검은색의 검이 모든 저주들을 소멸시켜 버리는 순간 카리엘이 긴장이 풀린 듯 주저앉았다.

"헉…… 헉…….”

카리엘이 줄줄 흐르는 땀을 닦아 내며 그 자리에서 대자로 뻗자 멀리서 그림자가 황급히 다가왔다.

"전하, 괜찮으십니까?"

그림자가 황급히 카리엘에게 다가와서 묻자 지친 표정으로 작게 고개를 끄덕였다.

"송구하옵니다. 제가 좀 더 신경을 썼어야……."

"애초에 혼자 들어가 보려고 했던 게 나다. 그리고 저주받은 무구들을 자극한 것도 나고."

카리엘이 자책하는 그림자에게 그렇게 말한 후, 잠시 동안 누워서 숨을 가다듬었다.

그렇게 어느 정도 숨이 가다듬어지자 그림자가 카리엘에게 조심히 물었다.

"혹 봉인이 풀린 무구가 있습니까?"

그림자의 물음에 카리엘이 고개를 저었다.

"가지고 나온 무구는 없다."

카리엘이 마치 뒤져 보라는 듯, 양팔을 들어 올리는 제스처를 취하면서 자리에서 일어났다.

그러자 그림자가 송구한 표정으로 고개를 숙였다.

"뭣하면 나중에 저기에 들어가 확인해 보거라."

카리엘의 말에 그림자가 멈칫했으나 고개만 숙일 뿐이었다.

그러다 입을 달싹이다 닫기를 반복했다.

그것을 본 카리엘이 피식 웃으며 말했다.

"폐하께 보고해도 된다."

그림자가 무엇 때문에 그러는 것인지를 안 카리엘의 배려에 그림자의 두 눈동자가 작게 떨렸다.

"……귀족들이 알게 될 것입니다."

"상관없으니 본분을 다하라."

그림자들은 황제의 비밀 친위대나 마찬가지다.

오직 황제에게만 충성을 바치는 존재들.

하지만 현 황제는 썩 좋은 인물이 아니었다.

의심병 말기에, 능력은 없고, 뭔가 해 보려는 의지도 없는 쓰레기.

그것이 황제에 대한 카리엘의 평가였다.

능력은 없는 주제에 혹 자신의 자리가 위협받을까 의심은 많은 양반이니 황제파를 이용해 카리엘을 시험해 볼 것은 당연했다.

"귀찮아지겠군."

카리엘이 그렇게 중얼거리면서 천천히 황궁 보고를 나섰다.

황족들이 접근 가능한 3관의 보물을 보면서 걷던 카리엘이 혀를 찼다.

'이 보물들만 잘 활용했어도 황권이 이 정도로 박살 나지 않았을 텐데.'

카리엘이 그렇게 생각하며 혀를 찼다.

황제의 재능이 그저 평범한 수준, 아니 평범 이하라 하더라도 지금처럼 의심병만 없었다면 제국이 이토록 망가지지는 않았을 것이다.

'그놈의 의심병만 없었어도 나라가 이 꼴이 나지는 않았겠지.'

카리엘이 혀를 차면서 고개를 절레절레 흔들었다.

몇 대에 걸친 암군 때문에 드높았던 제국의 위상은 박살이 났다.

그것을 증명하듯 예전이었다면 감히 목소리도 내지 못했을 주변 왕국들이 제국에 깝죽거리는 것이 보일 정도였다.

그래도 지금은 그나마 나았다.

카리엘이 황제에 올랐을 때는 주변 왕국들이 미쳐서 감히 제국과 전쟁을 벌일 생각을 했을 정도니까.

"역시 이 나라는 답이 없어."

카리엘이 그렇게 중얼거리면서 4관을 지날 때쯤 발걸음을 멈췄다.

시련을 통과해 정식으로 신의 임무가 주어집니다.
신화적 존재들과 계약하기 : 멸망의 마신 (클리어)
남은 신화적 존재 : 태양을 삼킨 마수, 지옥의 문지기, 불의 정령왕의 파편.

저주받은 방을 빠져나오자 생긴 반투명한 창.

시련을 통과했다는 말과 함께 생긴 신의 임무.

만약 카리엘이 사제였다면 신의 임무를 받았다고 좋아했 겠지만 그는 신을 증오했다.

당장 눈앞에 나타나면 죽빵부터 갈길 만큼.

문제는 그다음에 나타난 창이었다.

임무 완료 시 원하는 소원을 한 가지 이루어 줍니다.
※이번엔 사기 안 칩니다.

중요 표시까지 해서 강조한 글자들.

비록 한 가지뿐이지만 원하는 소원을 이루어 준다는 것은 굉장했다.

신이 할 수 있는 한도 내에서 어떤 소원이든 이뤄 준다는 뜻이었으니.

"흠······."

카리엘이 반투명한 창을 보고 고민하자 작은 불덩이 모습 으로 나타난 수르트가 카리엘의 옆으로 다가왔다.

─뭔데?

카리엘이 허공을 바라보고 멍하니 서 있자 의아한 표정으 로 물은 수르트.

그런 그에게 반투명한 창에 대해 설명했다.

─흠······ 또 사기 치는 거 같은데?

"그렇지?"

카리엘이 수르트의 말에 고개를 끄덕이며 말했다.

사기꾼이 사기를 안 친다고 말하는 걸 믿을 사람이 어디 있겠나?

수르트와 카리엘이 서로를 바라보며 신은 믿을 게 못 된다는 듯 고개를 절레절레 흔드는 순간.

반투명한 창이 싹 사라지면서 장문의 글이 적힌 창이 생겨났다.

엄마 보고 싶지 않아?
동생들은? 아니면, 대륙 제패는 어때?
뭐든 말만 해. 이뤄 줄게.
대신 계약만 해.
솔직히 진짜 쉬운 조건이다.
그냥 시간 날 때 찾아서 계약하면 끝이잖아?
어려운 것도 아니고…… 계약만 하면 소원을 들어준다?
이거 거저먹으라고 주는 거야.
그동안 고생했으니 거저먹는 임무 하나 완료해서 소원 빌어 봐♥

사짜 느낌이 가득한 글을 읽은 카리엘의 미간이 구겨졌다.

그것을 본 수르트가 궁금하다는 듯 묻자 내용을 그대로 말해 주었다.

-딱 봐도 사기꾼이네.

"그렇지?"

수르트의 말에 카리엘도 그렇게 생각한다는 듯 고개를 주억거리며 말했다.

　어딘가 꺼림칙한 신의 메시지를 무시하고선 황궁 보고를 나서려 할 때였다.

　─흠, 근데 여유가 된다면 계약해 보는 것도 나쁘진 않긴 해.

　수르트의 말에 카리엘이 고개를 갸웃거렸다.

　"무슨 말이야?"

　─사실 정령왕의 파편 말고는 다 불쌍한 놈들이거든.

　"음?"

　─신들에게 마수로 몰려서 불쌍한 삶을 살다가 봉인당한 놈들이라…… 아는 놈들이라 웬만하면 해방시켜 주면 좋을 것 같긴 해.

　수르트가 그렇게 말하면서 신화 시대에 있었던 일을 짤막하게 말해 주었다.

　신들에게 사기당한 마수들이 얼마나 많았는지 설명하며, 자신이 있던 무스펠헤임에서도 당한 자들이 많았다고 했다.

　결국 끝에는 신들을 욕하는 것으로 끝맺음한 수르트를 보며 카리엘은 작게 한숨을 쉬었다.

　─아! 물론 강요는 아니야. 그냥 여유가 되면 해 볼 만하다 그거지.

　자신의 눈치를 보며 말하는 수르트를 보며 카리엘이 고민에 빠지자 그의 눈앞에 반투명한 창이 생겨났다.

임무를 수락하시겠습니까? (Yes/No)

"임무 실패에 대한 페널티는 없나? 병이 악화되든가 뭐 그런……."

없습니다!

카리엘의 중얼거림에 곧바로 떠오른 반투명한 창.

그것을 보면서 더 의심이 갔지만 페널티도 없다면 딱히 안 할 이유도 없긴 했다.

수르트의 말처럼 여유가 되면 해 보고, 어려우면 포기하면 그만이기 때문이다.

'해 보고 안 되면 포기하지 뭐.'

카리엘이 그렇게 생각하면서 'Yes'를 누른 순간 반투명한 창이 사라졌다.

당사자의 수락에 신들의 내기가 본격적으로 진행됩니다.
임무를 실패해도 당사자 개인에게 주어지는 페널티는 없습니다. 단! 주변에 임무 실패에 대한 영향이 있을 수 있습니다. 주의하시길!

"……영향?"

카리엘이 표정을 구기면서 물었지만 제 할 일은 끝났다는 듯 사라져 버린 반투명한 창.

　　그것을 본 카리엘이 찜찜한 표정으로 황궁 보고를 나섰다.

　　"뭐지?"

　　황궁 보고의 문을 나서자 다수의 황궁 기사들이 서 있었다.

　　그리고 그 앞에 황제의 궁에 근무하는 내관들과 시종들이 다수가 모여 있었다.

　　"전하를 뵙습니다."

　　카리엘이 나오자마자 인사하는 그들.

　　그런 그들에게 카리엘이 다시 물었다.

　　"다시 묻지. 무슨 일로 여기에 모여 있는 거지?"

　　그의 물음에 대표로 보이는 늙은 내관이 말했다.

　　"폐하께서 찾으십니다. 같이 가 주셔야겠습니다."

　　"이유는?"

　　카리엘이 싸늘한 표정으로 묻자 그들이 움찔했다.

　　황제의 이름을 팔았음에도 이유를 물었기 때문이다.

　　"황궁 보고에 관련된 일이옵니다. 폐하께서 찾으시니 속히 가 주셔야겠습니다."

　　"폐하께서 명령하셨다는 명령서가 있나?"

　　카리엘의 물음에 늙은 내관이 움찔했다.

　　"구두로 전하셨습니다."

"구두로 하셨어도 그것을 받아 적는 내관은 있을 터. 그게 아니라면 시종들이 개인적으로 만든 간이 명령서라도 있을 터인데?"

황제의 명령.

그것은 아무리 개인적인 일이더라도 명령서가 만들어진다.

황제의 도장이 찍힌 정식 명령서가 아니라도 오직 황제를 모시는 자들만이 사용하는 명령서로 만들어져 사용된다.

물론 암군들이 연이어 제위에 오르면서 많은 부분이 생략되어 개인적인 명령은 그냥 구두로 전하곤 하지만 황실 법도엔 여전히 남아 있었다.

"그, 그것이……."

젊은 내관도 아니고 경험 많은 내관이 이렇게 당황하는 것을 보면 안에서 있었던 일을 그림자에게 보고받자마자 달려온 것이 틀림없었다.

'다급하게 왔나 보군.'

느긋하게 황궁 보고를 구경하며 걸어 나온 사이 앞을 지키고 선 내관들을 보며 카리엘이 싸늘한 표정을 지었다.

"감히 폐하의 명령을 사칭하는가?"

"아, 아니옵니다!"

사칭이라는 말에 늙은 내관이 화들짝 놀랐다.

"내 지금 당장 폐하께 가서 확인하겠다. 만약 아니라면 폐하를 사칭한 것이고, 그렇지 않다 하여도 그대들의 임무를 소홀히 한 것이니 죄를 물을 것이다."

카리엘의 말에 그 자리에 있던 모든 이들이 놀란 표정을 지었다.

그런 그들을 보면서 카리엘이 싸늘한 표정을 지었으나 속으로는 웃고 있었다.

'최근 내 행보가 이상하니 이쯤에서 기를 죽여 놓겠다?'

카리엘이 황제의 의도를 파악하고는 속으로 비웃었다.

밴댕이보다 작은 마음을 가진 황제를 생각하며 카리엘이 일부러 무게를 잡고 타리온에게 말했다.

"가자!"

카리엘이 직접 황제에게 가자 황궁 기사들이 황급히 옆으로 물러섰다.

황제에게 직접 간다 했으니 자신들이 뭐라 할 명분이 없었고, 무엇보다 어리지만 황태자라는 점이 컸다.

괜히 잘못 나섰다가 자신들도 불똥이 튈 수 있기 때문에 얌전히 길을 터 준 것이다.

카리엘은 죄인이 아니니 할 수 있는 게 없었다.

결국 얌전히 카리엘에게 길을 만들어 주자 타리온의 부축을 받으며 마차에 오른 카리엘이 황제의 궁으로 향했다.

"호종하겠습니다."

"아니, 너희는 뒤따라와라."

어느새 따라붙은 황궁 기사에게 카리엘이 단호하게 고개를 저으며 말했다.

그러자 황궁 기사들의 표정이 굳어졌다.

호종하는 것조차 아니 된다는 것은 카리엘이 황궁 기사들을 믿지 않음을 알리겠다는 것과 다름없었다.

황태자궁의 시종들에게 호종하게 할지언정 기사들은 믿지 않는다.

그것을 보여 준 것이다.

'망했군.'

황궁 기사 중 하나가 눈을 질끈 감으면서 속으로 생각했다.

그들이 생각한 건 이런 것이 아니었다.

황제의 명으로 카리엘을 죄인처럼 끌고 가는 것이었다.

현 황제와 카리엘 사이의 힘의 차이를 명확하게 인식하게 해 주고 고분고분하게 만드는 것.

그것이 황제의 바람이자 황제파의 바람이었다.

'정말 변했군.'

황궁 기사가 그렇게 생각하며 골치 아픈 표정을 지었다.

황제파를 뒷배로 둔 자들은 내관과 시종만이 아니었다.

가뜩이나 현 황제파의 입지가 불안한 상황에서 황태자마저 쓸데없이 날뛰면 피곤한 상황이 되기 때문이다.

귀족파가 사소한 것을 걸고넘어지면서 황궁에 있는 황제파를 건드릴 것이다.

-흠, 저 녀석들 묘하게 건방진데? 원래 이런 거냐?

"그럴 리가."

본래라면 고개를 드는 것도 허락받아야 할 녀석들이 시종들이다.

귀족들에게도 굽실거려야 할 녀석들이 몇 대에 걸쳐 황제라는 백을 믿고 설치고 있으니 눈에 뵈는 게 없는 것이다.

-근데 왜 저래?

"황실이 병신이니 지들이 왕인 줄 알고 나대는 거지."

-개판이네?

카리엘의 말에 수르트가 답이 없다는 듯 머리를 절레절레 흔들었다.

머리와 팔밖에 없는 불덩이가 저러니 귀여워 보였지만 입 밖으로 내진 않았다.

'귀엽다고 하는 순간 삐지겠지?'

그동안 대화하면서 느낀 점은, 수르트는 은근히 자존심이 세다는 것이다.

"전하, 도착했습니다."

그 말에 수르트의 모습을 잠깐 구경하던 카리엘이 다시금 사라지라고 말하고는 타리온의 부축을 받아 마차에서 내렸다.

그러자 거대한 궁이 모습을 드러냈다.

황금으로 도금이 된 기둥과 온갖 보석들로 치장된 건물을 보면서 카리엘은 혀를 찼다.

심지어 시종들마저 사치스러운 장신구를 차고 있자, 그의 표정이 싸늘해졌다.

"쯧! 사치스럽군."

카리엘이 혀를 차면서 고개를 절레절레 흔들었다.

그러자 뒤에 따라오던 시종들이 움찔거렸다.

황제와 궁은 몰라도 시종들까지 사치스러울 필요가 있을까?

복식이 통일이라도 되었다면 모르겠지만 저마다 다른 장신구를 차며 자신을 뽐내고 있는 모습은 그냥 사치를 일삼는 간신에 불과했다.

"전하를 뵙습니다. 폐하께서 기다리고 계시니 속히 이동하시지요."

황제궁의 시종장이 카리엘의 걸음을 재촉했다.

자신을 봤음에도 대충 묵례를 하며 말하는 시종장의 모습에 카리엘이 걸음을 멈추고는 그를 빤히 바라보았다.

"전하, 폐하께서 오래 기다리셔서 노여워하셨습니다. 속히……."

"황태자를 봤으면서 허리조차 제대로 숙이지 않는 것인
가?"

카리엘의 말에 시종장이 인상을 살짝 찌푸렸다.

"전하, 지금 이러실 시간이……."

"인사부터 제대로."

카리엘이 그렇게 말하며 시종장을 똑바로 바라보았다.

그러자 그가 당황한 표정으로 카리엘의 뒤를 따라오던 시
종들에게로 시선을 돌렸다.

그들의 표정에서 뭔가 심상치 않음을 느낀 시종장은 허리
를 숙이며 인사했다.

"속히 가셔야 하옵니다."

"내 걸음은 내가 알아서 한다. 건방지게 굴지 마라."

카리엘이 그렇게 말하며 시종장을 뒤로하고 천천히 걸어
갔다.

그러자 시종들이 재빨리 황제에게 고하고 거대한 문을 열
었다.

황제의 궁을 상징하는 화려한 문이 열리자, 카리엘은 붉은
카펫이 깔린 길을 걸어갔다.

"폐하를 뵙습니다."

"황궁 보고에 들어갔다지?"

허리를 숙이며 인사하는 카리엘에게 황제가 무심한 어투
로 말했다.

그러자 카리엘 역시 무심한 어투로 답했다.

"그렇습니다."

"짐에게 허락조차 받지 아니하고?"

"구경하는 건 황궁 법도에 어긋나지 않는다고 알고 있습니다."

무미건조한 음성으로 답하는 카리엘을 보면서 황제의 얼굴이 살짝 찌푸려졌다.

"황궁 보고의 내관을 그리한 이유가 무엇이냐?"

"감히 황태자인 제게 건방지게 굴었습니다."

카리엘이 당당한 표정으로 말했다.

그러자 근처에 있는 황제파의 귀족들 몇몇이 당황한 표정을 지었다.

황제의 근방에 있는 시종들 역시 마찬가지였다.

"폐하께서 직접 임명한 황태자를 무시하는 행위는 크게는 황제를 능멸함이오, 작게는 황권의 지엄함을 의심하는 행위일 터."

황태자가 그렇게 말하면서 좌중을 둘러보았다.

황제파 출신 귀족의 내관 하나를 잡아들였다고 쪼르르 달려와 일러바친 귀족들의 얼굴을 하나하나 확인했다.

"일부러 늦게 나온 주제에 잘못을 나에게 돌리려 하며, 은근슬쩍 무례하게 굴고 기만하려 했습니다."

황권을 들먹이며 말하는 황태자를 보면서 황제의 미간이

찌푸려졌다.

"그래도 과했다. 절차를 거쳐 천천히 진행해야 했거늘…….
미숙하구나."

황제의 말에 귀족들의 표정이 찡그려졌다.

황제가 한발 물러섰음에 황태자의 기를 눌러 놓으려던 계
획이 어그러진 것이다.

"태자 전하께서도 알아들으셨을 것이옵니다."

"그렇습니다. 이쯤에서 그만하시고 오랜만에 태자 전하와
회포를 푸시지요."

간교한 혀 놀림으로 카리엘이 미숙해서 과하게 행동했다
고 몰아가려는 이들.

간신의 표본인 이들을 싸늘하게 훑어본 카리엘이 피식 웃
으며 말했다.

"폐하, 이런 일이 반복되지 않도록 이번 기회에 본을 보이
셔야 하옵니다."

"뭐라?"

카리엘의 말에 황제의 눈동자가 커졌다.

옆에 있는 황제파의 귀족들을 비롯한 시종들 역시 당혹스
러운 표정을 지었다.

황제가 한발 물러서면 끝날 줄 알았는데 황태자가 치고 들
어올 줄은 예상치 못했던 것이다.

"황궁에 폐하의 자비를 등에 업고 위세를 부리는 자들이

있다고 들었습니다. 소자, 이번 일을 계기로 그와 같은 자들이 있음을 직접 확인했으며, 이 사안을 그냥 두고 볼 수 없다고 판단하였습니다."

"태자, 어디서 사특한 말을 듣고 황가에 충성하는 자들을 욕보이느냐!"

황제가 대로하며 황좌를 주먹으로 '쾅!' 치고는 자리에서 일어났다.

그러자 황제파의 귀족들이 허리를 숙이는 척하며 미소를 지었다.

황태자가 삽질해 준 덕분에 자신들이 본래 목적을 달성할 수 있겠다 싶었던 것이다.

그런 그들을 본 카리엘은 고개를 들고 황제를 빤히 바라보았다.

"제가 직접 확인한 것이옵니다."

"겨우 사소한 일 한 번 가지고 전부를 판단하려 하느냐!"

"이곳에 오는 과정에서 폐하의 시종들 역시 황궁 보고의 내관들과 똑같은 행동을 했사옵니다. 심지어 시종장조차 제 앞에서 허리를 숙이지 않았습니다."

황태자가 그렇게 말하며 시종장을 노려보았다.

그러자 황제가 살짝 당혹스러운 표정을 지었다.

아무리 시종장이 날고뛴다 하더라도 스스로 그리했을 리는 없다.

뒤에서 황제가 태자의 기를 죽이기 위해 시킨 일일 터.

"고작 그 정도로……."

"저한테 이럴 정도라면 다른 황족들에겐 어떠했겠습니까? 폐하, 이건 그냥 넘어갈 사안이 아니옵니다."

카리엘이 그냥 넘어가지 않겠다는 듯, 시종장을 노려보면서 말하자 주변 사람들이 식은땀을 흘리기 시작했다.

황태자가 누구 하나는 끝장내려는 기세였기 때문이다.

"쯧! 태자의 말만 듣고 판단할 수는 없는바. 짐이 직접 확인해 보겠다. 그러니 태자는 그만 물러가라."

"폐하, 소신이 시작한 일이니 소신이 끝까지 책임지겠습니다."

"뭐라? 짐이 물러가라 명했다! 내 명을 거역하는 것이냐?"

황제의 서슬 퍼런 목소리에 시종장이 작게 한숨을 내뱉었다.

살았다는 안도의 한숨.

그런 그의 모습에 카리엘이 황제를 똑바로 바라보며 말했다.

"폐하, 소자가 못미더우신 것입니까?"

카리엘의 물음에 황제가 갑자기 웬 생뚱맞은 소리냐며 카리엘을 바라보았다.

"제가 얼마나 못미더우시면 이런 사소한 일조차 맡기지 못하신단 말씀입니까."

카리엘이 그렇게 말하면서 무릎을 꿇었다.

"그리 못미더우시다면 소자, 제국을 위해 태자 자리를 내려놓겠습니다."

카리엘의 폭탄 발언에 황제의 눈이 커졌다.

"태자, 지금 네가 하는 말의 의미를 알고나 하는 것이냐!"

"그렇습니다."

카리엘이 그렇게 말하며 고개를 숙였다.

"평소 병약하고 부족한 제가 장자라는 이유만으로 태자 자리에 앉아 있는 게 불편했습니다."

"그건……."

"제국을 위해선 소자같이 쓸모없는 놈보다 아우들이 더 믿음직하겠지요. 제국을 위하는 마음으로 소자, 무거운 태자 자리를 내려놓겠습니다."

카리엘의 발언에 황제의 얼굴에 당혹감이 서리기 시작했다.

2황자와 3황자.

그들이 천재라는 걸 모르는 이들은 없다.

천재 마법사라 추앙받은 2황자.

차기 소드 마스터라 불리는 3황자.

이 둘이 차기 황제 자리에 어울린다는 건 제국민 모두가 알고 있다.

그럼에도 불구하고 병약한 카리엘을 황태자로 앉힌 이유.

그 역시 제국민 모두가 안다.

황제파의 꼭두각시로 세우기 위한 것과 황제가 죽기 직전까지 자신의 권력을 놓지 않기 위한 수단.

명분은 황자들의 어미인 황비들이 각 공작가의 딸이라 어느 한쪽에 힘을 실어 줄 수 없다는 것.

그 명분 하나로 여기까지 끌고 온 것이다.

"허락하신 것으로 알고 물러나겠습니다."

"기다리거라!"

황태자가 자리에서 일어나며 말하는 순간, 황제가 다급하게 말했다.

"후, 짐이 너를 못 믿어서 그런 것이 아니다."

황제가 갑자기 친근한 말투로 카리엘에게 다가오며 말했다.

"짐은 네가 회복에만 전념했으면 해서 그리 말한 것이다. 오해하지 않았으면 좋겠구나."

황제의 모습에 카리엘이 속으로 기가 찼으나, 눈을 내리깔며 말했다..

"어찌 폐하의 마음을 모르겠사옵니까. 그래도 이왕 마음 먹은 거, 동생들을 위해 태자 자리에서 물러나야겠사옵니다."

"아니 된다."

황제가 단호하게 말하자 카리엘이 의아한 표정을 지었다.

"어찌……."

"너도 알겠지만 두 황자는 천재이니라. 어느 한쪽에 힘을 실어 줄 수가 없는 상황에서 갑자기 태자 자리에서 물러난다면 제국은 혼란에 빠질 것이다."

이런 것도 모르냐는 듯 책망하는 표정으로 말하는 황제에게 카리엘이 고개를 숙이며 말했다.

"하오나 언제까지고 무능한 제가 이 자리에 있을 수는 없는 법이옵니다. 뛰어난 두 동생을 제쳐 두고 제가 계속 이 자리에 있다면 귀족들과 백성들의 불만이 있을 것이옵니다. 어차피 언젠가는 두 동생 중 하나가 이 자리를 차지해야 할 터. 폐하께서 강건하실 때 이루어지는 게 좋을 것 같사옵니다."

"네가 보여 주면 되는 것 아니겠느냐?"

카리엘의 말에 황제가 그의 어깨를 두드리며 말했다.

"이참에 황권의 지엄함을 보여 주거라. 네가 무능하지 않다는 것을 보여 주어 황태자 자리를 굳건히 하거라."

"하오나 폐하……."

"동생들에게 물려주고 싶다고 해도 지금은 아니다. 그들은 너무 어리다."

황제의 말에 카리엘이 하는 수 없다는 듯 고개를 숙였다.

"……알겠사옵니다. 미력하나마 폐하께 흠이 되지 않도록 최선을 다하겠사옵니다."

카리엘의 말에 황제가 헛기침하면서 말했다.

"무리하지 말거라. 언제나 너의 건강을 최우선으로 삼아야 할 것이다."

"예, 폐하."

황송한 표정으로 말한 카리엘은 감격한 표정을 지으며 황제의 궁을 빠져나왔다.

그러고는 단번에 마차에 올라탔다.

-연기 잘하더라?

"토 나올 뻔했다. 아오, 아주 ×랄 났네."

황제의 가증스러운 모습에 토악질이 나올 것 같은 표정으로 헛구역질한 카리엘이 아쉬운 표정을 지었다.

"이참에 황태자를 때려치웠으면 좋았을 텐데……. 아쉽다."

황제파를 조저라!

황태자가 황제에게 불려 갔다는 소식은 수도 전체에 퍼졌다.

황제파가 황궁을 장악해서 밖으로 흘러나가지 않을 것 같지만 그만큼 황궁 내부에 첩자들도 많았다.

주로 황제파 소속이면서도 뒷돈을 받아 정보를 건네주는 이중 첩자들.

귀족파, 중립파, 심지어 타국의 사람들까지 이중 첩자들에게 돈을 건넬 정도로 보안이 개판인 황궁에서 이런 빅 이슈가 새어 나가지 않을 리가 없었다.

그러다 보니 순식간에 수도에 소문이 퍼져 나갔다.

의외로 사람들은 입은 싼 편이다 보니 귀족들 내에서만 돌

던 소문이 수도의 제국민들에게까지 퍼져 나가는 데에는 이
틀이 채 걸리지 않았다.

"재밌네."

카리엘이 책상에 앉아 턱을 괴고는 오늘 자 아침 신문을
바라보았다.

그러다 고개를 돌려 어제 아침에 발간된 신문을 보았다.

　-갑작스러운 황태자의 과격한 행보. 이유는?

황궁 보고에서 있었던 일을 다룬 신문 제목.

실수한 내관을 과격하게 대하고 시종들에게 패악질을 부
렸다는, 다소 과장된 내용이었다.

황제파가 수를 쓴 것이 분명한 내용이었으나 오늘 자 신문
은 달랐다.

　-황태자의 과격한 행보는 도를 넘은 내관들의 행동 때문?

　-뒤늦게 나온 황궁 보고 담당관. 과연 실수일까, 의도적이었
을까?

　-황태자에게 허리를 숙이지 않은 시종장. 그의 오만함은 어
디까지?

　-내관들과 시종들의 불손한 태도는 어제오늘 일이 아니다?

갑자기 달라진 내용들.

황태자를 안하무인으로 몰아가던 내용들이 일제히 시종들과 내관들의 불손한 태도를 언급하며 공격 방향을 바꿨다.

'귀족들이 은근 이런 걸 잘 물어 준단 말이야.'

카리엘은 미끼를 물고 파닥거리는 귀족파를 생각하며 빙그레 미소를 지었다.

"귀족파한테 신나게 처맞겠군."

키득거리면서 고생길이 훤할 황제파를 상상했다.

심성이 그다지 좋지 않은 카리엘이 자신을 쓰레기로 몰아가려는 황제파를 보고 가만있었을 리 없다.

이럴 줄 알고 있었다는 듯 미리 준비시킨 자료를 타리온이 슬쩍 신문사에 전달했고, 그 내용이 조간으로 보도되며 여론이 바뀌었다.

평소 황제파를 고깝게 보던 귀족파 휘하의 신문사들이 곧바로 이 미끼를 물었고, 중립을 지키는 신문사 역시 돈이 될 것 같자 곧바로 달려들었다.

새벽에 발간되자마자 채 2시간도 되기 전에 여론이 바뀌어 가는 장면을 보면서 카리엘은 진한 웃음을 흘렸다.

이제 황제파는 카리엘을 공격하겠다는 생각은 고이 접어두고, 자신들에게까지 불똥이 튀지 않게끔 끈을 잘라 내는 데에 집중해야 할 터였다.

"어디 고생 좀 해 봐라."

카리엘이 키득거리면서 신문들을 하나하나 읽어 내려갈 때였다.

"전하."

문을 두드리는 소리와 함께 타리온이 부르는 목소리가 들려오자 카리엘이 들어오라 말하며 고개를 돌렸다.

그러자 타리온이 덩치에 안 맞는 조심스러운 발걸음으로 다가왔다.

"황제파가 또다시 움직였습니다."

"뭔데?"

"전하께서 폐하께 대들었다는 내용을 은근슬쩍 흘릴 것 같습니다."

타리온의 말에 카리엘이 피식 웃었다.

"재밌네. 그럼 우리도 하나 흘려 줘야겠지? 다음 단계 시작해라."

"예!"

카리엘의 말에 타리온이 웃으면서 고개를 숙였다.

딱 봐도 재밌다는 게 눈에 보일 만큼 즐거워하는 타리온을 보면서 카리엘도 미소를 지었다. 자신 역시 황제파를 엿 먹이는 지금 이 상황이 즐거웠기 때문이다.

"전하."

"응? 할 말 있어?"

"전하께서 찾으라 명령하신 사람들을 발견했사옵니다."

타리온의 말에 카리엘이 눈을 동그랗게 뜨며 말했다.

"생각보다 빨리 찾았네?"

카리엘이 의외라는 표정으로 바라보았다.

하나같이 괴짜들인지라 찾기 어려운 사람들이었다.

광전사 이리스는 전투에 미쳤다는 평가답게 제국 외곽지역에서 전쟁을 찾아 돌아다녔고, 불에 미친 마법사 아르슈나는 화산지대를 돌아다니고 있었다.

몬스터 외과 의사 브리온 역시 몬스터 해부를 위해 위험지역에서 생활했다.

그렇다 보니 상당히 찾기 까다로운 존재들이었다.

"연락은?"

"보내 놨습니다. 다만 답변이 올 때까지는 시일이 걸릴 것 같습니다."

"흠…… 그래. 뭐 어쩔 수 없지."

오지에 있을 게 분명한 이들이기에 답변에 시간이 걸리는 건 어쩔 수 없었다.

"뭐, 당장 급한 것도 아니고."

카리엘이 그렇게 말하면서 고개를 끄덕였다.

시간이 지날수록 화기를 컨트롤할 수 있게 강체술도 변화시켜야 하지만 그때까지는 시간이 꽤 남은 상태였다.

현재는 토토가 만들어 준 운동 스케줄과 강체술의 기본을 수련하는 것만으로도 충분했다.

만약 이들이 안 된다고 해도 차선은 있었기에 급하지 않았다.

"천천히 해. 시간은 많아."

"예!"

타리온이 고개를 숙이며 대답하고는 방을 나섰다.

그런 타리온의 얼굴이 미소로 가득한 것을 보고 카리엘도 웃었다.

전생과 현생을 포함해서 오늘만큼 재밌었던 적은 없었다. 그토록 자신을 괴롭혔던 황제파를 엿 먹이는 기념비적인 날이었기 때문이다.

거기다 더 기대되는 것은 이게 끝이 아니라는 점이었다.

"어서 발악 좀 해 봐라."

카리엘이 그렇게 말하면서 자신의 노트를 펼쳤다.

그곳엔 자신이 기억하는 황제파의 비리들이 가득했다.

전생에 황제파의 비리들을 조사했을 때 얻은 정보들이었는데, 그 당시 그림자들이 가져온 정보를 듣고선 어이가 없어서 헛웃음이 났다.

'설마 이런 짓까지?'라고 생각했던 것들을 서슴지 않게 행하고 있었기 때문이다.

거기다 카리엘이 가진 정보는 황제파에 대한 것만이 아니었다.

귀족파, 중립파 가리지 않고 가지고 있었고, 그것으로 적들을 혼란시킬 준비까지 되어 있었다.

"떠나기 전에 최대한 이걸 다 쓰고 가고 싶은데…… 되려나?"

카리엘은 그렇게 중얼거리면서 노트를 바라보았다.

현재 기억하는 굵직한 것만 해도 노트를 가득 채울 정도였다.

그것으로 모자라 이중 첩자들과 각 세력을 걸치고 있는 자들까지 생각하면 귀족들을 엿 먹일 방법은 무궁무진했다.

거기다 자신을 그토록 힘들게 했던 사건들까지 연계하면 수도는 개판으로 변할 것이다.

떠나기 전에 수도가 개판으로 변하는 모습을 구경하는 것도 나쁘지 않을 것 같다는 생각에 카리엘은 진한 미소를 그리며 새로운 노트를 꺼내 방금 떠올린 계획들을 적어 나갔다.

"흐흐~."

자신도 모르게 웃음이 튀어나오는 상황에 즐거워하면서 정신없이 황제파를 엿 먹일 새로운 방법들을 적어 나갔다.

그러자 어느새 '뿅!' 하고 나타난 수르트가 한심해하는 표정으로 카리엘을 바라보았다.

누구는 화기를 최대한 빨아들여 체화하느라 정신없는데 정작 당사자는 놀고 있으니 기분이 안 좋을 수밖에 없었다.

-그만 놀고 수련해라.

"응? 언제 나왔대? 그리고 놀고 있는 거 아닌데?"

카리엘이 수르트를 보며 노트를 들어 올렸다.

─그게 노는 거지.

"다 미래를 위한 계획이지. 수도를 개판으로 만들어 놔야 나중에 내가 움직이기도 편하잖아. 그래야 마수들과 계약도 하러 가지."

청산유수처럼 흘러나오는 변명을 들으며 수르트가 고개를 절레절레 흔들었다.

─알았으니 닥치고 수련해. 더 이상 화기 못 빨아들여. 일주일 동안 강체술로만 버텨야 한다고.

"음......."

수르트의 말에 카리엘이 아쉬운 표정으로 노트를 바라보았다.

모처럼 황제파를 엿 먹일 엄청난 계획이 떠올랐는데 이대로 수련하러 가기는 아쉬웠기 때문이다.

하지만 수르트의 서슬 퍼런 눈초리에 결국 강체술을 수련하러 밖으로 나섰다.

그렇게 카리엘이 토토를 불러 강체술 수련에 집중하는 사이, 수도는 말 그대로 개판으로 변해 갔다.

"이게 다 황제파 때문이다!"

"황제파를 끌어내려야 한다!"

명분을 잡았다는 듯, 귀족파 출신의 귀족들이 들고일어나 광장에서 고래고래 소리를 질러 댔다.

아직 확실한 건수를 잡지는 못했기에 대놓고 대전 회의 안건으로 내지는 못했지만, 그 대신 하위 귀족들을 이용해 광장에서 여론을 선동하는 것이었다.

처음엔 단순하게 아니라고 반박하던 황제파도 시간이 지날수록 사태가 커지자 단순 대응을 멈추고 침묵했다.

며칠 동안 황제파 출신의 관료들이 온갖 욕을 들어먹으며 사태가 안 좋아지자 황제파에서 공식적인 입장을 내놓았다.

－일부 내관들과 시종들의 불손한 움직임을 파악했다. 곧바로 조치했으나 조사 과정에서 황궁 보고 담당관의 경우 첩자로 밝혀졌다. 현재 이 사실이 어떤 연관성이 있는지는 조사 중이다.

황제파의 발표를 들은 제국민들은 귀족파를 따라 몰려들던 것을 멈추었다.

제국민들도 머리가 있는 이상 황궁에 귀족들이 첩자를 보내는 것쯤은 알고 있었다.

그러다 보니 이 사건을 귀족파가 조작한 것은 아닌지 의심하는 것이다.

그러자 귀족파는 당연히 반발했다.

이 사건을 덮기 위해 수를 쓰는 것이라 화를 냈지만 이미 여론은 서서히 식으며 사태를 관망하는 것으로 변해 갔다.

만약 이대로 시간이 지난다면 들끓었던 여론은 귀족들이 또 서로 싸운다며 관심을 끊어 버릴 테니 하나의 해프닝으로 끝나 버리고 말 것이다.

"제법이네?"

토토와 열심히 수련하고 있던 카리엘이 빙그레 웃으며 말했다.

"전하, 다시 운동하실 시간이옵니다."

"아! 잠깐만."

그렇게 말한 카리엘은 타리온을 대신해 남은 시종에게 명령을 내렸다.

"첩자들, 감찰부로 넘겨."

"예, 전하."

명을 받고 황급히 움직이는 시종을 보며 카리엘이 진한 미소를 지었다.

이럴 줄 알고 황태자궁에 있는 첩자들 몇을 잡아 두었다.

식재료를 각 궁으로 나르는 최하층의 시종들이었지만 그런 건 상관없었다. 황태자궁으로 첩자들이 기어 들어왔다는 그 '사실'이 중요한 것이기 때문이다.

"꺼지기 전에 다시 장작을 넣어 줘야지."

카리엘이 그렇게 중얼거리며 웃고 있을 때, 토토가 다가왔다.

"전하, 어서 운동을 시작하시지요."

"아, 좀만 쉬면 안 될까?"

"아니 됩니다. 근육이 열이 받았을 때 운동해야 효과가 좋습니다. 그래야 강체술 수련도 더 효율이 올라가고요."

토토의 말에 카리엘이 한숨을 푹 쉬었다.

"스트레칭부터 시작하시죠."

"아까 했잖아!"

"쉬었으니 다시 몸을 푸셔야지요."

카리엘의 반항에 토토가 웃으면서 말하고는 자신도 같이 하겠다는 듯 열심히 스트레칭을 했다.

꿈틀거리는 근육을 자랑하면서 스트레칭을 하는 토토를 카리엘이 꼴 보기 싫다는 표정으로 바라보았으나 어쩔 수 없었다.

결국 토토의 말을 따라 스트레칭부터 시작한 카리엘은 오늘도 열심히 구슬땀을 흘렸다.

괜히 토토에게 도움을 청했나 싶을 정도로 지옥 같은 운동을 하고 있을 때, 감찰부는 난리가 났다.

"저, 전하께서 직접 보내신 거란 말인가?"

"그렇습니다."

황태자궁의 시종들에 의해 끌려온 세 명의 남자들.

한때 황태자궁의 시종들이었지만 첩자임이 밝혀져 궁의 지하에 갇혀 있던 자들이었다.

"황태자궁의 첩자임을 정식으로 발표하고 이들의 뒤를 캐라는 명이옵니다."

"으음……."

시종의 말에 감찰부장이 당혹스러운 표정을 지었다.

수도 지역을 담당하는 감찰부의 장이었지만 그가 감당할 수 있는 규모가 아니었다.

"가, 감찰총장께 여쭤봐야 할 것 같네."

수도 감찰부장이 은근슬쩍 발을 빼려 하자 시종이 그럴 줄 알았다는 듯 입을 열었다.

"태자 전하께서 전하라 하셨습니다. 폐하께 이번 사건을 총괄하라는 명을 받았으니 자신의 명령만 받으면 된다 하셨습니다."

"헉!"

황제의 명이라는 말에 감찰부장이 숨넘어가는 소리를 냈다.

"곧바로 공식적으로 발표하시고 팀을 꾸리십시오. 그리고 치안대에 도움 요청을 하시고 전방위적 수사를 위한 준비를 끝마치시라는 명입니다."

시종은 그 말을 끝으로 볼일 다 봤다는 듯 고개를 숙이고는 뒤돌아서서 나갔다.

그러자 그 시종의 뒤를 따라 다른 시종들까지 우르르 빠져
나갔다.

감찰부에는 침묵만이 감돌았다.

"× 됐다."

감찰부장의 중얼거림에 근처에 있던 감찰부원들 모두가
같은 마음이라는 듯 고개를 주억거렸다.

　　　　　　　　　　　�֎

황태자궁의 시종들이 감찰부에 다녀간 후, 얼마 지나지 않
아 공식적으로 황궁의 첩자들이 잡혔다는 공식 발표가 있었
다.

그러자 식어 가던 수도가 다시금 타오르기 시작했다.

　-황태자궁에 잠입한 첩자. 과연 황궁은 안전한 것인가?
　-황궁. 정말 이대로 괜찮은 것일까?

황궁의 안전에 대해 의심하는 기사들이 연이어 쏟아지면
서 관료들의 무능 그리고 파벌 싸움만 하는 귀족들까지 까
내리기 시작했다.

그러는 사이 감찰부에서 또 하나의 발표가 이어졌다.

첩자들의 정체가 식자재를 운반하는 역할의 시종들이란

것을 발표한 것이다.

다행인 점은 제국 내의 첩자들이 아닌, 타 국가로 추정되는 자들이라는 점이었다.

그러자 여론이 불탔다.

제국 내 파벌들도 아니고, 타 국가가 첩자들이 잡혔다.

그것도 최근 이슈가 되고 있는 황태자궁에 잠입한 것이다.

조용했던 때라면 넘어갈 수 있었겠지만, 하필 시종과 내관들이 무례를 범한 시점에서 타국의 첩자들이 황태자궁에 잠입한 것이 문제가 되었다.

"미친 것들이, 때를 봐 가면서 해야지!"

재상인 무솔리니가 이를 갈면서 고함쳤다.

황제파의 거두인 그조차 눈치를 보고 있었는데 겁 없는 타국의 존재들이 첩자를 운용한 것이다.

자신을 무시한 처사에 베르나트 무솔리니가 분노하며 몸을 부르르 떨었다.

간신히 덮어 두었던 불씨가 다시금 활활 타오르기 시작하자 난감한 건 중립파 역시 마찬가지였다.

"이런 병× 같은 것들이! 걸리지나 말든가!"

감찰총장인 포돌스키가 이를 갈면서 주먹으로 책상을 후려쳤다.

쾅!

중립파의 거두 중 하나인 포돌스키는 비록 깨끗하다고 할

순 없는 인물이지만 일이 크게 번지지 않도록 나름대로 관리해 온 인물이었다.

그런데 자신의 재임 기간에 엄청난 사건으로 발전할 수 있는 상황이 발생한 것이다.

사실 황궁에 첩자들이 있다는 건 알 만한 사람들은 다 아는 공공연한 사실이라, 나름대로 선을 지키면서 일정 수준 이상까진 첩자를 들여보내지 않는 암묵적인 룰이 있을 정도였다.

심지어 큰 사건이 터지면 한동안은 첩자질을 하지 않고 얌전히 있어야 한다는 그들만의 규율까지 있었다.

문제는 웬만한 것이라면 자신이 덮고 첩자를 보낸 타국에 항의하면 외교적으로 해결될 텐데, 하필 그 첩자들을 황태자가 '직접' 잡았다는 것이었다.

－황태자 카리엘 프레드리히 폰 블레이저의 이름으로 명한다. 내가 '직접' 잡은 첩자들의 뒷배가 누군지 하나도 빠짐없이 밝혀라.

이는 황제 폐하의 명을 수행하는 나 황태자의 이름으로 명하는 것이다. 그동안 감찰부를 잘 이끈 포돌스키 총장이니 잘해낼 것이라 믿는다.

포돌스키 총장은 황태자가 직접 쓴 서신을 보면서 미간을 찌푸렸다.

황태자가 직접 서신을 보내 협박해 오자 포돌스키가 골치 아픈 표정을 지었다.

이건 자신의 선에서 덮을 수 있는 사안이 아니었다.

황태자 따위야 별문제가 없지만 황제의 명령이라는 점이 중요했다.

웬만한 사안이라면 황제파가 황제를 꼬드겨 덮어 보려 했겠지만 명분을 쥔 황태자가 황제의 명을 들먹이며 수사를 직접 지휘하고자 하는 판국이니 덮을 수 있을 리가 없었다.

"미치겠군!"

포돌스키가 한숨을 쉬면서 황태자의 협박성 서신을 고이 접어 첫 번째 서랍에 넣었다.

"후, 어느 선까지 잡아들여야 하는지도 문제군."

황제의 명을 받은 황태자가 직접 나서는 사건을 일개 총장 따위가 적당한 선에서 마무리할 수 있을 리 없었다.

지금 자신이 할 수 있는 건 그저 황태자가 적당히 해 주기를 바라는 것뿐이었다.

그러나 그런 총장의 바람이 무색하게도 카리엘은 적당히 끝낼 생각이 없었다.

"후, 어느 정도 안정기에 접어들었나?"

"그렇사옵니다."

카리엘의 말에 토토가 대견해하는 표정으로 답했다.

그 말에 카리엘의 입가에 진한 미소가 지어졌다.

"이제 움직일 수 있겠군."

카리엘이 그렇게 말하면서 토토를 바라보았다.

"한동안 오지 않아도 된다."

"예?"

"운동 못 할 테니까 한동안은 궁에 오지 말고 일 보라고."

"쉬면 아니 되옵니다. 운동은 매일같이……."

카리엘의 말에 토토가 기겁하면서 말했지만 이내 말을 멈추고 고개를 숙였다.

그도 듣는 귀가 있었기에 카리엘이 어떤 행보를 보이고 있는지를 알았다.

잠잠해진 눈빛에서 카리엘이 큰일을 벌이려는 것임을 깨닫고는 한숨을 쉬며 말했다.

"그래도 틈틈이 운동은 하셔야 하옵니다. 정 시간이 없으시면 스트레칭이라도 하시옵소서."

"……알았어."

토토의 걱정 어린 말에 카리엘이 마지못해 답하고는 근처에 있는 시종에게 타리온을 불러오라 명했다.

"부르셨습니까."

"씻고 나갈 것이니 채비해."

카리엘은 그렇게 말한 뒤 땀에 흠뻑 젖은 몸을 씻고 곧바로 마차에 올라탔다.

"목적지는 감찰부다."

"예, 전하."

카리엘의 명령에 타리온이 우렁차게 대답하며 마차를 몰았다.

그 뒤로 황태자궁에 배치된 기사 몇 명이 말을 타고 호종했다.

화려한 마차가 황궁을 지나 수도에 있는 감찰부에 들어서자 많은 사람들이 웅성거리기 시작했다.

"황태자 전하의 행차시다!"

타리온의 말에 모여 있던 사람들이 황급히 길을 트며 고개를 숙였다.

그러자 그제야 마차의 문을 연 타리온이 카리엘을 부축했다.

"저, 전하!"

고층에서 황급히 뛰어오는 수도 지역 감찰부장이 식은땀을 흘리며 카리엘의 앞에 섰다.

"미리 연락도 하지 않고 와서 미안하군."

"아, 아니옵니다. 안으로 모시겠습니다."

감찰부장이 속으로 왜 총장에게 가지 않고 자신에게 왔냐며 악을 질러 댔지만, 겉으로는 식은땀만 뻘뻘 흘릴 뿐이었다.

그런데 그건 감찰부장뿐만이 아니었다. 모두가 황태자의 방문에 당혹스러워하며 최대한 눈이 마주치지 않기를 바랐다.

사실 감찰부 중에서 뇌물 한번 받지 않은 청렴한 인간은 드물었다. 위가 썩었는데 아래가 멀쩡하기를 바라는 건 양심 없는 일이다.

그것뿐이라면 청렴한 인간들이 좀 남아 있었겠지만, 귀족파, 중립파, 황제파 할 것 없이 압박이 들어오니 뭘 해 볼 수가 없었다.

그러다 보니 하나둘 자포자기해서 뇌물을 받거나 파벌에 들어가는 것이다.

물론 그중에서도 몇몇은 청렴함을 유지하기도 하지만 그럴 경우는 죄다 지방의 한직으로 밀려나게 된다.

즉! 감찰부에 완전히 깨끗한 인간이란 존재하지 않았다.

나름 고풍스럽게 꾸며진 감찰부장실에 들어간 카리엘이 오만하게 소파에 앉았다.

"바쁜 시기에 찾아와 미안하군."

"아, 아니옵니다."

감찰부장이 식은땀을 흘리면서 답했다.

"바쁠 테니 용건만 간단히 하지. 오늘부터 황궁에 관련된 수사는 내가 직접 총괄하겠다. 이는 폐하의 명임을 알고 있겠지?"

"예? 예…….알고 있사옵니다."

"그럼 일이 수월해지겠군. 내가 잡은 첩자들이 있는 곳과 꾸린 팀들이 있는 곳으로 안내해."

카리엘의 말에 감찰부장이 침을 꿀꺽 삼키면서 황급히 자리에서 일어나 안내했다.

그러자 온갖 서류 더미들로 넘쳐 나는 회의실의 모습이 보였다.

"개판이군."

"송구하옵니다."

"되었다. 오히려 서류 하나 없이 꾸며져 있었다면 비리를 의심했을 것이다."

카리엘이 그렇게 말하면서 감찰부장을 빤히 바라보았다.

그러자 그가 찔리는 게 있는 사람처럼 안절부절못하면서 고개를 숙였다.

"후, 그래도 사람 꼴은 하면서 살아야지. 좀 너무하군."

카리엘이 그렇게 말하면서 타리온을 불렀다.

"재무부에 자금 지원 요청해. 부족한 건 내 궁에서 충당하고."

"부족하지 않게끔 요청하겠습니다."

타리온의 말에 카리엘이 작게 고개를 끄덕였다.

"그래도 내가 맡은 팀이니 사람 꼴은 하게 해 줘야지."

카리엘이 그렇게 말하면서 거지꼴을 하고 있는 감찰부원

들을 바라보았다.

"수사하는 데 부족함이 없도록 돈은 확실히 지원하마. 또한 성과를 낼 때마다 성과급도 주지. 인원이 부족하면 요청하라."

그의 말에 다 죽어 가던 감찰부원들의 눈에서 생기가 돌기 시작했다.

"폐하가 직접 명하신 것이니 어설프게 할 생각은 없다. 황궁 내 첩자, 비리에 연루된 자를 모두 파악해 정보를 갖고 와. 누군가 가로막으면 나한테 말해라. 직접 가서 그놈을 끌고 올 것이다."

카리엘의 말에 감찰부원들이 놀란 표정을 지었다.

"다시 한번 말하지만 어설프게 끝내지 않을 것이다. 그러니 믿어라."

카리엘이 그렇게 말하면서 감찰부원들을 바라보다 뒤에 멀뚱히 서 있는 감찰부장을 바라보았다.

"뭐 해?"

"……예?"

"나가서 일 봐. 여긴 이제부터 내가 관리할 테니까."

카리엘의 말에 감찰부장이 황급히 허리를 숙이고 밖으로 나갔고, 멀리서 구경하던 감찰부원들도 황급히 한두 걸음 물러났다.

그러자 타리온이 시종들을 시켜서 문을 걸어 잠갔다.

그와 동시에 카리엘이 싸늘한 표정으로 감찰부원들을 바라보았다.

순식간에 분위기가 바뀌자 감찰부원들이 당혹스러운 표정을 지으며 고개를 숙였다.

"지금 이 자리에 있는 자들 중에 비리가 있는 자들도 있을 것이고, 파벌에 속한 자들도 있을 것이다."

카리엘의 말에 대부분의 감찰부원들이 움찔거렸다.

"과거에 어떤 일을 저질렀는지는 묻지 않겠다. 그러니까 이번 일에만 잘 협조해."

그렇게 말한 카리엘이 삐걱거리는 의자에 앉으며 말했다.

"그래서, 막히는 부분이 뭐지?"

카리엘의 물음에 감찰부원들이 한동안 침묵하다가 그중 한 명이 조심스레 손을 들어 올리며 말했다.

"말해."

"내무부에서 잘 협조해 주지 않고 있습니다."

그의 말에 몇몇 감찰부원들의 표정이 일그러졌다.

'표정을 일그러뜨린 놈들은 황제파겠고, 웃는 놈들은 귀족파려나? 재밌네.'

뒷돈을 받아 처먹은 놈들이 자신의 앞에서까지 편을 가르고 있는 모습에 카리엘이 미소를 지었다.

"그래? 감히 폐하의 명임에도 그딴 식으로 나왔다 이거지? 또 있나?"

"재무부에서 잘 협조해 주지 않고 있습니다!"

"그래? 좋아. 이 사안은 내가 '직접' 해결하겠다."

카리엘이 그렇게 말하면서 곧바로 자리에서 일어났다.

"또 막히는 부분이 있으면 내가 왔을 때 곧장 말해. 바로 해결해 주지."

"알겠습니다!"

카리엘의 말에 귀족 파벌에 속한 감찰부원들이 우렁차게 대답했다.

그런 그들을 보면서 싱긋 웃은 카리엘은 감찰부원이 건네준 서류들을 가지고 곧바로 타리온을 데리고 감찰부에서 나왔다.

그러고는 뒤따라 나온 감찰부원 중 하나에게 말했다.

"내무부에 먼저 가서 감찰부에서 사람이 방문한다고 전해. 내가 간다는 소리는 하지 말고."

"예!"

감찰부원이 고개를 숙이고는 황급히 달려갔다.

＊＊＊

"감찰부에서 또 사람이 왔다고 합니다."

"거참! 귀찮게 하네. 나중에 준다고 해!"

내무부 관료의 고함과 함께 문이 거칠게 열렸다.

쾅!

"어떤 새끼가…… 저저저저저, 전하!"

"어떤 새끼?"

카리엘이 고개를 갸웃거리면서 묻자 내무부의 고위 관료가 황급히 납작 엎드렸다.

하지만 이미 늦었다.

"감찰부에서 자료 좀 달라고 했더니 계속 거절한 게 너냐?"

"그, 그것이…….."

"감이 잘 안 오나 본데 이번 조사를 명하신 건 폐하이시다."

카리엘이 황제를 팔자 내무부의 고위 관료가 사색이 되어 덜덜 떨었다.

"감히 네가 폐하의 명을 거역한 것이냐?"

"아니옵니다! 소신이 어찌……!"

내무부 관료가 황급히 아니라고 말해 보았지만 때는 이미 늦었다.

"이 새끼 잡아 처넣어. 첩자인지 확인해야겠다."

"예, 전하."

"전하! 전하! 부디 제 말을 들어 주십쇼! 저어어어언하!"

질질 끌려가는 내무부 고위 관료를 보면서 휘하 관료들의 표정이 굳어졌다.

개처럼 끌려가는 상관을 봤기 때문인지 카리엘의 눈을 마주칠 생각조차 못 하고 덜덜 떨기 시작했다.

그런 그들을 본 카리엘은 서늘한 미소를 지으며 말했다.

"요청한 정보들 전부 갖고 와. 10분 준다."

카리엘의 말에 내무부의 관료들이 허겁지겁 움직이기 시작했다.

그런 그들을 보면서 카리엘은 뒤따라온 시종들에게 받아 챙기라고 했다.

그런데 요청한 자료가 생각보다 많았는지 수레까지 끌고 와야 할 정도가 되었다.

"감찰부에 연락해."

엄청난 양의 종이 뭉치를 보면서 감찰부원에게 말한 카리엘은 곧바로 다음 행선지로 이동했다.

다음 행선지인 재무부 역시 감찰부원에게 패악질을 부리려 했으나, 카리엘에게 호되게 당했다.

"야, 내가 만만하냐?"

"그, 그것이 아니오라……."

"재무부 대신이 나보다 상사인가? 아니면 재상이 황태자보다 더 상관인가?"

카리엘이 재무부 관료 하나를 붙잡고 갈구는 모습에 모두가 불똥이 튀지 않도록 고개를 숙이고 죽은 듯 서 있었다.

자신이 잡은 관료 하나의 멘탈을 박살 낸 카리엘은 매의 눈으로 갈굴 만한 이들을 찾다가 혀를 찼다.

"10분 준다. 감찰부가 요구한 자료들 싹 다 가져와."

내무부에서와 똑같이 시간을 준 카리엘은 재무부를 나섰다.

곧이어 수레가 도착하고, 엄청난 양의 자료들이 감찰부로 옮겨졌다.

금의환향하듯 엄청난 양의 자료들을 가지고 돌아온 카리엘을 반긴 것은 제국의 감찰부를 총괄하는 감찰총장이었다.

"신! 감찰총장 포돌스키가 전하를 뵙습니다."

"반갑소. 카리엘이오."

고위 관료인 포돌스키를 존중하는 의미에서 예의를 지킨 카리엘이 고개를 갸웃거리며 물었다.

"그런데 무슨 일이오?"

"전하께서 감찰부에 오셨다는 말을 듣고 황급히 달려왔사옵니다."

"흠, 그렇소? 일단 들어가지."

카리엘이 그렇게 말하면서 포돌스키를 데리고 들어갔다.

특수팀에 배정된 회의실에 도착한 카리엘이 문을 열고 들어갔다.

"약속한 대로 자료는 가져왔다. 최선을 다해 파헤치도록."

"예, 전하."

감찰부원들이 일제히 대답하고는 바쁘게 움직였다.

"여기서 얘기하긴 힘들고……."

"제 방에서 이야기를 나누시지요."

눈치 빠르게 치고 들어온 감찰부장에게 카리엘은 고맙다는 말과 함께 건물 꼭대기 층으로 올라갔다.

얼마 후, 소파에 앉은 카리엘과 감찰총장에게 따뜻한 티세트가 들어왔고, 비서가 물러나자 본격적인 얘기가 시작되었다.

"날 찾은 이유가 무엇이오?"

카리엘의 물음에 포돌스키가 침음성을 삼켰다.

회귀한 카리엘도 정치력이라면 어디 가서 뒤지지 않겠지만 그건 포돌스키도 마찬가지였다.

이런 자를 상대로 간을 본다는 것은 카리엘이 손해였다.

아직 어린 나이라는 것과, 카리엘의 정치력이나 수준이 어느 정도인지를 알지 못하는 상대에게 괜히 정보만 전해 주는 셈이 되기 때문이다.

그렇기에 카리엘은 다소 오만한 표정을 연기하면서 단도직입적으로 물었다.

"전하께선 어디까지 생각하고 계시옵니까?"

포돌스키의 물음에 카리엘이 턱을 괴고는 인상을 찌푸렸

다.

"무슨 소리요?"

카리엘이 모르는 척하면서 묻자 포돌스키가 한숨을 쉬며 좀 더 직설적으로 물었다.

"어느 선까지 잡아들이시려는지요?"

"어느 선이라……."

카리엘이 싸늘한 눈빛으로 포돌스키를 바라보았다.

하지만 꽁으로 감찰총장까지 된 인물이 아닌 포돌스키는 카리엘을 정면으로 마주 보며 말했다.

"전하께서도 아시겠지만 폐하께선 균형을 중요하게 생각하시옵니다."

"균형이라……. 그대의 말은 나의 행동이 이 균형을 깰 거라 생각하는 것인가?"

포돌스키는 카리엘의 물음에 대답 대신 침묵을 택했다.

"중립파의 거두다운 말씀이시군."

카리엘이 그를 비웃으며 말했다.

그러자 포돌스키의 표정이 잠깐이지만 찡그려졌다.

"그대가 보기에 지금 제국은 균형이 잡혀 있소?"

"불안하긴 하지만 어느 정도는 맞춰져 있다고 보고 있습니다."

거대한 귀족파의 세력, 그리고 황제를 등에 업은 황제파.

그리고 그런 그들 사이에서 제국을 지탱하는 중립파.

이 균형 덕분에 제국이 버티고 있는 것이다.

비록 제국의 힘이 점차 쇠약해질지언정, 지금 당장 무너지지 않는 가장 큰 이유가 바로 이 균형이다.

포돌스키는 자신에게 힘이 있는 한 이 균형을 반드시 지킬 것이라 다짐했다.

'균형이 무너지는 순간 제국은 끝이다.'

포돌스키가 바라보는 제국이란 그 정도로 썩어 있었다.

카리엘은 가만히 턱을 괴고 포돌스키를 바라보았다.

'어긋난 신념을 가진 자'.

카리엘이 보는 포돌스키의 이미지는 딱 이런 존재였다.

스스로의 힘이 부족하니 중립을 지킨다는 명분으로 황제가 만든 잘못된 균형을 지키기 위해 살아왔다.

이 균형이 깨지면 제국이 무너질 것을 알기에 어쩔 수 없이 그리한 것이다.

하지만 사람이 오랜 세월 오물과 같이하면 몸에서 악취가 날 수밖에 없듯, 처음에 마음먹었던 그의 신념은 점차 변질되고 오염되어 버렸다.

그렇기에 어긋난 신념을 가진 자가 되어 지금 이 자리에 있는 것이다.

'어찌할까.'

카리엘이 손가락으로 소파를 툭툭 치면서 고민에 빠졌다.

본래라면 자신의 역량을 드러내지 않으려 했건만 포돌스

키를 직접 보니 자꾸만 마음이 달라졌다.

어긋난 신념을 가진 자라도 그 신념을 다시금 본래의 자리로 되돌릴 수만 있다면?

적어도 쓸 만한 사람은 되지 않을까?

전생에서도 마지막까지 최소한의 선은 지켰던 자이기에 자꾸만 마음이 갔다.

'쓸 만하게 고쳐 보고 싶다.'

이런 생각이 드는 순간 카리엘의 눈이 빛났다.

"이딴 게 균형이라……."

카리엘이 싸늘한 표정으로 포돌스키를 바라보았다.

그러자 포돌스키의 표정이 굳어지기 시작했다.

"그대는 이딴 걸 균형이라 보는가?"

반존대도 없이 하대하는 카리엘의 모습은 자신을 경멸하는 것처럼 보였다.

"국내에서 균형을 이룬다? 그 과정에서 국력이 약해진다면?"

"그건……."

"과연 타국들과도 균형을 이룰 수 있을까?"

카리엘이 그렇게 말하면서 포돌스키를 바라보았다.

"말해 봐. 이딴 것도 균형이라 말할 수 있나?"

"……제국은 대륙 최강입니다."

"동대륙과 비교한다면?"

포돌스키의 말에 카리엘이 비웃듯이 말했다.

서대륙 최강은 제국이 맞았다.

서대륙 최강의 제국 이그니트.

동대륙 최강의 제국 로만.

오랜 세월 유지된 양강 체제였지만 이제는 서서히 한쪽으로 기울기 시작했다.

로만제국 역시 오랜 세월 서서히 썩어 들어가면서 말라 죽어 갔지만 최근 강력한 황제를 만나 부활을 꿈꾸고 있었다.

반면에 이그니트 제국은?

암군만 연이어 세 번이나 집권하면서 끝없이 추락하고 있는 신세였다.

이제는 감히 제국을 바라보지도 못했던 서대륙의 국가들이 기어오를 정도였다.

"파벌 싸움에만 집중해서 타국들이 얼마나 성장했는지도 모르는가? 아니면 모른 척하는 것인가?"

카리엘의 말에 가슴을 후벼 파는 것 같은 아픔을 느낀 포돌스키.

제국이 기나긴 파벌 싸움을 시작하면서 가장 큰 수혜를 입은 것은 인접 국가들이었다.

제국에 해가 된다는 걸 알면서도 그들이 찔러준 뇌물을 이용해 불공정 계약을 맺고 제국의 이권을 팔아 치우는 쓰레기들.

처음엔 황제파가 부족한 세력을 키우기 위해 시작했으나, 이제는 모든 귀족들이 그러한 짓을 하고 있었다.

"다시 한번 묻지. 이게 그대가 말한 균형인가?"

카리엘의 물음에 포돌스키는 아무런 대답도 할 수 없었다.

그 역시 잘 알고 있는 사실이었기 때문이다.

때 묻지 않은 자는 위로 올라갈 수 없다는 사실에 자신 역시도 뇌물을 받고, 범죄를 눈감아 주었으며 균형을 지켜야 된다는 이유로 제국에 해가 되는 것을 모르는 체하며 살아왔다.

그런 그가 카리엘의 물음에 어떤 대답을 할 수 있을까?

흔들리기 시작하는 포돌스키를 보며 카리엘이 살짝 미소를 지었다.

"중립파가 제국을 지탱하는 마지막 남은 기둥이라지?"

카리엘이 그렇게 말하면서 포돌스키를 바라보았다.

한때 대공가가 있었으나 황족들에게 버림받은 그들은 제국을 떠났다.

그렇기에 이제 남은 건 중립파뿐이었다.

"그대도 그러한가?"

카리엘의 물음에 포돌스키가 떨리는 눈으로 황태자를 바라보았다.

"……예. 비록 오물을 뒤집어써서 악취가 나지만 저는 중립파의 신념을 잊지 않았습니다."

포돌스키의 말에 카리엘이 작게 웃었다.

자랑스레 말하는 그를 보면서 카리엘은 비웃음이 가득 담긴 어투로 말했다.

"재밌군. 자신은 신념이 깨끗하다 생각할지 모르나 이미 오염된 이상 그 신념마저 어긋난 것을……. 내가 보기에 자네는 이미 끝났어."

카리엘의 말에 포돌스키의 눈이 떨리기 시작했다.

"비록 지금은 제국이 어둠에 잠식되었다지만 로만처럼 해가 떠오르지 않으리란 법은 없지. 내가 보기에 균형 타령만 하는 자네는 해가 떠오른 제국에 서 있을 곳이 없을 것 같군."

"……해가 떠오를 수 있다라……. 전하께선 꿈을 꾸시는군요."

"글쎄. 꿈과 미래가 같다면 그걸 예지몽이라 한다지?"

카리엘이 미소를 가득 지으며 말하자 포돌스키의 표정이 진중해졌다.

자신의 직감은 이 어린 황태자는 단순히 꿈만 꾸는 것은 아니라는 것을 알려 주고 있었다.

"꿈을 현실로 만들 계획이 있으신 겁니까?"

"오물에게 말해 줄 계획은 없어."

카리엘의 말에 포돌스키가 이를 악물었다.

균형을 지키기 위해 오물을 묻혀 스스로를 더럽혔고, 이제까지 그걸 후회해 본 적은 없었다.

그런데 지금 이 순간은 그것이 너무 후회되었다.

"……오물이라도 쓰임새가 있을 것입니다."

"글쎄? 다른 이들을 더럽히지나 않으면 다행이지."

"스스로 더 큰 오물통에 들어가 거름이 되어 줄 수도 있지요."

포돌스키의 말에 카리엘이 잠시 그를 바라보았다.

그의 눈빛에 담긴 신념을 바라보았다.

비록 어긋났으니 아직은 그 신념이 완전히 오염되지는 않았다.

개선의 여지가 있다.

그것을 마지막으로 확인한 카리엘이 입을 열었다.

"오물은 씻어 내면 되는 법. 그대는 오물을 씻어 낼 용기가 있나?"

황태자의 진중한 물음.

이것이 자신의 인생의 전환점이 될 것이라는 걸 본능적으로 느낀 포돌스키는 마음을 가다듬었다.

오랫동안 썩은 오물 속에서 피어나지 못한 꽃이 조금씩 솟아오르기 시작했다.

오염된 땅을 뚫고 나고 마침내 새싹이 피어나는 순간.

"예, 오물을 씻어 내기 위해서라면 어떤 위험도 감수할 수 있습니다."

눈빛이 바뀐 포돌스키를 보면서 카리엘이 피식 웃었다.

"한 번만 말해 줄 테니 잘 들어."

"예."

카리엘의 말에 포돌스키가 자세를 바로 했다.

"폐하께 황태자 자리를 포기한다고 말씀드렸다."

그의 말에 포돌스키의 눈이 커다랗게 떠지며 눈동자가 흔들리기 시작했다.

"재능 넘치는 나의 아우들에게 황태자의 자리를 물려주고 싶다고 했지. 자! 그럼 문제다. 내가 황태자 자리를 아우들에게 넘긴다고 하면 어떤 일이 발생할까?"

"그, 그건……."

포돌스키가 당황한 표정으로 카리엘을 바라보았다.

지금 당장 떠오르는 것만으로도 제국은 혼란에 빠질 것이다.

열심히 머리를 굴리는 포돌스키에게 다음 문제를 내주었다.

"자! 그럼 다음 문제. 그 상황에서 황제파의 존속이 필요할까?"

그의 물음에 포돌스키의 눈동자가 놀라움을 넘어서 경악으로 가득 찼다.

"귀족파는 강대하지. 폐하가 지금의 균형을 유지하려고 하시는 것도 그 이유 때문이겠지."

카리엘이 이해하는 척 고개를 끄덕였다.

"그런데 황제파는 도를 넘어도 한참 넘었어. 그런 상황에서 과연 이들이 귀족파보다 유용할까?"

"황제파를 박살 내시려는 겁니까?"

포돌스키의 말에 카리엘이 빙그레 웃었다.

두 개의 공작가를 필두로 하는 귀족파.

그 세력이 각각의 황자들을 밀어주기 위해 두 개로 쪼개진다면?

그러면 황제파가 박살 난 자리를 두 개의 세력이 집어삼키면서 다시금 세 개의 세력으로 나뉜다.

즉, 황제가 원하는 균형이 새로운 형태로 재정립되는 것이다.

"떠나기 전에 황제파 정도는 박살 내고 가 줘야 황태자 체면이 좀 서지 않겠어? 아우들 중에 누가 황제가 될지는 몰라도 황제파가 없는 제국이 좀 더 낫지 않을까?"

비리의 온상인 황제파만 없어져도 제국은 지금보다 훨씬 나을 것이다.

"혼란이 올 것입니다."

"그래도 지금보단 나을 거야. 그리고 난 황제파만 처리하겠다고 한 적이 없어."

카리엘의 말에 포돌스키가 의아한 표정을 지었다.

그러자 그런 그에게 카리엘이 다음 계획을 들려주었다.

그것을 듣는 순간 포돌스키의 표정이 묘해졌다.

"……가능하겠습니까?"

"글쎄. 안 돼도 뭐 어때. 서서히 침몰해 멸망을 향해 나아가는 것보다 뭐라도 해 보는 게 낫지 않겠어?"

그 말에 포돌스키가 잠시 고민하더니 갑자기 일어서서 카리엘에게 무릎을 꿇었다.

"지금 이 순간부터 전하의 명이 어떤 것이든 따르겠사옵니다."

"그것이 목숨을 앗아 가게 할지도 모르는데?"

"상관없습니다. 설령 사지에 이르는 길이라 할지라도 웃으면서 갈 수 있사옵니다."

포돌스키의 말에 카리엘이 빙그레 웃었다.

"좋아. 첫 번째 명령을 내리지."

"명을 내려 주십시오."

"황제파를 박살 내자."

카리엘의 첫 번째 명령에 포돌스키가 웃으면서 고개를 숙였다.

"예, 전하."

날뛰는 황태자

마침내 감찰부가 본격적으로 움직이기 시작했다.

황제의 명을 받은 황태자의 압박에, 감찰부가 결국 버티지 못하고 황태자의 명에 따라 대대적인 수사를 시작한 것이다.

그들은 그동안 감찰부가 갖고 있던 모든 자료들을 토대로 황궁에 숨어 있는 첩자들을 잡아들이기 시작했다.

-황궁! 정말 이대로 괜찮은 것인가?

-많아도 너무 많다! 이게 첩자 소굴인지 황궁인지 알 수가 없다!

- '이 모든 건 황제파 탓이다! 그들이 황궁을 장악한 후 벌어진 일이다!' 라는 교수들의 의견들이······.

- '폐하의 눈을 현혹시킨 황제파를 몰아내야 한다!' 라는 여론이 형성…….

자극적인 신문들이 매일같이 몰아치고 황제파는 점점 더 구석으로 내몰리기 시작했다.

가뜩이나 황제를 등에 업고 온갖 나쁜 짓을 다 하고 다니는 터라 안 좋은 감정들이 많았는데, 이번 사건들을 계기로 모두 터져 나온 것이다.

"잘하고 있네."

카리엘이 웃으면서 열심히 일하는 감찰총장을 마음속으로 칭찬했다.

그만큼 맛깔나게 일 처리를 하고 있었다.

오랫동안 감찰부에 있었던 경험을 토대로 황제파를 박살 낼 기세로 몰아치자 황제파의 귀족들은 물론이고 안정을 추구하는 귀족파에서도 와서 감찰총장에게 살살 하라고 말할 정도였으니.

"폐하의 명을 태자 전하께서 직접 저에게 명하신 것입니다."

그러나 감찰총장은 이런 식으로 황태자를 말릴 수 없다는 듯 연기하며 더 빠르고 더 강력하게 황제파를 몰아붙였다.

나중에는 황제파가 그 자리에서 끌어내릴 수도 있다며 협박했지만 그마저도.

"저는 힘이 없습니다. 위에서 시키면 따라야지요. 폐하를 설득하십시오."

이렇게 말해 버리니 할 수 있는 게 없었다.

결국 황제파가 믿을 건 황제뿐이었는데, 황제조차도 불타는 지금의 여론을 완전히 무시하긴 어려웠다.

암군이라 불리지만 폭군이 될 용기는 없는 황제라 여론의 눈치만 보는 통에 시간은 흘러갔고, 그럴수록 황제파는 더욱더 고립되었다.

감찰총장이 워낙 확실하고 깔끔하게 일하는 터라 가끔 보여 주기식으로 감찰부를 방문하는 것 말곤 할 게 없었다.

덕분에 멈췄던 운동 역시 다시 시작되었다.

"훅……훅……훅…… 그, 그만……."

"한 세트 더 하셔야 하옵니다."

"오늘 너무 많지 않나?"

"그동안 쉬셨으니 할 수 없지요. 보십시오. 벌써 화기가 올라올 기미를 보이고 있지 않습니까?"

살짝 불그스름하게 변한 피부를 보면서 말하는 토토의 모습에 카리엘은 아무 말도 할 수 없었다.

그동안 살짝 바빠서 강체술과 운동을 빼먹었는데 그게 이런 식으로 되돌아올 줄은 몰랐다.

　　자신을 끔찍이도 아끼는 타리온조차 시선을 다른 곳으로 향하면서까지 자신을 외면하는 모습에 카리엘은 한숨을 쉬고는 다시금 운동을 시작했다.

　　그렇게 지옥 같은 운동이 끝났다.

　　하지만 수련은 이제 시작이었다.

　　강체술을 수련해야 했기 때문이다.

　　이제는 몸에 익은 강체술이었지만 다음 단계를 밟을 수는 없었다.

　　강체술은 웨어울프들에게 맞춰져 있는 것이라 카리엘의 신체에는 맞지 않았기 때문이다.

　　무엇보다 강체술의 심화 과정이 화기에 어떤 영향을 줄지 알 수 없는 상황이기에 섣부르게 다음 단계를 밟을 수가 없었다.

　　"하, 언제까지 이래야 하는 거지?"

　　"강체술을 전하의 몸에 맞도록 변화시키는 단계가 끝날 때까진 계속 이렇게 하셔야 합니다."

　　"만약 그렇게 안 된다면?"

　　토토의 물음에 카리엘이 불안한 표정으로 물었다.

　　그러자 토토가 이 모든 것이 자초한 거면서 왜 묻느냐는 표정으로 카리엘을 바라보았다.

카리엘은 고개를 푹 떨궜다.

"하……."

"이 삶이 꼭 나쁜 건 아니옵니다. 매일같이 운동하는 이 삶. 얼마나 규칙적이고 재밌습니까?"

토토가 근육을 꿈틀거리면서 말하자 카리엘이 고개를 흔들며 진저리 쳤다.

강체술을 얻고 수르트와 계약하면서 더 이상 병약한 신체로 살지 않아도 되었지만, 대신 매일같이 운동과 함께하는 삶이 되어 버리고 말았다.

강체술이 성장하고 수르트가 강해지면 되는 게 아니냐고?

카리엘이 성장한 만큼 화기도 성장한다.

그렇기에 획기적인 변화가 없다면 평생 운동과 함께하는 삶이 되는 것이다.

"타리온."

"예, 전하."

강체술 수련을 끝내고 지친 표정으로 부르는 카리엘을 안쓰럽게 바라보는 타리온.

그런 그에게 카리엘이 단호하게 명령했다.

"찾아와."

"……예?"

"내가 말한 녀석들 찾아와. 당장!"

"예, 전하. 찾아올 터이니 이제 씻고 공부하러 출발하시지요."

타리온의 말에 흥분했던 카리엘의 얼굴에 미소가 지어졌다.

어느새 카리엘의 공부 시간이 다가왔다.

전생에서 다 배운 내용들이기에 카리엘에겐 휴식 시간이나 다름없는 그 시간.

카리엘이 운동으로 흠뻑 젖은 땀을 씻어 내고 들어오자 늙은 정치학 교수 하나가 그를 보면서 움찔거렸다.

"자, 수업을 시작해 볼까?"

카리엘이 환하게 웃으면서 늙은 교수를 바라보았다.

황태자인 카리엘이 몸이 어느 정도 회복되며 활발하게 활동하자, 그런 카리엘의 움직임을 묶기 위해 황제가 생각한 방법이 바로 교육이었다.

문제는…….

"이게 맞는 말인가?"

"예?"

"아니, 이 이론이 맞냐고. 이건 이그니트 위주의 외교 방식이잖아. 이게 박살 난 지 30년은 되었을 텐데?"

카리엘의 말에 외교에 대한 교육을 하러 온 늙은 교수가 쩔쩔매기 시작했다.

그도 그럴 것이 그가 가르치는 책은 전부 어느 정도 검열을 받은 것들이었던 것이다.

황제파 출신으로 인맥발로 교수 생활을 해 온 늙은 교수 입장에서 현 황제의 치적을 나쁘게 가르칠 수는 없는 노릇.

결국 어느 정도 거짓을 섞어야 하는데 그럴 때마다 카리엘이 날카로운 눈빛으로 지적했다.

"지금 우리가 타국에게 손해 보는 게 얼마인데 이딴 수치를 들고 왔냐? 교수, 장난해?"

"그, 그것이 아니오라……."

늙은 교수가 애처로워 보일 정도로 울상을 지었으나 카리엘은 그럴수록 더욱더 화를 냈다.

'아, 스트레스가 확 풀리네.'

카리엘이 속으로 이렇게 생각하면서 겉으로는 분노한 표정으로 늙은 교수의 말에 하나하나 반박했다.

그리고 그건 다른 수업들도 마찬가지였다.

교양은 전생에서 했던 것이라 트집 잡으려고 하면 제대로 보여 주고는 하나하나 반박했고, 일반적인 상식 교육은 다 아는 문제라며 이딴 걸 수업 교본으로 들고 왔냐고 화를 냈다.

그런데 이런 건 아무것도 아니었다.

"교수."

"……예, 전하."

"교수는 내가 바보로 보이나?"

"그, 그럴 리가 있겠사옵니까?"

"그런데 뭔 이따위 교본을 가지고 왔어. 장난해?"

카리엘은 《균형론》이란 책을 바닥으로 집어 던지며 말했다.

현 황제와 전대 황제의 균형론을 적어 놓은 책이 바닥을 굴러다녔다.

"지금 우리가 배워야 할 건 이런 게 아니라 초대 황제 폐하의 제왕학과 성황제의 등용론 같은 것을 배워야 하는 거 아닌가?"

"그, 그것이……."

젊은 교수가 주눅 들어 아무 말도 하지 못했다.

확실히 카리엘의 말처럼 제왕학에서 가장 먼저 배워야 할 건 초대 황제의 제왕학이었고, 심화 과정으로 들어가면 성황제의 등용론이나 무황의 군림론 같은 것을 배워야 했다.

문제는, 교수는 황제파로부터 뒷돈을 받아 처먹은 입장이라 황제파에 이득이 되는 수업을 해야 하는 데다 황제 역시 자신의 업적이 잔뜩 들어간 교보재에 은근히 기대를 하고 있다는 점이었다.

"야, 꺼져."

"……예, 전하."

젊은 교수는 쓸쓸히 허리 숙여 인사한 다음 방을 나섰다.

오늘도 제왕학 교수 하나를 날려 버린 카리엘은 만족스러운 표정을 지었다.

-심보가 고약하군.

"뭐?"

-스트레스를 그렇게 풀면 좋냐?

'뿅!' 하고 나타난 수르트가 혀를 차면서 말하자 카리엘이 자신은 죄 없다는 표정을 지었다.

애초에 황제가 카리엘의 발을 묶기 위해 시작한 수업이다.

언젠가는 해야 했던 것이긴 하지만, 몸이 좀 회복되었다고 바로 수업 일정을 잡아 버린 것이다.

그냥 일반적인 수업뿐이었다면 카리엘이 듣는 시늉이라도 했을 텐데 어디서 되지도 않는 걸 가져와서 가르치려 드니 이런 식으로 나갈 수밖에 없는 것이다.

-쯧쯧! 넌 전생에 악마였을 거다.

"인간인데?"

카리엘의 말에 수르트가 한숨을 폭 쉬었다.

신에 의해 과거로 돌아온 것을 알고 있는 수르트가 혀를 차면서 말했다.

-그 전생 말고.

"그니까."

-뭐?

"그 전에도 인간이었다고."

-그걸 네가 어떻게 알…….

수르트가 그렇게 말하다가 눈을 동그랗게 뜨고 카리엘을 바라보았다.

그러자 카리엘이 피식 웃으면서 말했다.

"나중에 말해 줄게."

카리엘이 그렇게 말하면서 몸을 풀었다.

몸을 뜨겁게 달구던 화기도 다시금 가라앉기 시작했다.

강체술을 익히고 수르트와 계약했지만 화기는 완전히 가라앉지 않았다.

그래도 효과가 없지는 않은 게, 강체술을 수련할수록 몸이 더 좋아지고 있다는 점이었다.

"그래, 이 정도면 충분하지."

카리엘이 그렇게 말하면서 자신의 몸을 바라보았다.

마음대로 걸어 다닐 수 있는 것.

그것만으로도 카리엘은 전생과 비교도 할 수 없는 몸을 가진 것이다.

-화기도 가라앉았으니 다시 밖으로 나가 날뛰겠네?

"날뛰다니. 다 제국을 위한 일이고 미래의 우리를 위한 일이야."

-개소리.

카리엘의 말에 수르트가 가당치도 않다는 듯 코웃음을 쳤다.

말은 제국이 안정기에 접어들어야 미래의 자신들도 안전해질 수 있고, 그래야 여유가 생겨 다른 마수들도 찾아다닐 수 있다는 변명을 한다.

하지만 가장 큰 이유는 황제파를 엿 먹이는 게 재밌어서라는 걸, 옆에서 지켜본 수르트가 누구보다 잘 알았다.

-그런 말을 할 거라면 그 노트나 숨기고 말해.

"흠흠······."

카리엘이 헛기침하면서 조용히 노트를 서랍 속으로 집어넣었다.

"어쨌든 몸도 회복되었으니 다시 움직여야겠지?"

-에휴, 네 맘대로 해라.

수르트가 못 말리겠다는 듯 고개를 절레절레 흔들고는 다시금 '뿅!' 하고 사라졌다.

아직 힘이 불안전하니 최대한 잠들면서 힘을 안정화시키려는 것이다.

"강체술만 완성되면 상시 소환해 줄게."

수르트가 있던 자리를 바라보며 중얼거린 카리엘이 자리에서 일어나 방 밖으로 향했다.

⁂

한동안 잠잠했던 황태자가 다시금 궁 밖으로 나왔다.

이 소식은 순식간에 황제파 전체에 퍼져 나갔다.

오늘은 또 어떤 일을 벌일지 몰라 덜덜 떨면서 제발 자신은 걸리지 않길 바라는 귀족들.

감찰부로 향한 카리엘이 이번에도 황궁 안에 있는 내무부나 재무부 관료들을 괴롭힐 거라는 예상과 달리 카리엘이 향한 곳은 수도 내의 빈민가였다.

그리고 그 소식을 들은 재상 무솔리니는 기겁한 표정으로 책상을 내리쳤다.

쾅!

"막아! 무슨 수를 써서라도 막아!"

무솔리니가 고함치면서 재무부 대신과 관료들을 닦달했지만 변하는 건 없었다.

그러자 본인이 직접 감찰부로 가서 감찰총장을 만났다.

"총장, 이건 선을 넘은 것이오."

"저한테 이러지 마시고 태자 전하께 따지시지요."

"총장!"

무솔리니의 협박에 여유롭게 차를 마시면서 답하는 포돌스키.

"중립파의 신념을 잊은 것이오?"

"후, 그럼 저보고 어쩌라는 겁니까? 폐하의 명을 거역이라도 할까요?"

포돌스키의 말에 재상이 이를 악물었다.

"폐하를 설득하십쇼."

원론적인 답을 내놓은 포돌스키를 보면서 무솔리니의 표정이 일그러졌다.

총장 정도 되면 어린 황태자를 방해하는 것쯤은 일도 아니다.

그런데 이렇게 방관한다는 것은 포돌스키가 이번 일에 어떤 관여도 하지 않겠다는 의지를 드러낸 것이다.

"······후회할 것이오."

"살펴 가십시쇼."

※

포돌스키에게 굴욕을 당하고 온 무솔리니가 재상 관저에 돌아와 물건들을 박살 내면서 화를 풀었다.

하지만 그 누구도 그를 막지 못했다.

암군을 등에 업고 무소불위의 권력을 휘두르는 그를 누가 막을 수 있을까?

그렇게 무솔리니가 자신의 관저에서 분노를 풀고 있을 때, 카리엘은 빈민가에 도착했다.

"치안대는?"

"뒤따라오고 있습니다."

"감찰부는."

"무력 부대와 같이 올 겁니다."

카리엘의 물음에 타리온이 곧바로 대답했다.

그의 말이 끝나기 무섭게 멀리서 두 무리가 열심히 달려오는 것이 보였다.

"수도 방위군에게 협조 요청은 했어?"

"예, 포위망 형성 중입니다."

"좋아. 시작해."

카리엘의 명령에 치안대와 감찰부가 휴식을 취할 틈도 없이 곧바로 움직였다.

황궁을 쑥대밭으로 만들면서 잡아들인 시종들 중에 결국 취조를 못 견디고 입을 연 자들이 있었다.

애초에 이중 첩자질을 하면서 간간이 돈이나 벌자는 마인드가 많았기에 쉽사리 입을 열었고, 감찰부는 그들의 증언을 토대로 타국의 첩자들이 활동하는 지역을 역추적했다.

그 결과물이 바로 이것이었다.

"튀어! 빨리!"

"잡히면 안 된다!"

건물 부서지는 소리와 함께 안으로 진입한 치안대와 감찰부의 무력 부대가 도망치는 타국의 첩자들을 제압했다.

개중에는 상당한 실력자들도 있었지만 치안대에도 특수부가 있었고, 그들은 기사 부럽지 않은 실력을 가지고 있었다.

물론 그들마저 뚫고 간다 한들······.

"기사단, 발검!"

포위망을 갖춘 수도 방위군에게 잡힐 수밖에 없었다.

"제길!"

첩자들 중 가장 뛰어난 실력자로 보이는 이가 그나마 포위망이 약한 지역으로 도망쳤지만 그곳은 사지였다.

암행을 위해 평복으로 갈아입은 황궁 기사 둘이 서 있는 지역으로 빠르게 뚫고 나가려 했으나 상대가 될 리 없었다.

카리엘을 호위하는 이들은 황제파의 인맥발로 기어 올라온 이들이 아닌 진짜 정예들이었기 때문이다.

"컥!"

단번에 제압당한 첩자를 보면서 카리엘이 피식 웃었다.

"이쪽이 만만해 보였나 보네."

카리엘이 황궁 기사들을 비웃듯이 바라보자 기사들이 자존심 상한다는 듯 살짝 입술을 깨물었다.

"시간은 많으니까 다음 곳에 가서는 실력 발휘 좀 해 봐."

"전하를 호위해야 하옵니다."

나이 많은 황궁 기사의 말에 카리엘이 피식 웃었다.

"시종들 있잖아."

"하오나……."

"떨어진 황궁 기사단의 위신 좀 세워야지. 기회를 줄 때 잡아."

카리엘의 말에 늙은 기사가 잠시 고민하더니 고개를 숙이며 말했다.

"소신은 여기 있겠사옵니다."

"괜찮겠어?"

"첩자를 잡는 데에는 젊은 기사들로 충분합니다."

황궁 기사의 말에 카리엘이 작게 고개를 끄덕였다.

아무리 황궁 기사단의 명예가 바닥으로 떨어졌다지만 그래도 황궁을 지키는 기사들이다.

인맥발이라도 기본적인 실력은 갖추고 들어와야 했고, 그 중에서도 황족들을 지근거리에서 호위하는 이들은 무조건 실력순으로 뽑혔다.

황궁 내에서 경비나 서는 인맥발 기사나, 황족들이 암행이나 외출을 위해 나왔을 때 호종하는 이들과는 애초부터 사이에 벽 하나가 세워져 있을 정도로 엄청난 차이가 있는 셈이다.

다음 행선지는 나름 큰 곳이었다.

수도 내에 있는 범죄 조직.

그런데 그곳이 사실 타국의 첩자들이 머무는 곳이었다는 걸 공식적으로 밝혀내면서 토벌에 들어간 것이다.

"빠르게 끝내고 임무에 복귀해."

"예!"

고작 세 명의 황궁 기사들.

하지만 그들이 투입된 순간 시간을 끌던 자들이 제압당하기 시작했다.

인원수로 밀어붙이려 했지만 수도 방위군의 합류로 그마저도 순식간에 끝나 버렸다.

"온 김에 주변 범죄 조직들도 소탕하는 게 좋겠지?"

"그, 그렇사옵니다."

카리엘의 물음에 근처에 서 있던 치안대장이 황급히 고개를 숙이면서 대답했다.

그리고 그날, 수도 한쪽에 모여 있던 범죄 집단들이 죄다 박살 나 치안대와 감찰부로 끌려갔다.

엄청난 숫자의 범죄자들 때문인지 수도 내 많은 사람들이 그 모습을 구경하러 올 정도였다.

현 황제가 집권한 이후 유례가 없을 정도로 북적거리는 치안대와 감찰대.

덕분에 가뜩이나 바빴던 감찰부는 일이 마비될 정도였다.

"황제파가 바빠지겠어."

카리엘이 그렇게 중얼거리면서 키득거렸다.

그러자 타리온 역시 웃으면서 앞으로 어떻게 될지 궁금한 표정을 지었다.

그렇게 카리엘과 타리온이 감찰부장실에서 차를 음미하며 여유를 부릴 때였다.

똑똑!

"전하."

"들어와."

감찰총장이 들어오자 카리엘이 의외라는 표정을 지었다.

"한창 바쁜 양반이 여긴 왜 왔어?"

"수도 감찰부가 바쁜 것 같아 황궁 감찰부 인원을 좀 빼 왔습니다."

"잘했네."

카리엘이 그렇게 말하면서 앉으라고 말했다.

"일이 좀 커진 것 같습니다. 황제파가 극단적으로 나올 수 도 있는데 괜찮으시겠습니까?"

"당장 오늘 폐하께 쪼르르 달려가서 황태자 좀 어떻게 해 달라고 징징거릴걸."

카리엘이 뒷목 잡고 있을 재상을 생각하며 웃었다.

"아마 내일 당장 폐하가 부르실 거야."

카리엘이 알고 있다는 듯 말하자 포돌스키가 의외라는 표 정을 지었다.

"괜찮으시겠습니까?"

"그럼."

카리엘이 괜찮다는 듯 말했다.

하지만 포돌스키는 달랐다.

너무 일을 크게 벌일 경우 카리엘이 뭔가 해 보기도 전에 황태자 자리에서 물러나게 될 수도 있기 때문이다.

포돌스키가 생각한 건 야금야금 황제파의 힘을 갉아먹을

생각이었다.

그런데 카리엘은 그럴 생각이 없어 보였다.

"로만이 커지고 있고, 인접 국가들도 빠르게 강해지고 있어. 무엇보다 남부 연합이 문제지."

"음……."

"그들이 더 커지기 전에 제국을 수습하고 대비해야 하지 않겠어?"

카리엘이 그렇게 말하면서 차를 한 모금 마셨다.

사실 그가 생각하는 건 타 국가들의 위협 따위가 아니었다.

더 큰 위협들을 대비하기 위해서 제국의 내실을 빠르게 다질 필요가 있었다.

최소한 제국이 큰 타격을 받지 않고 그 위험들을 지나갈 수 있도록 준비는 다져 놓고 떠나야 했기에 다소 급하더라도 이렇게 움직일 수밖에 없었다.

"내일 폐하가 부르신다면 귀족파도 건들 거라고 말씀드릴 생각이야. 그러려면 어떻게 해야 할지 알지?"

"준비하겠습니다."

"좋아. 폐하가 말씀하신 균형이란 걸 지켜보자고."

"예!"

카리엘이 그렇게 말하면서 웃다가 지금 생각났다는 듯 손뼉을 치면서 말했다.

"아! 참고로 중립파도 털어야 할걸."

"상관없습니다."

"진짜?"

카리엘의 물음에 포돌스키가 단호한 표정으로 고개를 끄덕였다.

"어차피 쭉정이들에 불과하니 이 기회에 정리하는 게 낫습니다."

"흠, 좋아. 일단 쭉정이들을 잡아서 균형 좀 맞춰 보자고."

그렇게 말한 후, 카리엘은 포돌스키와 함께 수도 감찰부를 나와 궁으로 향했다.

엄청난 일을 벌인 것치고는 잠잠하기만 한 황태자궁.

다음 날이 돼도 조용할 뿐인 황태자궁에 많은 수의 시종들과 내관들이 들이닥쳤다.

"폐하께서 부르시옵니다."

"그래?"

이번엔 얌전히 허리를 굽히면서 말하는 시종장을 보면서 카리엘이 피식 웃었다.

"앞으로도 잘하자."

카리엘은 시종장의 머리를 툭툭 치면서 말하고는 마차로 향했다.

그러자 뒤에서 얼굴을 일그러뜨리며 이를 가는 시종장.

그래 봤자 그가 할 수 있는 건 없었다.

"전하, 괜찮으시겠습니까?"

마차에 같이 올라탄 타리온이 걱정스레 묻자 카리엘이 웃으면서 입을 열었다.

"예상했던 일이잖아."

"그렇지만……."

"쉿! 알아서 할게."

카리엘이 입술에 손가락을 대고는 가만히 밖을 바라보았다.

멀리서 자신의 마차를 보면서 잘됐다는 듯 웃는 시종들.

허리를 굽히고 있지만 그들이 웃고 있는 것을 본 카리엘이 타리온을 향해 말했다.

"아직 시종들 교육이 덜된 것 같지?"

거리가 멀어서 안 보일 거라 생각했지만 강체술을 수련하며 강화된 눈은 충분히 보고도 남았다.

타리온 역시 그 모습을 보면서 표정을 구기고는 카리엘에게 말했다.

"……따로 불러올까요?"

"됐어. 저런 건 연대책임으로 조져 줘야 제맛이지. 나중에 한꺼번에 조져 보자."

카리엘이 그렇게 말하면서 시종들을 어떻게 조질지 생각하는 동안 마차가 황제의 궁에 도착했다.

"여기서 기다려."

"예, 전하."

타리온을 밖에 두고 황제궁으로 들어가자 시종이 접견실이 아닌 황제 개인 집무실로 안내했다.

'개인적으로 보고 싶다는 거군.'

카리엘이 그렇게 생각하면서 시종을 따라 황제의 집무실로 들어가자, 황제가 의자에 앉아 카리엘을 기다리고 있었다.

미리 준비했는지 티 테이블에 먹을 간식과 찻잔까지 전부 고급스러운 것으로 세팅되어 있었다.

"폐하를 뵙습니다."

"왔느냐. 앉거라."

황제가 다정한 음성으로 말했다.

'쇼하네.'

속으로 그렇게 생각한 카리엘이 공손한 모습을 연기하며 자리에 앉았다.

"요즘 짐의 명을 열심히 수행한다고 들었다."

"폐하의 명이니 최선을 다해 수행할 뿐입니다."

카리엘의 말에 황제가 고개를 주억거렸다.

자신의 명을 수행하기 위해 애쓰는 카리엘의 모습이 마음에 드는 표정이었다.

"그래, 몸은 신경 쓰고 있느냐? 무리하고 있는 듯싶은데……."

"폐하의 명을 수행하다 보니 다소 무리하게 되긴 했사옵니다. 하지만 아직은 거뜬합니다."

카리엘의 말에 황제가 회심의 미소를 지으며 말했다.

"너무 무리하는 것 같구나. 이제 그쯤하고 짐에게 맡기는 게 어떻겠느냐?"

황제의 말에 카리엘이 고개를 숙이며 말했다.

"아직 제 할 일이 조금 남아 있사옵니다."

"흠……."

카리엘의 대답에 황제가 살짝 불편한 표정을 지었다.

그러자 곧바로 다음 말을 이어 나갔다.

"폐하께서 어떤 것을 걱정하시는지 잘 알고 있사옵니다."

"내가 걱정하는 것이라……."

"균형. 그것이 붕괴될까 저어되시는 것이 아니옵니까?"

카리엘의 말에 황제가 침음성을 터뜨렸다.

"그러니 이쯤 하자꾸나."

황제의 말에 카리엘이 조심스럽게 말했다.

"균형은 맞춰야 하지 않겠사옵니까?"

"무슨 뜻으로 말하는 것이냐?"

"황제파가 타격을 받았으니 귀족파와 중립파에도 타격을 줘야 공평하겠지요."

카리엘의 말에 황제의 표정이 살짝 펴졌다.

"흠, 할 수 있겠느냐?"

"예, 이미 증거는 확보해 놓았으니 움직이기만 하면 됩니다."

"좋다. 내 한 번 더 너를 믿어 보겠다."

황제의 말에 카리엘이 웃으면서 고개를 숙였다.

"예, 폐하의 명예가 실추되지 않도록 최선을 다하겠습니다."

고개를 숙이며 대답하는 카리엘을 만족스럽게 바라보며 고개를 끄덕인 황제.

그런 그에게 물러가겠다는 말과 함께 자리에서 일어났다.

그런데 바로 그때, 황제가 카리엘을 향해 말했다.

"하지만 황궁 내의 사람들을 잡아들이는 건 이쯤 하자꾸나. 한꺼번에 너무 많은 이들을 잡아들이는 것도 모양새가 좋지 않느니라."

"그리하겠습니다."

황태자의 대답에 흡족한 표정을 지으며 필요한 게 있다면 언제든지 요청하라는 말과 함께 카리엘을 배웅했다.

그렇게 황제와의 담화가 끝난 카리엘이 곧장 마차로 향했다. 마차에서 기다리고 있던 타리온이 걱정스러운 얼굴로 물었다.

"전하, 폐하와는……."

"잘 끝났다. 예정대로 귀족파와 중립파를 조져야지."

"준비하겠습니다."

타리온이 고개를 숙이며 대답하자 그런 그를 보며 카리엘이 말했다.

"아! 그리고 황궁은 더 건들지 마."

카리엘의 말에 황제와 어떤 약속을 했을지 상상이 간 타리온의 얼굴이 어두워졌다.

"그런 표정 지을 거 없어. 어차피 공식적으로만 못 할 뿐 타리온은 하던 걸 계속하면 돼."

"……예?"

의아한 표정을 짓는 타리온에게 카리엘이 사악한 미소를 지으며 말했다.

"귀족파와 중립파를 칠 거잖아. 그럼 수도가 한동안 혼란스럽겠지?"

"그, 그렇죠?"

"그럼 우리가 갖고 있는 걸 쓴다 해도 우리라고 의심할까?"

카리엘의 말에 타리온이 고개를 갸웃거리면서 대답했다.

"아, 아니요?"

"공식적으로 처맞은 파벌들에게 이간계를 쓰면 통할까, 안 통할까?"

"토, 통하겠죠?"

타리온의 대답에 카리엘이 미소를 가득 머금은 채 물었다.

"적당한 때에 장작을 하나씩 넣어 주면서 보자고. 과연 저들이 어디까지 서로를 물며 날뛰는지."

카리엘의 말에 타리온이 무섭다는 듯 몸을 부르르 떨었다.

왠지 봐선 안 되는 모습을 본 것 같은 타리온 표정에 카리엘은 겁먹지 말라는 듯 그의 팔을 툭툭 쳐 주고는 황태자궁으로 향했다.

　　　　　　　　　＊

그리고 다음 날.

황제의 부름으로 기세가 한풀 꺾였을 것이라는 모두의 예상과 달리 황태자는 더욱 날뛰기 시작했다.

'다음 목표는 너희들이다.'

마치 이런 말을 하는 것처럼 귀족파와 중립파의 비리를 대대적으로 파헤치는 카리엘.

비록 황궁 내의 비리에 한정되어 있으나 상관없었다.

그동안 쌓이고 쌓인 비리들만 가지고도 귀족파와 중립파에게 타격을 입히기엔 충분했으니까.

그리고 며칠 후, 광장 벽보에는 한 장의 그림이 게시되었다.

'미쳐 날뛰는 황태자와 그를 지지하는 백성들'

이런 제목이 적힌 그림에는 칼춤을 추는 황태자와 그를 피해 도망 다니는 귀족들, 그리고 환호하는 백성들이 그려져 있었다.

어느 줄을 잡아야 하나?

황제파를 박살 낸 황태자가 이번에는 방향을 틀어 귀족파와 중립파를 향해 움직였다.

공교롭게도 그 시점이 황제를 만난 이후라는 것이 문제였다.

중립파와 귀족파를 치는 것에 황제가 동의했다는 것.

정무적으로 균형을 맞추는 것을 중요시하는 현 황제이기에 이런 결단을 내릴 것을 알고 있었으니, 언젠가는 귀족파와 중립파까지도 불똥이 튈 것임을 예상하고 있었다.

하지만 속도가 너무 빨랐다.

-또다시 움직이는 감찰부.

-갑찰청장 "아직 끝나지 않았다." 과연 어디까지?

황제의 명이 떨어지는 순간 가장 먼저 움직인 것은 감찰부였다.

그동안 모은 증거들을 토대로 빠르게 움직이면서 치안부와 같이 공격해 들어가기 시작했다.

-이번엔 귀족파?
-중립파도 맞는다!
-귀족파 중립파 할 것 없이 때리는 황태자.
-황태자의 비리 척결에 환호하는 제국민들!
-칼춤 추는 황태자. 백성들에겐 환호가! 귀족들에겐 곡소리가?

새벽에 발행된 광장에 뿌려진 신문들을 보면서 제국민들.

귀족파와 중립파가 정신없이 맞고 있자, 고위 귀족들이 나서기 시작했다. 이대로 놔두면 자신들까지 위험해질 수 있기 때문이다.

하지만 그들이 할 수 있는 건 극히 제한적이었다.

명분을 쥐고 있는 황태자가 황제의 명까지 받고 움직이고 있으니 섣부르게 건들 수가 없는 것이다.

수도의 많은 귀족들이 상소들을 보냈지만 반려되었고, 황제파에 말려 달라고 서신을 보내 봤지만 그들이 들어줄 리가 없었다.

'우리도 당했으니 너희도 당해 봐야지?'

황제파가 이런 생각을 하고 있으니 얌전히 맞을 수밖에 없는 것이다.

일단 쏟아지는 비는 피하고 보자는 식으로 최대한 몸을 사리고 비리의 흔적들을 지워 보려 했으나, 감찰부의 움직임이 너무 빨랐다.

그동안 뇌물을 받아먹고 눈감아 주던 감찰부가 맞나 싶을 정도로 빨랐다.

"상소가 반려되었소."

"후, 그렇다면 고위 귀족의 회답이 있기 전까진 얌전히 맞을 수밖에 없겠군."

젊은 귀족의 말에 노귀족이 한숨을 쉬면서 말했다.

상소가 반려되었다면 일단 때릴 거 다 때리고 나서 생각해 보겠다는 말과 다름없었다.

적어도 고위 귀족들이 단체로 반발하지 않는 이상 명분을 쥔 황궁을 막을 수가 없었다.

귀족파 출신의 귀족들이 상소가 반려되자 삼삼오오 모여서 심각한 표정으로 토론을 시작했다.

물론 모여서 논의한다고 답이 나올 리가 없었다.

'이 일을 해결하려면 고위 귀족들이 모여야 한다!'

모든 귀족들이 이렇게 생각했다.

그리고 그건 중립파 역시 마찬가지였다.

"균형을 맞추려는 것 같군."

"그런 듯합니다. 그런데 이런 일로 변경백들이 모일지 가……."

중립파 귀족들이 한숨을 푹푹 쉬면서 고개를 절레절레 흔들었다.

귀족파의 경우 이권이 달린 문제에는 공작들도 모이곤 하지만, 중립파는 아니었다.

제국을 지탱하는 목적으로 모인 중립파의 핵심은 변경백과 감찰부 같은 곳이었다.

문제는 감찰부는 황태자의 명으로 움직이고 있었고, 변경백들은 타국을 견제하느라 바빴다.

타국의 첩자들까지 잡았으니 변경백들은 더 기뻐할지도 모를 일이다.

"미치겠군."

중립파의 한 귀족이 그렇게 말하며 머리를 헝클어뜨렸다.

그러나 귀족파, 중립파 할 것 없이 답답한 표정을 짓고 있을 때, 황제파는 활짝 웃음꽃을 피웠다.

그동안 열심히 맞기만 했던 그들이었지만 쭉정이들만 나가떨어지고 살 사람은 살았으니 웃으면서 귀족파와 중립파의 세력이 줄어드는 것을 구경하기만 하면 되었기 때문이다.

"허허, 이거 참, 곤란하군. 폐하의 의지가 워낙 확고하시네."

"하지만……."

"좀만 기다려 보게. 일단 황궁 내의 일을 수습했으니 폐하께서도 진노를 가라앉히고 자비를 베푸실 걸세."

답답한 마음에 재상에게 찾아온 하위 귀족들.

귀족파, 중립파 할 것 없이 죄다 재상에게 찾아와 하소연했다.

전부 수도에서 돈 좀 벌어 보고자 범죄 조직들과 결탁한 이들이었다.

"여기들 계셨군요."

수도 감찰부장이 직접 재상이 있는 곳으로 찾아와 모여 있는 하위 귀족들을 바라보았다.

죄다 남작이나 자작급에 불과한 귀족들이 귀신이라도 본 것 같은 표정을 지었다.

"전하께서 찾으십니다."

감찰부장이 그렇게 말하면서 눈짓하자 치안대원들이 하나둘 귀족들을 끌고 나가기 시작했다.

그 모습을 보면서 재상이 눈을 찌푸렸다.

"무례하군."

"전하께서 과격한 수단을 사용해서라도 잡아 오라 명하셨습니다."

"크흠! 아무리 그렇다 해도……."

"폐하께서 하루라도 빨리 균형을 맞추라 하셔서 어쩔 수가 없었습니다. 송구합니다."

감찰부장이 황제를 들먹이면서 말하자 재상의 입이 조가비처럼 다물렸다.

그런 그에게 고개를 숙여 인사하고는 밖으로 나갔다.

그렇게 감찰부에서 나온 인원들이 모두 밖으로 나가자 재상이 머리를 짚으며 의자에 쓰러지듯 앉았다.

"폐하께서 약조하신 바가 있으니 망정이지……."

망나니처럼 날뛰는 황태자를 생각하면 머리가 지끈거렸다.

균형을 맞추기 위함이라고는 하지만 감찰부와 치안부가 움직이는 것을 보면 식겁할 때가 한두 번이 아니었다.

하지만 어느 선에선 분명히 멈추긴 해야 했다.

황제파의 우두머리라고는 하지만 자신도 귀족이었다.

그렇기에 황족들이 너무 귀족들을 공격하게 내버려 두는 것은 모양새가 좋지 않았다.

"어느 시점에서 중재해야 할까……."

무솔리니가 골치 아파 하는 표정을 지으면서 생각에 잠겼다.

아직 어린 황태자였고, 그동안 딱히 어떤 행보를 보인 적이 없었기에 가늠을 할 수가 없었다.

젊은 혈기에 미친 듯이 날뛰는 황태자를 막기 위해 어떤 것을 던져 줘야 할지, 그리고 어떤 방식으로 중재를 시도해야 할지 도무지 떠오르는 것이 없었다.

황제파라고 딱히 봐주는 것도 없는 황태자이기에 더욱 막막했다.

그래도 경험을 꽁으로 처먹은 건 아니기에 나름대로 방안을 강구하며 어느 시점에서 중재안을 들이밀지 계획을 세워 나갈 수는 있었다.

문제는 무솔리니의 이런 생각을 읽고 있는 카리엘이었다.

"타리온."

"예."

"슬슬 장작 좀 넣어 줘야겠다."

카리엘의 말에 타리온이 웃으면서 고개를 숙이고는 물러났다.

귀족파와 중립파를 전방위로 때리면서 황제파에 대한 비난 여론이 슬그머니 들어가고 있는 중이다.

"황제파가 비리 척결을 외친다라……."

엄청나게 쏟아지는 중립파와 귀족파의 비리들을 보면서 황제파가 황궁에서 비리 척결을 외치고 있었다.

이참에 밀렸던 세력을 최대한 맞춰 보겠다는 그들의 의지가 드러난 것이다.

그리고 바로 이것이 카리엘이 원하는 시점이기도 했다.

다음 날, 장작을 넣으러 나간 타리온에 의해 제국의 수도
는 활활 타올랐다.

　-충격! 타국과 거래를 한 ××귀족! 제국의 어린아이를 노예
로 팔다?

　-국가에 보고하지 않는 금광. 몰래 타국과 나눠 먹은 ×××
×귀족!

　-중립파에 속한 하위 귀족. 변경에 위치한 군사기밀 타국에
팔아먹어?

어디에 있는지 알기도 힘든 작은 신문사가 발행한 신문들
이 광장에 뿌려지고, 그것을 본 제국민들은 경악했다.

설마설마했는데 선을 넘는 귀족들이 있다는 것이 사실로
드러났기 때문이다.

아무리 무소불위한 것처럼 움직이는 귀족들이라도 선이라
는 게 있었다. 그리고 지금 발표된 것들은 그 선을 넘어도 한
참 넘은 것이다.

"재상, 이건 우리 귀족파에 대한 선전포고라도 봐도 되겠
소?"

"……공작, 우리가 아니오."

새벽같이 찾아온 월크셔 공작이 싸늘한 표정으로 재상을

바라보았다.

그러자 월크셔 공작이 마법사라는 것이 믿기지 않는 살기를 내뿜으며 테이블을 주먹으로 내리쳤다.

쾅!

"재상, 그럼 중립파가 우리를 쳤을까?"

월크셔 공작이 이글거리는 눈빛으로 재상을 바라보았다.

바로 그때, 재상을 찾아온 또 한 명의 고위 귀족이 방문했다.

"……모건 후작."

상인 출신으로 철저하게 중립을 지키면서 제국의 모든 파벌에 물건을 팔아먹은 돈귀신.

그가 딱 봐도 분노한 표정으로 재상을 향해 걸어왔다.

"돈을 받아먹었으면 입을 단속해야 하지 않겠습니까?"

모건 후작의 모욕적인 말에 재상이 분노한 표정을 지었으나, 입을 열진 못했다.

입이 열 개라도 할 말이 없었기 때문이다.

귀족파와 중립파의 큼지막한 비리를 덮는 대가로 받아먹은 게 얼마던가?

그런데 이런 식으로 깐다?

당연히 대가를 지불한 입장에서는 열이 받을 수밖에 없었다.

"무슨 일이 있더라도 덮어 보겠소."

재상이 치욕을 무릅쓰고 고개를 숙이며 말하자 월크셔 공작과 모건 후작이 인상을 찌푸렸다.

그의 표정만 봐도 치욕스러움이 느껴졌으나 고개까지 숙여 사과하는 모습에서 진심이 느껴졌기 때문이다.

'재상이 관여한 건 아니군.'

'쯧! 한번 물러나 줘야 하나?'

공작과 후작이 잠시 고민하더니 조용히 자리에서 일어났다.

"믿어 보겠소."

"조속히 처리해 주십쇼. 받은 만큼은 해야 하지 않겠습니까?"

데이비어 공작과 모건 후작의 말에 재상이 고개를 끄덕이며 반드시 해결하겠다고 말했다.

⁂

얼마 후, 세 파벌의 수뇌부가 모였다는 사실이 황궁에 퍼지면서 카리엘의 귀에도 들려왔다.

"곧 끝날 거라 본다고?"

"그렇습니다."

황궁에서 각 파벌의 수장급이 회담을 가진 것을 보고한 타리온이 카리엘의 말에 고개를 끄덕이며 답했다.

그러자 카리엘은 미소를 지었다.

"꿈이 야무지네?"

세 파벌의 수뇌부가 만났으니 이제 이 지옥 같은 시간도 끝나리라 생각한 귀족들.

하지만 카리엘은 그렇게 놔둘 생각이 없었다.

"자! 그럼 일을 좀 더 키워 볼까?"

"전하, 너무 빠르게 일을 키우면 위험하옵니다."

타리온의 말에 카리엘이 피식 웃었다.

"이번이 끝이야. 더 할 필요도 없어."

활활 타오르기 시작한다면 저들이 알아서 개처럼 싸워 줄 것이다.

그럼 자신은 그것을 보면서 즐기면 되는 것이다.

카리엘이 웃으면서 미친 듯이 싸울 귀족들을 생각했다.

"아! 행복하네."

전생에 그토록 자신을 괴롭혔던 자들이 골머리를 싸매는 상황을 상상하니 너무너무 행복했다.

하지만 그럴수록 하루라도 빨리 이 황궁에서 벗어나야겠다는 생각이 들었다.

지금이야 자신이 범인인지 모르고, 또 세력도 없으니 이렇게 여유로운 것이다.

자신의 세력이 강해져서, 암수를 쓴 자가 자신이라는 걸 알게 되면 골치 아파진다.

"적당히 치고 빠져야지."

카리엘이 그렇게 중얼거리며 황태자 자리를 던져 버릴 방법을 구체적으로 계획해 나갔다.

아마 이번 일이 끝나면 머지않아 이 지긋지긋한 황태자라는 굴레를 벗어 버릴 수 있을 거라는 생각에 그는 미소를 지었다.

그렇게 귀족들의 개싸움을 보며 카리엘이 행복해할 때, 귀족들은 난리가 났다.

-○○ 귀족, 남부 연합과 마약을 두고 모종의 계약을 맺었다. 황궁에도 밀반입? 최소 백작급 이상으로 추정.

수뇌부의 합의로 다 끝나 갈 거라고 생각했던 것과 다르게 또다시 엄청난 것이 터져 나왔다.

백작급 이상이 연루된 사건.

아직 정식으로 감찰부가 조사에 들어간 것이 아니었지만 이런 시기에 구체적인 정황들이 광장 게시판에 떡하니 적혀 있었다는 점이 문제였다.

"찾았나?"

감찰총장의 물음에 부하 직원이 무거운 표정으로 고개를 숙이며 대답했다.

"예."

"난리 났군."

포돌스키가 그렇게 말하면서 부하에게 물러나라고 명하고는 담배를 물었다.

"잔인하기도 하시지······."

포돌스키가 이 일을 주도한 이를 생각하며 미소를 지었다.

마지막 기회를 받은 재상이 온 힘을 발휘해 봉합해 가려는 그때, 이 일이 터져 나왔으니 이젠 전쟁뿐이었다.

그리고 그런 그의 예상처럼 귀족파가 황제파를 치기 시작했다.

거대한 암투가 시작되려 하자 몇몇 눈치 빠른 하위 귀족들은 눈치를 보기 시작했다.

"중립파로 갈아타야 하나?"

"괜히 쥐어 터지는 건 우리라고. 일단 안전한 중립파라도······."

하위 귀족들이 그렇게 생각할 때, 감찰부가 움직였다.

―군사기밀을 팔아먹은 귀족. 연루된 자가 더 있을 수도 있다는 정황을 발견했다. 철저히 수사하겠다.

감찰부의 발표를 본 순간, 대부분의 하위 귀족들은 혼란에
빠졌다.

"어느 줄을 타야 하지?"

귀족들이 혼란에 빠져 우왕좌왕하는 사이 감찰부와 치안
대는 활발히 움직였다.

조금의 자비도 없이 잡아들이면서 수도 내 범죄 조직들이
와해되어 갔다.

그러다 보니 제대로 숨겨 놓지 못한 장부들이 밖으로 드러
났고, 그것들을 바탕으로 하위 귀족들이 연이어서 잡혀 들어
갔다.

그런데 신기하게도 고위 귀족들은 잘 걸려들지 않았다.

"역시 철저하네."

카리엘이 쭉정이들만 잡혀 들어가는 것을 보면서 피식 웃
었다.

고위 귀족쯤 되면 다들 도망갈 굴 하나쯤은 파 놓기 마련
이다.

백작가 이상이 범죄 조직과 직접적으로 연관되는 증거들
이 있다?

그건 돈이 정말 급했거나 가주가 얼간이일 때나 가능한 것

이다.

그리고 그 얼간이 중 하나가 이번에 군사기밀을 빼돌리다 걸린 백작이었다.

-군사기밀을 팔아먹은 오송빌 백작. 감찰부, "이번엔 제대로 파헤칠 것."

-귀족 회의에 오송빌 백작의 작위 회수에 대한 안건이 올라오다!

신문에 대문짝만 하게 나온 오송빌 백작 사건.

고위 귀족이 연루된 것 자체가 현 황제 체제에서 처음 있는 일이기에 신문들이 앞다투어 이 사건을 실었다.

그래도 몇몇 귀족들은 오송빌 백작 때문에 비리 수사는 점차 가라앉을 것이라고 생각했지만, 귀족파가 그렇게 되도록 두고 볼 리 없었다.

황제파가 공격했으니 귀족파도 대응해야 하는 법.

-황궁 내 암투. 그 뒤에는 황제파가?

-내관들 대다수는 황제파. 그들을 끌어내지 않는 이상 상황은 바뀌지 않을 것.

귀족파가 이렇게 공격하자 황제파 역시 반격했다.

그에 반해 중립파는 잠잠했다.

오송빌 백작 때문에 중립파 귀족들 자체가 위험해지게 생겼으니, 자기 앞가림이나 하기 위해 몸을 사리는 것이다.

이 때문에 하위 귀족들은 요즘 잠을 제대로 자지 못했다.

돈으로 작위를 산 자들.

부정으로 작위를 획득한 자들.

수십 년에 걸쳐 썩어 들어간 제국엔 이러한 자들이 넘쳐 났는데, 이들이야말로 제국에 부정부패가 넘쳐 나게 된 원흉이라 할 수 있었다.

하지만 이들은 고위 귀족들과 끈이 있다는 것 하나로 허리를 펴고 살며 평민들을 핍박하고 살았는데, 믿었던 고위 귀족들이 몸을 움츠리고 있으니 이들을 보호해 줄 사람들이 없어진 것이다.

"낙동강 오리 알 신세인가?"

카리엘이 웃으면서 지구에서의 속담을 중얼거렸다.

전생에 열받게 한 원흉 중 하나인 하위 귀족들.

부정부패의 원흉 중 하나이지만 숫자가 너무 많아 처치 곤란이었던 이들이 어디로 줄을 대야 할지 몰라 방황하는 모습이 카리엘의 속을 시원하게 해 주었다.

"전하, 토토 경이 왔사옵니다."

"아, 지금 나가지."

시종의 말에 카리엘이 운동복으로 갈아입고 밖으로 나섰

다.

"전하, 근육이 많이 빠지셨군요."

"흠흠, 그동안 바빴어."

"이제 한동안 바쁠 일은 없다고 들었사옵니다."

토토가 강렬한 눈빛을 보내면서 말하자 카리엘이 살짝 눈을 돌리면서 혀를 찼다.

입 싼 타리온을 욕하면서 토토의 눈을 피해 봤지만 운동에 대해서만큼은 진심인 토토는 곧바로 카리엘을 데리고 개인 연무장으로 향했다.

"훅! 훅!"

가볍게 몸을 푼다는 느낌으로 스쿼트를 시작하자 벌써부터 다리가 떨려 왔다.

"이게 다 운동을 쉬셔서 그런 것입니다."

토토가 혀를 차면서 옆에서 같이 운동을 시작했다.

입만 터는 것도 아니고 매번 옆에서 같이 운동을 하니, 카리엘은 불만을 내뱉을 수도 없었다.

"하온데 전하, 한 가지만 물어봐도 되겠습니까?"

"후! 후! 뭔데!"

힘들어 죽겠다는 표정으로 대답하는 카리엘에게 토토가 조심히 물었다.

"언제까지 조사하실 것인지⋯⋯."

토토의 물음에 카리엘이 의아한 표정을 지었다.

운동만 아는 녀석인 줄 알았던 토토가 갑자기 정치와 관련된 얘기를 꺼내자 카리엘의 호기심을 자극했다.

"왜? 아는 녀석이 범죄에 연루됐나?"

"그게 아니옵고……."

토토가 부끄러워하는 표정을 지으며 말끝을 흐렸다.

물론 그런 표정을 지으면서도 운동은 완벽한 자세로 소화하고 있었기에 카리엘에게는 괴물처럼 보일 뿐이었다.

"투자한 곳이 있는데…… 요즘 상황이 좋지 않다고 합니다."

"투자? 범죄 조직과 연관이 없다면 상관없을 텐데?"

카리엘이 눈을 게슴츠레 뜨면서 묻자 토토가 황급히 손을 내저었다.

"운동기구와 관련된 물건들을 파는 곳이옵니다. 황궁에도 일부 납품하는 곳인데 현재 황궁 상황이 이러하니 주문이 안 들어온다고 합니다."

토토의 말에 카리엘이 '아!' 하는 표정으로 고개를 끄덕였다.

황궁이 박살 났으니 그걸 처리하느라 바쁜 모양이었다.

식자재 같은 필수품이 아닌 이상, 새로운 발주 같은 것을 할 정신이 없을 것이다.

"뭐, 한동안 일을 벌일 생각은 없어."

"정말입니까?"

토토의 안색이 환해지자 카리엘이 눈을 찌푸리면서 말했다.

"그래, 어디 가서 말하진 말고."

"물론이옵니다."

토토가 카리엘의 말에 환한 웃음을 지으며 '드디어 내 인생에도 대박이!'라고 중얼거리면서 자신이 투자한 상단이 잘될 것이라는 희망을 품었다.

그런 그를 보면서 카리엘이 쓴웃음을 지었다. 자신의 계획에 따르면 큰 거 '한 방'이 남아 있었기 때문이다.

'모르는 게 낫겠지.'

속으로 그렇게 생각하며 토토와의 운동을 마친 카리엘은 몸을 씻고선 다음 계획을 위해 움직였다.

황제가 보낸 선생들이 전부 카리엘에게 박살 난 이후, 한동안 수업은 자율 수업으로 전환되었다.

그러다 보니 한결 여유가 생긴 카리엘이 슬슬 황태자 은퇴 계획의 다음 단계를 밟기 위해 움직이기 시작한 것이다.

"어떤 놈이 나오려나."

그렇게 중얼거린 카리엘이 두 동생 놈들을 생각했다.

자신이 황태자 자리에서 내려오려면 두 동생 중 하나가 황제가 되어야 했다.

황녀도 있긴 했으나 너무 어렸다.

그녀가 어느 정도 나이가 찰 때까지 황태자 자리에 머물러야 한다면 스무 살은 넘어야 할 텐데, 그러면 자칫 이 자리에서 영원히 못 내려오는 불상사가 일어날 수도 있었다.

"5년이라……."

카리엘이 자신에게 남은 시간을 확인해 보았다.

열다섯 살인 카리엘이 황궁을 확실하게 벗어나려면 늦어도 스무 살이 되자마자 튀어야 했다.

'안정적으로 튀려면 4년인가?'

자신의 나이 스물한 살에 급격하게 몸이 안 좋아진 황제를 떠올리며 고개를 끄덕였다.

그 전에 결판을 봐야 했다.

그러려면 일단 동생 놈들을 한 번씩 봐주는 것이 좋을 듯싶었다.

딸랑~.

작은 종을 울리자 얼마 후, 시종 하나가 조심스레 방으로 들어왔다.

"부르셨습니까, 전하."

"이 서신들을 동생 놈들에게 전해라."

"……예?"

카리엘의 말에 시종이 놀란 표정으로 눈을 동그랗게 떴다.

"뭐 해?"

카리엘이 팔 아프다는 듯 말하자 황급히 정신을 차린 시종이 고개를 숙이고는 물러났다.

그가 이렇게 놀랄 만도 한 것이 황후가 죽은 후, 카리엘이 단 한 번도 동생들을 찾지 않았기 때문이다.

전생에 황후가 죽은 원인이 황비들에게 있다고 생각해서 그 이후로 한 번도 보지 않았다.

'하지만 실제로 독살시킨 건 다른 놈들이었지.'

카리엘이 전생을 생각하며 이를 갈았다.

모두들 귀족파의 두 공작가 출신들인 황비들이 그런 거라 확신했고, 카리엘도 그럴 거라 믿어 의심치 않았지만, 예상과는 정반대의 결과가 나왔었다.

무엇보다 그 당시 카리엘이 두 동생을 찾지 않은 건 몸이 허약해서 괜히 동생들과 어울렸다가는 독살당해 뒈질 것 같다는 두려움 때문이었다.

그렇기에 황태자궁에 반입되는 음식들을 전부 검수시키고, 동생들을 찾지도 않았던 것이다.

"뭐, 지금이야 상관없는 일이겠지."

카리엘이 그렇게 말하면서 가만히 노트를 뒤적거렸다.

귀족들을 조질 방법이야 차고도 넘친다.

하지만 대부분은 쓸 수 없을 거라 생각하며 아쉽다는 듯 입맛을 다셨다.

"황제가 될 녀석에게 선물로 주는 것도 괜찮겠지."

카리엘이 그렇게 중얼거리면서 나갈 채비를 했다.

"전하."

"아! 시킨 일은 잘했어?"

밖으로 나갔던 타리온이 다급하게 들어오자 카리엘이 반갑게 인사했다.

"황자 저하들을 만나신다 들었습니다."

"그래, 오랜만에 동생들 좀 보려고."

"……괜찮으시겠습니까?"

타리온이 걱정스레 바라보자 카리엘이 피식 웃으면서 괜찮다는 표정을 지었다.

"걱정은 그만하고 준비나 해."

"……알겠습니다."

카리엘의 명에 타리온이 조심스레 고개를 숙이고는 물러갔다.

✳

그리고 얼마 후, 황태자의 궁에서 황자들이 모인다는 소식이 퍼져 나갔다.

"형님이 부르신다라……."

2황자인 루피엘이 표정을 찡그리며 고개를 갸웃거렸다.

아주 어렸을 때는 나름 친하게 지냈던 형이었지만 지금은 적이나 다름없었다.

애초에 황후가 죽고 먼저 거리를 둔 것은 형이건만, 어째서 이제 와 자신을 부르는 건지 이해가 가지 않았다.

그리고 그건 3황자 역시 마찬가지였다.

"형님이 날? 의외인데."

카리엘의 부름에 세리엘의 표정이 묘하게 변했다.

"뭐, 부르신다니 가 드려야지."

세리엘이 알겠다고 말한 후, 수련을 멈추고 자신의 궁으로 들어가 채비를 했다.

그렇게 루피엘과 세리엘이 채비를 마치고 황태자궁으로 움직이자, 이 소식이 황제의 귀에도 들어갔다.

"으음……."

황제가 심각한 표정을 지으며 시종장의 보고를 들었다.

"그놈이 진정……."

황태자가 앞서 했던 말이 있기에 황제는 이번에 모이는 황자들의 모임이 불안했다.

"언제든 물러나겠다고 한 것이 진심이었던가?"

마음 한구석에선 카리엘이 자신을 설득하기 위해 정치력을 발휘한 것이라 생각해 보았으나, 황태자의 행보를 보면 그게 아니라는 것을 느낄 수 있었다.

지금 보이는 황태자의 행보는 뒤가 없었다.

정말 제국을 위하는 것처럼 마구잡이로 귀족들을 잡아들

이는 상황에서 동생들을 부른다?

그것도 몇 년간 원수처럼 지냈으면서?

"골치 아프군."

황제가 머리가 아픈지 손가락으로 지압하면서 침음성을 흘렸다.

분명 카리엘은 자신이 말했던 것처럼 균형을 지키려 하고 있었다.

황제파는 건드리지 않고, 귀족파와 중립파만 족치고 있었다.

하지만 상황은 나아질 기미가 보이지 않았고 오히려 혼란만 가중되고 있었기에 미칠 노릇이었다.

한데 그런 상황에서 카리엘은 눈치 없이 황자들까지 만나려 한다.

"끄응……."

"폐하."

"피곤하니 물러가라."

시종장이 놀란 표정으로 다가오려 하자 황제는 귀찮다는 듯 물려 버리고선 한쪽에 잘 숨겨 둔 담배 파이프를 들었다.

"후우, 역시 심신 안정엔 이만한 게 없군."

세간에서 마약이라고 불리는 물건.

그것을 한껏 빨아들인 황제가 몽롱한 표정으로 만족스럽게 웃었다.

황제가 복잡한 문제들을 한순간이나마 잊으며 즐거운 시간을 보내는 사이, 황태자의 궁에 도착한 두 황자는 카리엘과 만났다.

"왔냐?"

카리엘이 반갑게 웃으면서 두 황자를 반겨 주자 그들의 눈동자가 살짝 떨렸다.

귀한 손님이라도 온 것처럼 비싼 차와 다과들을 테이블에 깔아 두고 기다리던 카리엘은 그들에게 앉으라고 권유하며 자리에 앉았다.

"다들 바쁘니까 본론부터 말해 볼까?"

카리엘의 말에 두 황자의 눈동자에 긴장감이 서렸다.

'외가를 빌미로 나한테 뭘 얻어 내려는 거지?'

'협박인가?'

기분 나쁜 표정을 짓는 2황자와 코웃음 치는 3황자.

하지만 곧, 예상과는 달리 전혀 다른 말이 카리엘의 입에서 튀어나오자 그들의 얼굴에 당혹감이 서렸다.

"너희들 중에 이 자리에 관심 있는 사람?"

카리엘의 물음에 2황자는 의아한 표정을 지었다.

대체 무슨 의도로 이런 말을 하는 건가 하는 표정을 지은 것이다.

반면에 3황자는 헛웃음을 터뜨렸다.

'지금 이 새끼가 날 놀리는 건가?'

그런 생각과 함께 분노한 듯 눈썹이 떨리는 세리엘.

"참고로 폐하께도 말씀드렸다, 너희들 중 하나에게 황태자 자리를 물려주겠다고."

그 말이 끝나는 순간 두 황자의 눈동자가 사정없이 떨리기 시작했다.

잠시 당황하던 3황자가 자리에서 벌떡 일어났다.

"지금 장난……."

"장난인 것 같냐?"

카리엘은 화를 내려던 3황자의 말을 끊고 싸늘한 표정으로 황자들을 바라보았다.

그러자 두 황자가 움찔했다.

후에 소드 마스터와 마도사에 근접한 마법사가 되는 이들이지만 지금은 어린아이일 뿐이다.

"쯧! 잘 생각해 봐. 내가 황제가 되고 싶었다면 이런 일을 벌였을까?"

그 말에 카리엘이 맨 처음 한 일이 생각난 두 황자는 표정을 굳혔다.

황제파를 건드린 일.

이 일로 카리엘은 황제파에 단단히 찍혔다.

현 황제 때문에 어쩔 수 없이 지지하고는 있지만 그들은 황태자를 마음에 들어 하지 않을 것이다.

어쩌면 나중에 자신들 중 하나를 지지하겠다고 선언할지도 모를 일이다.

"거기다 이딴 몸뚱어리로 황제가 되어 봤자 피곤하기만 해."

카리엘이 자신의 몸을 보며 한숨을 푹 쉬었다.

최근에야 좀 괜찮아졌다지만 여전히 불안함은 남아 있었기에 이 몸을 완전한 상태로 만드는 것에 집중하기에도 빠듯했다.

그렇기에 더더욱 황제란 자리는 카리엘에게 가치가 없었다.

'더 이상 욕받이는 사양이야.'

카리엘이 속으로 그렇게 생각하며 두 황자를 바라보았다.

"그럼 다시 묻는다. 황태자 자리에 관심 있냐?"

다시 한번 묻는 그를 보면서 두 황자의 얼굴이 찡그려졌다. 아직 어리지만 섣부르게 답해선 안 된다는 것은 알 정도로 사안이 중했기 때문이다.

"그냥 솔직하게 말해. 나중에 황태자가 되고 싶다고 수 쓰지 말고."

카리엘은 그렇게 말하면서 차를 한 모금 마셨다.

그러자 두 황자도 당혹스러운 표정을 감추고자 차를 한 모금 마시면서 혼란스러운 머릿속을 진정시켰다.

불편한 침묵 속에서 차를 마시던 두 황자가 마침내 작게 고개를 끄덕이자, 카리엘이 만족스러운 표정을 지으며 두 황자에게 말했다.

　"그럼 내 요구 조건을 말할게."

　카리엘의 말에 '그럼 그렇지!'라는 표정을 짓는 2황자와 얼굴을 구기는 3황자.

　2황자에 비해 머리가 잘 돌아가지 않는 편인 그였기에 이런 거래는 불편했다.

　황태자 자리를 내놓은 조건으로 대공이나 공작의 자리를 내놓으라고 하거나, 제국의 핵심 지역을 달라고 할지도 모를 일이라 어떻게 해야 하나 고민하는 3황자를 귀엽다는 듯 바라보던 카리엘이 입을 열었다.

　"증명해라."

　"뭐요?"

　"뭔 소립니까?"

　카리엘의 말에 두 황자가 동시에 대답했다.

　생뚱맞게 무슨 소리를 하는 거냐는 표정을 짓는 둘에게 카리엘이 씁쓸한 차로 목을 축인 후 입을 열었다.

　"말 그대로야. 황태자란 자리에 자신이 어울린다는 걸 증명해."

　"……어떤 방식으로 말입니까?"

　2황자가 불편한 표정으로 묻자 3황자도 인상을 찡그리며 카리엘을 바라보았다.

"아직 어린 너희들이 정치력을 발휘하긴 어려울 테니 잘하는 걸로 해 봐. 넌 마법을 통해서, 넌 검을 통해서."

그렇게 말한 카리엘이 구체적인 방법을 알려 주었다.

2황자의 경우 마법을 통해 제국을 부흥시킬 방법을.

3황자의 경우 무력을 통해 가라앉는 제국을 부흥시킬 방법을.

"제게 너무 불리한 거 아닙니까?"

3황자가 불편한 표정으로 말했다.

현재 군부는 각 파벌들이 적당히 나눠 갖고 있는 상황.

그런 상황에서 무력을 통해 제국을 부흥시킬 방법을 찾으라는 조건은 3황자에게 불리한 것일 수밖에 없었다.

반면에 2황자는 마도구만 잘 만들어도 어느 정도는 조건을 갖출 수 있을 터.

"알아. 그러니까 공평하게 맞춰 줄게."

카리엘이 그렇게 말하면서 진한 미소를 그렸다.

그러자 두 황자가 흠칫 놀라면서 고개를 갸웃거렸다. 장난기가 서린 미소였지만 순간적으로 흠칫 놀랄 정도로 냉기가 느껴졌기 때문이다.

"곧 군부 전체가 움직일 수밖에 없는 상황을 만들 거야."

"……그게 뭡니까?"

3황자의 말에 2황자도 궁금해했다.

"군사기밀을 넘기다 걸린 새끼 알지?"

"아······."

3황자가 알고 있다는 듯 고개를 끄덕이면서 실망스러운 표정을 지었다. 고작 백작 하나 잡겠다고 군부가 나설 리는 없으니 실망한 것이다.

그런 3황자를 보며 카리엘이 빙그레 웃었다.

"알고 보니 그놈이 몸통에 불과하더라고."

"그게 정말입니까?"

3황자가 놀란 표정을 지으며 말하자 카리엘이 웃으며 고개를 끄덕였다.

"······머리가 누군지 말해 줄 수 있습니까?"

"황제파."

3황자가 조심스럽게 묻자 카리엘이 곧바로 대답했다.

그러자 두 황자가 경악 어린 표정으로 카리엘을 바라보았다.

"설마 황제파를 치실 생각인 겁니까?"

뭔가를 눈치챘는지 2황자의 작은 목소리로 물었다.

그러자 카리엘이 진한 미소를 띠며 말없이 차를 마셨다.

"어차피 너희 둘 다 황제가 되기로 마음먹었다면 귀족파는 갈라질 거다."

카리엘의 말에 두 황자가 불편한 표정을 지었다.

황태자란 자리를 두고 싸우기 시작한다면 필연적으로 갈

라질 수밖에 없는 구조다.

"그 상황에서 황제파는 필요 없어. 그렇기에 난 황제파를 제물로 삼아 타국을 칠 거다."

카리엘의 계획에 두 황자의 눈동자가 떨리기 시작했다.

"그동안 기생충 같은 귀족들을 꼬드겨 제국의 이권을 처먹은 새끼들을 단죄하는 것. 그것이 내가 황태자 자리에서 물러나기 전 마지막으로 할 일이다."

카리엘의 계획을 들은 두 황자의 표정이 굳어져 갔다.

"불명예스럽게 퇴위하실 수도 있습니다."

2황자의 말에 3황자도 고개를 끄덕였다.

타국과 이권을 빼먹은 자들은 하위 귀족들뿐만이 아니었다.

고위 귀족들도 걸려 있는 만큼 자칫 잘못 움직였다간 귀족들의 거센 저항에 황태자 자리에서 내려오는 것은 물론, 온갖 죄목을 뒤집어쓰고 귀양을 갈 수도 있었다.

아직 어린 황자들이지만 영특한 녀석들인 만큼 황제가 믿음직스럽지 않다는 걸 잘 알았다.

그렇기에 황제는 귀족들을 설득하기 위해 카리엘을 버릴지도 모를 일이다.

"상관없어."

카리엘이 상관없다는 표정으로 차를 마시면서 빙그레 웃었다.

"자! 그럼 할 얘기는 다 끝났고……. 남은 건 너희들이 외가에 이르는 것만 기다리면 되나?"

그의 말에 두 황자의 얼굴이 구겨졌다.

"아이 취급하지 마십쇼."

"아이 맞잖아."

2황자의 말에 카리엘이 비웃음이 가득 담긴 표정으로 말했다.

열네 살이 된 지 얼마 안 된 2황자나 3황자는 이제야 겨우 꼬마 티를 벗어나는 중이었다.

그나마 매일같이 수련하는 3황자가 청년처럼 보이는데, 2황자는 아직도 애였다.

카리엘의 팩트 폭행에 입을 꾹 다문 2황자.

성장이 느려서 그런지 요즘 들어 살짝 스트레스를 받고 있었는데 카리엘이 애 취급을 하니 삐질 수밖에 없었다.

그러자 옆에 있던 3황자가 비웃는 표정으로 2황자를 아래위로 훑었다.

"쯧쯧!"

"죽고 싶냐?"

"성장부터 하고 와라."

마력을 일으키는 2황자에게 3황자가 혀를 차면서 눈짓으로 카리엘을 가리켰다.

그러자 2황자가 '아차!' 하는 표정으로 황급히 마력을 억눌렀다.

"이제 이 정도는 괜찮아."

카리엘이 여유롭게 차를 마시자 2황자와 3황자가 궁금한 표정으로 그를 바라보았다.

"요즘 뭔가 하고 계신다는 소식은 들었는데…… 효과가 있었던 겁니까?"

"조금? 걸어 다닐 정도는 돼."

3황자의 물음에 카리엘이 웃으면서 답하자 3황자가 그럴 만하다는 듯 고개를 끄덕였다. 자신에 비하면 한참 부족하긴 하나, 여기저기 근육이 잡힌 모습이 보였기 때문이다.

"강체술이라는 건데 육체 강화에 효과적이야. 낭비되는 마력이 많긴 하지만 정상인처럼 생활할 수만 있다면 감지덕지지."

"강체술? 혹시 마력 숙성법 계열입니까?"

"맞아."

벌써부터 마나 연구에 몰두하는 천재답게 2황자는 단번에 카리엘이 익힌 것을 눈치챘다.

"위험하실 텐데요."

"그래서 기초만 수련 중이지. 슬슬 단계를 높여야 할 것 같은데 위험성이 커서 쉽지가 않네."

카리엘의 말에 2황자가 헛기침하면서 말했다.

"흠흠! 도, 도움이 필요하면 말하십쇼."

쑥스러운지 살짝 얼굴을 붉히며 말하는 2황자를, 카리엘과 3황자가 귀엽다는 듯 바라보았다.

성장이 덜 되어서 더 애 같은 2황자는 틱틱거리는 것조차도 살짝 귀엽게 느껴질 정도였다.

두 황자의 시선을 느낀 2황자가 분노한 표정으로 노려보자 그제야 입가에 그려진 미소를 지운 카리엘이 대답했다.

"알았어. 막히면 도움 좀 구할게. 도와주면 내가 특별히 평가에 반영을⋯⋯."

"그런 게 어디 있습니까!"

카리엘의 말에 3황자가 발작하듯 일어났다.

그런 그를 보면서 이번엔 2황자가 피식 웃었다.

"꼬우면 너도 연구해."

2황자의 말에 카리엘이 재밌다는 듯 웃으면서 자리에서 일어났다.

"오랜만에 동생들을 봐서 좋네. 이참에 남은 동생도 보러 가야겠다."

"미리엘 말입니까?"

"왜? 불편하냐?"

카리엘의 물음에 2황자가 헛기침하면서 말했다.

"그럴 리가요."

그동안 한 번도 보지 못했던 여동생이기에 두 황자가 살짝 불편한 표정이었으나, 꼭 필요한 일이었다.

누가 황제가 된다 하더라도 황족들에 대한 안전을 보장할 것.

자신뿐만 아니라 여동생인 미리엘의 안전마저 보장하려면 어릴 때부터 미리 '우리는 가족이다!'라는 이미지를 심어 둘 필요가 있었다.

"말 나온 김에 얼른 가자."

"……예."

"네."

어딘가 불편한 목소리로 대답하는 동생들을 강제로 끌고 미리엘이 있는 황녀궁으로 향했다.

급작스럽게 결정되었기 때문에 황녀궁에 알리지도 않고 움직인 카리엘과 두 황자.

그렇게 그들이 마차를 타고 거대한 궁으로 이동하자 곧 황녀궁이 모습을 드러냈다.

다른 궁처럼 화려해 보이는 외관을 한 황녀궁.

하지만 카리엘이 보기에 뭔가가 이상했다.

언뜻 보기엔 화려하지만 왠지 모르게 엉성한 느낌이 드는 궁의 외관.

'확실히 이상하네.'

고개를 갸웃거린 카리엘이 갑자기 어렸을 적 고생했다던 미리엘의 말이 생각났다.

황후처럼 몸이 약했던 미리엘의 어미는 황궁에서 얼마 버티지 못하고 죽었다.

그렇기에 외가에서 온 유모의 손에 길러졌는데, 신기한 건 미리엘이 어느 정도 크고 나서 그 유모를 곧바로 궁에서 내보냈다는 점이었다.

"뭔가 있네."

"……예?"

카리엘의 중얼거림에 곁에서 걷고 있던 2황자가 되물었다.

하지만 카리엘은 대답 대신 일부러 마차에서 내려 황자들과 함께 조용히 황녀궁으로 향했다.

곧이어 타리온이 황태자가 왔음을 큰 목소리로 알리려 했지만 카리엘이 그것을 가로막고는 조용히 두 동생과 궁 안으로 진입했다.

"저, 전하!"

"쉿!"

입구에서 호위를 서는 황궁 기사의 입을 봉하고는 두 황자와 함께 안으로 진입했다.

"전하!"

시녀 중 하나가 허리를 숙이면서 말하자 근처에 있던 시종들과 시녀들도 황급히 허리를 숙였다.

"미리엘은 어디에 있지?"

"저, 저하는 정원에 계실 것이옵니다."

"정원이라……."

카리엘이 그녀의 말에 곧바로 정원으로 향했다.

그러자 정원에서 혼자 멍하니 앉아 있는 미리엘을 볼 수 있었다.

"쓸쓸해 보이는군요."

"음……."

미리엘의 모습을 본 두 황자가 침음성을 삼켰다.

자신들이야 외가 쪽 사람들과 귀족들이 간혹 찾아오곤 했고, 황태자조차 황제파에서 어린 귀족들이 병문안을 오고는 했다.

게다가 어린 시종들이 매일같이 붙어 있는 게 다반사였다.

그러나 미리엘은 그런 게 없었다.

"유모는 어디에 있지?"

카리엘이 싸늘한 물음에 곁에 있던 시녀가 황급히 고개를 숙이며 대답했다.

"그, 그것이…… 볼일이 있는지……."

"볼일이라…… 아직 어린 황녀를 돌보는 것보다 더 중한 일이 무엇인지 궁금하군."

날카로운 눈빛으로 중얼거린 카리엘이 두 황자에게 말했다.

"미리엘이랑 놀아 주고 있어."

"어디 가십니까?"

2황자의 물음에 카리엘이 황녀궁을 바라보았다.

"여기 좀 살펴봐야겠다."

카리엘의 음성이 심상치 않음을 느끼자 두 황자는 더 묻지 않고 미리엘에게 향했다.

그것을 본 카리엘이 본격적으로 황녀궁을 확인하기 시작했다.

※

다음 날, 두 황자와 함께 황녀궁을 찾은 카리엘이 칼춤을 췄다는 소식이 들려왔다.

그리고 얼마 후 두 공작이 비밀리에 카리엘을 찾았다는 소식마저 들려오면서 수도는 혼란에 빠졌다.

이젠 정말 어디에 줄을 대야 할지 모르겠다는 듯, 고개를 젓는 귀족들.

그런 그들에게 한 신문사가 답을 내놓았다.

-그들에게 남은 건 감옥뿐.

일이 점점 커진다?

카리엘이 미리엘의 궁에 찾아간 날, 그 안에 있던 모든 시종들과 시녀들은 전부 황궁에서 쫓겨났다.

이유는 감히 황녀궁의 예산을 착복한 것.

일반적인 하녀나 하인 들은 황궁에서 쫓겨나는 것으로 끝났으나, 시녀와 시종 그리고 황녀궁을 담당했던 내관과 유모는 달랐다.

특히 유모의 경우는 죄가 엄중했다.

황녀궁에서 착복한 금액 대부분에 관여했기 때문이다.

참고로 황녀궁에 배정된 금액은 웬만한 하위 귀족들의 입이 찢어질 정도로 큰 금액이었다.

값비싼 옷들이 옷장을 채우고 있었으나, 전부 유행이 지난

옷들이거나 메이저가 아닌 곳에서 산 옷들뿐이었다.

물품들도 고풍스러워 보이는 것들로 방을 채웠으나, 자세히 보면 하자가 있는 것뿐이었다.

궁 역시 겉은 깨끗해 보였지만, 깊은 곳까진 청소하지 않았는지 먼지가 가득했다.

전부 황제파와 연줄이 있는 가게와 담합해서 황녀궁의 예산을 착복했기에 일어난 일들이다.

보고서를 받은 카리엘이 싸늘한 표정으로 타리온을 바라보았다.

"유모를 데려와."

카리엘의 명령에 곧바로 고개를 숙이고 나가는 타리온.

얼마 후, 시종들에게 질질 끌려오다시피 한 유모가 카리엘의 앞에 무릎을 꿇었다.

"황비께서 돌아가신 이후, 외가 쪽에서 보낸 유모가 궁을 관리했다 들었다. 그런데 어제 내가 본 황녀궁의 모습은 기가 찰 정도로 쓰레기더군."

"저, 전하, 살려 주십쇼! 소신이 태만하여……!"

"네 죄가 태만한 것뿐일까?"

감옥에서 고문을 받고 나와 피투성이가 된 유모가 덜덜 떨리는 눈으로 카리엘을 바라보았다.

아직 어린 카리엘이기에 온정을 기대해 보았으나, 눈을 본 순간 그런 기대는 의미가 없다는 것을 깨달았다.

누구보다 싸늘한 눈이 그녀를 직시하고 있었기 때문이다.

"황녀궁에 배정된 금액들이 황제파의 귀족들에게 흘러갔다는 정황을 발견했다."

카리엘의 말에 유모의 몸이 굳어졌다.

"황제파 귀족들과 짜고 황녀를 입맛대로 키우려 했다지?"

카리엘이 미소를 지으며 말했지만, 유모에게는 악마와도 같은 미소처럼 보였다.

"일부러 외롭게 만들어 가끔 찾아오는 황제파의 영애들에게 기대게끔 조장했다. 황녀궁의 예산은 황제파의 비자금에 쓰였고, 심지어 황녀를 제대로 보살피지도 않았다지."

하녀들이 진술한 내용들을 유모에게 던져 주었다.

몇몇 양심 있는 하녀들이 가끔 미리엘과 놀아 주었지만 그때마다 유모가 그녀들을 혼냈다는 내용까지 적혀 있었다.

"저, 전하, 사실이 아니옵니다!"

유모가 황급히 자리에서 일어나려 했지만 시종들이 그런 그녀를 다시금 꿇어앉혔다.

카리엘이 유모를 보면서 싸늘한 음성으로 말했다.

"아마 곱게는 죽지 못할 거다."

카리엘의 말에 유모가 흠칫하며 덜덜 떨기 시작했다.

"미천한 하위 귀족 출신이 폐하의 외가가 되었다는 이유로 백작의 반열에 올랐으면! 감사하며 살 일이지, 감히 황족을 건드려?"

카리엘이 노성을 터뜨리면서 유모에게 기세를 일으켰다.

은연중에 피어나오는 붉은 기세에 유모를 붙잡고 있는 시종들조차 놀란 표정으로 황급히 고개를 숙였다.

카리엘은 유모를 보면서 싸늘한 미소와 함께 말했다.

"말해, 어디까지 연루되었는지. 그럼 죽음 정도는 편하게 맞게 해 주마."

카리엘이 자비로 가득한 얼굴로 말하자 유모가 덜덜 떨면서 고개를 저었다.

"전하, 정말 저는 누구와도……."

유모가 자신의 죄를 부정하려 하자 친절하게 그녀의 비리가 적힌 증거들을 앞에 던져 주었다.

"이 가게가 황제파와 연관되었다는 걸 부정하려는 건가?"

"전하, 전 정말 이 가게가 마음에 들어서 황녀 저하께 추천해 드린 것이옵니다!"

끝까지 죄를 부정하는 그녀.

아마 자신만 입 다물고 있으면 황제파가 적어도 죽음만은 면하게 해 줄 것이라 생각하는 모양이었다.

그러면 이대로 낙향해서 죽은 듯이 살겠다는 그녀의 생각이 눈에 보였다.

그런 그녀에게 카리엘이 현실을 일깨워 주기 위해 입을 열었다.

"앞으로 지옥 같은 삶을 살 그대를 위해 한 가지 좋은 소식을 말해 주마."

카리엘이 그렇게 말하면서 유모의 귓가에 입술을 갖다 댔다.

"이번 사건과 연관이 있는 황제파에게는 지위 고하를 막론하고 무조건 죄를 물을 것이다. 이는 공작들과도 얘기가 된 일이고, 중립파와도 이야기가 끝난 일이야."

"아…… 아……!"

"지옥으로 가는 길이 외롭진 않을 거다, 연루된 자들과 네 가족들까지 전부 죽여 버릴 것이니."

그렇게 말한 카리엘은 유모를 치워 버리라고 손짓했다.

그러자 유모가 황급히 카리엘의 발목을 붙잡고 애원했다.

"전하! 전하! 알고 있는 바를 전부 말하겠사옵니다. 그러니 제발! 제 가족들에겐 자비를……."

"꺼져라."

"전하! 저어언하!"

더는 기회를 주지 않겠다는 듯, 유모를 치워 버린 카리엘이 타리온을 보면서 말했다.

"귀찮더라도 돌아가야겠군."

"감찰총장에게 그리 전하겠습니다."

마지막 기회를 걷어찬 유모에게 더 이상의 기회를 주기 싫다는 카리엘의 단호한 의지.

그것을 느낀 타리온이 군말 없이 고개를 숙이고 물러났다.

귀찮기에 유모를 이용해 황제파를 썰어 버릴 생각이었던 카리엘이었지만, 끝까지 뻔뻔하게 나오는 꼴을 보면서 생각을 바꿔먹었다.

'쓰레기를 구슬릴 필요는 없지.'

카리엘이 그렇게 생각하면서 플랜B를 가동했다.

제국의 정식 황녀인 미리엘에게 일어난 일을 전부 외부에 공표했다.

동시에 군사기밀을 넘긴 오송빌 백작이 사실은 타국과 황제파를 연결한 연락책에 불과했다는 사실까지 알려졌다.

-제국의 두 공작가가 움직였다. 이번 사건을 대전 회의 안건으로 직접 올린다!

-중립파가 움직인다. 그 중심엔 감찰총장이?

공작가와 중립파가 움직인다는 소식이 수도를 강타하자, 다급해진 건 황제파였다.

"하필…… 이제껏 관심도 안 가졌던 황녀를 왜!"

"미치겠군. 살길을 찾아야 해!"

황제파 출신의 내관들이 황궁 안을 바삐 움직였다.

평소에 친하게 지내던 귀족파와 중립파 출신의 귀족들을 만나기 위해 움직였지만 누구도 그들을 만나 주지 않았다.

마치 이참에 황제파를 썰어 버리겠다는 기세로 움직이자

재상이 직접 황제를 만나기 위해 움직였다.

"폐하, 재상 무솔리니 후작이 찾아뵙고자 하옵니다."

시종장의 외침에 황제가 들어오라는 말을 했고, 조심스럽게 열린 문 안으로 들어간 무솔리니.

그런 그가 본 장면은 황제의 앞에 모여 있는 그의 자식들이었다.

"어서 오게."

"……폐하를 뵙습니다."

황제가 반갑게 무솔리니를 맞아 주자 당황하던 그가 황급히 표정을 감추고 인사를 올렸다.

"황태자 전하와 황자 저하, 그리고 황녀 저하를 뵙습니다."

무솔리니가 인사하자 모두가 웃으면서 그의 인사를 받아주었다.

모두의 환대 속에서 의자에 앉은 무솔리니를 향해 황제가 웃으며 물었다.

"한데 무슨 일인가?"

황제의 물음에 무솔리니가 조심스럽게 입을 열었다.

"황녀 저하의 일로 찾아뵈었사옵니다."

"안 그래도 그 이야기를 하던 참인데 잘되었군."

황제의 말에 무솔리니가 황태자를 곁눈질로 바라보았다.

자신이 한발 늦었다는 표정을 짓는 무솔리니를 향해 카리엘이 입을 열었다.

"감히 황족을 건드린 일이옵니다. 일벌백계로 다스려야 하옵니다."

"으음, 옳은 말이다. 하지만 너무 일을 크게 벌일 경우 자칫 제국의 균형이 무너질 수도 있음이야."

훈계하듯 말하는 황제를 보면서 무솔리니가 희망을 가진 듯, 황급히 입을 열었다.

"그래도 황족의 권위를 세우셔야 하지 않겠사옵니까?"

"그래서?"

황제의 물음에 무솔리니가 고개를 더 숙이며 말했다.

"감히 황녀궁을 제대로 관리하지 못한 내무부 전원과 황녀 저하를 욕보인 시종, 시녀 들 그리고 감히 저하께 싸구려 물품 등을 납품한 자들 전원을 처벌해야 할 줄 아뢰옵니다."

무솔리니의 말에 황제가 흡족한 표정으로 카리엘을 슬쩍 바라보았다.

재상의 말을 들어 보면 마치 연관된 모든 이들을 처벌해야 한다고 말하는 듯했다.

하지만 자세히 들여다보면 쭉정이들만 쓸어 버리겠다는 말과 다르지 않았다.

'내무부로 끝내시지요.'

마치 카리엘에게 이렇게 말하는 듯한 재상의 표정.

그런 그의 얼굴을 똑바로 바라본 카리엘이 미소를 지으며 말했다.

"폐하, 일벌백계는 당연한 것이옵니다. 하지만 이들만으로 끝나면 또다시 이런 사건이 일어날 수 있는 바. 전 그 뿌리를 찾아내 불태워야 한다고 생각하옵니다."

"소자 역시 그리 생각합니다."

"소자도 형님과 같은 생각입니다."

황태자의 말에 2황자, 3황자까지 같은 생각이라고 말하자 황제가 곤혹스러운 표정을 지었다.

이들이 만약 그냥 온 것이라면 황제는 노성을 터뜨리며 자중하라 말했을 것이다.

하지만 그게 아니었다.

황태자는 중립파를, 2황자와 3황자는 공작가를 대표해서 자신들의 의견을 전한 것이다.

그렇기에 황제는 침음성을 삼키며 침묵했다.

"전하, 가뜩이나 일이 커져 혼란에 빠져 있사옵니다. 여기서 일이 더 커지면……."

재상이 식은땀을 흘리면서 카리엘을 바라보자 그런 그를 향해 카리엘이 냉혹한 눈빛으로 말했다.

"그렇기에 이번에 확실히 끝을 봐야 하는 것이오. 감히 제국을 좀먹는 쓰레기들을 이참에 전부 불태우는 것이 제국을 위한 길임을 재상께서도 잘 아시지 않소?"

"하오나 폐하께서 이룩하신 균형이 무너질 수 있습니다."

"모든 비리를 근절하는 것은 위대한 성군으로 남으실 폐하의 업적이 될 터. 재상은 이를 방해할 셈이오?"

카리엘의 말에 재상이 이를 악물었다.

명분은 저쪽이 쥐고 있으니 자신은 불리할 수밖에 없었다.

'균형론을 물고 늘어져야 한다.'

이렇게 생각한 재상이 다급히 입을 열었다.

"폐하, 이대로라면 균형이 무너지옵니다. 타국들과도 불편한 관계가 될 수 있는 바. 타국의 사신들을 불러들여 천천히 논의해야 하옵니다."

재상이 어떻게든 시간을 벌고자 말했다.

황제가 이를 받아들이면 황제파는 그 시간 동안 어떻게든 살 구멍을 찾아낼 것이다.

비리 문서들을 몰래 소각하고, 이번 사건과 접점이 될 수 있는 것들을 모조리 끊어 내리라.

하지만 카리엘은 그걸 그대로 두고 볼 생각이 없었다.

'앞으로 이런 기회는 다시 오지 않는다.'

자신이 병약한 황태자여서, 같은 편인 줄 알았기에 방심했던 황제파에게 날린 일격.

카리엘은 이 일격을 치명상을 입히는 것으로 끝낼 생각이 없었다.

"일단 이 일은 대전 회의에서 다루시지요."

카리엘의 말에 재상의 표정이 구겨졌다.

대전 회의에서 다루게 된다면 자신들이 불리하게 될 것은 자명했기 때문이다.

"폐하."

"공작들이 직접 안건으로 올린 일입니다."

황제를 부르는 재상의 말을 끊고 카리엘이 낮은 음성으로 말했다.

일견 황제를 협박하는 말이 될 수도 있으나, 재상의 말에 현혹되기 전에 이번 일이 얼마나 심각한 것인지 황제의 머릿속에 다시 한번 상기시켜 주었다.

"……우리끼리 결론짓기는 힘들겠군. 대전 회의에서 논하도록 하지."

귀족파와 중립파가 힘을 합쳤다.

게다가 명분도 밀리고, 심지어 모든 황자들이 움직였다.

황족의 권위를 되찾겠다는 명분.

여기서 잘못 움직이게 되면 제국 각 지역에 흩어져 있는 황족들마저 수도로 올라오게 될지도 모른다.

그렇게 되면 황제는 황제파와 함께 고사하게 될지도 모를 일.

'버려야 하는가?'

황제의 머릿속에서 이미 황제파를 버려야 한다는 생각이 슬그머니 올라오기 시작했다.

그러자 황제를 오랫동안 봐 온 재상의 표정이 일그러졌다.

황제의 마음이 점점 황제파에게서 멀어지고 있다.

이것을 확인한 재상의 마음은 다급해졌다.

"어떻게 여기까지 올라왔는데…….."

재상이 그렇게 중얼거리면서 황제궁 쪽을 노려보았다.

균형을 중시하는 주제에 능력이라곤 쥐뿔도 없는 황제를 움직여 얻은 작위가 현재의 재상이었다.

하위 귀족에 불과하던 자신을 후작이라는 고위 귀족으로 만들어 줄 정도로 균형에 집착하는 황제였기에 믿었다.

"……너무 방심했다."

재상이 자신의 실수를 통렬하게 반성했다.

병석에 누워만 있던 황태자였기에 무관심했는데, 알고 보니 황족들 중 가장 위험한 존재였다.

천재 마법사인 2황자와 소드 마스터가 될 가능성이 높은 3황자보다 더 위험한 인물.

그것이 바로 현 황태자였다.

"황제파를 쉽게 치우진 못할 것이오."

카리엘의 의도를 눈치챈 무솔리니가 싸늘한 표정으로 재상부로 향했다.

위기인 만큼 황제파를 전부 모아서 대처해야 했다.

무엇보다 자신에겐 한 가지 무기가 남아 있었다.

방금 전 황제에게 은근슬쩍 자신의 무기를 드러냈지만, 상황이 이렇게 되자 단순한 위협용이 아닌 실제로 휘두르기로 마음먹었다.

그렇게 재상이 바삐 움직일 때, 카리엘은 여유롭게 황태자궁으로 돌아와 차와 다과를 즐기고 있었다.

"케이크 좀 먹어 봐. 맛있어."

"우우…….."

카리엘이 은근슬쩍 케이크를 권유했지만 그것이 무섭다는 듯, 올먹이는 미리엘.

"형님은 미리엘에게 다가오지 마십쇼."

"쯧쯧!"

2황자와 3황자가 미리엘을 감싸면서 말하자 카리엘의 표정이 일그러졌다.

"너희 언제 그렇게 친해졌냐?"

"글쎄요~."

2황자가 능글맞은 표정으로 카리엘을 바라보았다.

그러자 3황자도 장난기 섞인 표정으로 카리엘에게 말했다.

"그런 표정을 지으니까 무서워하는 겁니다."

혀를 차면서 지적하는 3황자를 보며 황급히 표정을 추스르는 카리엘.

하지만 이미 늦은 상황이었다.

자신을 더 무서워하는 미리엘을 보면서 한숨을 푹 쉰 카리엘이 미리엘을 안고 있는 두 동생을 부럽다는 듯 바라볼 수밖에 없었다.

2황자의 품에서 뽀시락거리며 케이크를 먹고 있는 미리엘을 귀엽다는 듯 바라보는 카리엘에게 3황자가 조심히 물었다.

"황제파…… 괜찮겠습니까?"

3황자의 물음에 미리엘을 보고 있던 2황자도 슬쩍 카리엘을 바라보았다.

"문제없어."

"재상은 만만한 인물이 아닙니다."

"알아. 교활한 여우 같은 인간이지."

카리엘이 지겹다는 듯 몸서리치면서 답했다.

그러자 3황자가 고개를 갸웃거렸다.

"그런데 이렇게 여유롭게 계셔도 됩니까?"

"지금 상황에서 더 할 수 있는 것도 없으니까. 그리고 재상이 숨겨 둔 패가 뭔지도 알 것 같고."

그렇게 말하며 카리엘이 빙그레 웃자 2황자와 3황자가 놀란 표정을 지었다.

"정말입니까?"

"정말이니까 믿고 기다려 봐."

카리엘이 그렇게 답했지만 2황자는 여전히 못 믿겠다는 표정이었다.

그건 3황자 역시 마찬가지였다.

하지만 카리엘의 표정을 보면 믿을 수밖에 없었다.

자리를 털고 일어난 카리엘은 단 한 번의 실패도 한 적이 없었기 때문이다.

'재상이 뭘 할지 알고 있다라……. 무서운 형님이네.'

'나와는 다른 의미로 괴물이네.'

2황자와 3황자가 속으로 그렇게 생각하며 카리엘의 얼굴을 빤히 바라보았다.

"뭔데? 뭘 그렇게 빤히 봐?"

뚱한 표정으로 말하는 카리엘을 보며 두 황자의 머릿속에 공통된 생각이 들었다.

'저런 능력을 갖고 있으면서 왜 황제 자리를 포기하지?'

이런 생각이 떠오름과 동시에 두 황자의 마음속에 조금이지만 의심이 피어났다.

'뭔가 문제가 있나?'

순간적으로 드는 의심.

하지만 아직 어리고, 작은 의심에 불과했기에 이내 머릿속에서 지워졌다.

그리고 그 자리에 뚱한 표정으로 카리엘을 놀리기 위한 장난이 들어찼다.

그렇게 미리엘을 데리고 놀며 여유롭게 지내는 황족들.

처음엔 어색해했던 두 황자도 이제는 자주 황태자궁에 들렀고, 그 과정에 꼭 미리엘을 데려갔다.

얼마 전까진 서로 얼굴조차 잘 보지 않던 것이 믿기지 않을 만큼 시간만 나면 서로 모여서 담소를 나누고는 했다.

"요즘 황자분들과 자주 모이시는 것 같습니다."

"뭐, 그렇지."

타리온의 말에 카리엘이 뭔가에 집중하면서 답했다.

"예전이었다면 상상도 못 할 일이었는데……. 정말 보기 좋습니다."

"계기가 필요했을 뿐이니까, 원래는 친했잖아."

그렇게 말한 카리엘은 잠깐 과거를 회상했다.

아주 어렸을 적, 자신의 전생에 있던 기억이 완전히 돌아오기 전엔 두 황자와 친하게 지냈었던 기억이 있다.

자신의 어미인 황후의 죽음이 황비들과 무관하다는 것을 안 지금 굳이 그들과 척질 필요가 없었다.

오히려 가까이 지내야만 했다.

둘 중 누가 황제가 될지 모르지만 후에 자신을 잘 보살펴 주게끔 해야 했다.

"정말 보기 좋습니다."

"실없는 소리 그만하고 감찰총장에게 이거나 전해."

실실 웃는 타리온에게 서신을 쥐어 준 카리엘.

"이건……."

"재상이 대전 회의에서 숨겨 둔 패를 사용할 거 아냐. 그러니 우리도 준비는 해야지."

카리엘의 말에 타리온이 무거운 표정으로 고개를 숙였다.

한때, 마나와 고대 서적들로 가득했던 카리엘의 방은 이제, 수많은 정보들이 담긴 종이들로 가득했다.

모두 중요한 정보들이었다.

타리온이 운용하는 정보 단체와 감찰총장이 직접 보낸 정보들이었기에 잘만 이용하면 엄청난 이득으로 가져올 수 있었다.

문제는 카리엘은 이 정보들로 당사자들과 거래를 하기보다 박살 내기 위한 무기로 사용한다는 점이다.

'큰 거 하나 터지겠네.'

타리온이 카리엘이 보던 정보지들을 슬쩍 바라본 후 침음성을 삼켰다.

-황제파의 자금 흐름과 신전의 연관성.

타리온이 나간 후, 유심히 보던 정보들을 집어 던진 카리엘이 창문을 바라보았다.

제국을 말아먹은 파벌 중 하나를 날리기 직전임에도 흥분보다는 더욱더 냉철한 이성을 유지했다.

자신이 회귀한 이후 가장 중요한 순간임을 알았기 때문이다.

"시간 참 안 가네."

대전 회의가 시작되기만을 기다리는 카리엘은 오늘따라 시간이 안 가는 것을 느끼면서 투덜거렸다.

아무리 카리엘이 닦달한다 한들 시간은 정확히 흘러갔고, 마침내 대전 회의 날이 다가왔다.

　　　　　　　　　　※

"많이도 왔군."

카리엘이 대전 회의장 앞에서 바글거리는 귀족들을 바라보았다.

평소엔 잘 참가하지도 않던 양반들이 이번엔 빠짐없이 전부 참여했다.

몇몇 하위 귀족들은 어떻게든 황궁에 발을 들이밀어 멀리서나마 대전 회의장을 구경했다.

그만큼 황궁엔 많은 귀족들이 몰려들었다.

"가자."

카리엘의 명에 타리온을 비롯한 시종들이 천천히 뒤따랐다.

그러자 대전 앞에 바글바글 모여 있는 귀족들이 일제히 길을 트기 시작했다.

"전하를 뵙습니다!"

모든 귀족들이 일제히 고개를 숙이며 인사하자 카리엘이

가볍게 손을 저으면서 안으로 들어갔다.

그러자 대전 앞에 서 있는 시종이 우렁차게 말했다.

"황태자 전하 드십니다."

카리엘이 대전 안에 들자 모든 귀족들이 고개를 숙이며 인사했다.

그러자 카리엘도 대전 앞에서 했던 행동과는 다르게 정중하게 인사를 받아 주었다.

"황제 폐하 드십니다. 모두 예를 갖추십시오."

시종장의 목소리에 모든 이들이 고개를 반으로 접었다.

카리엘이 입장할 때와는 격이 다른 예를 취하며 황제가 황좌에 앉을 때까지 허리를 펴지 않았다.

그렇게 황제가 황좌에 앉는 순간 대전 회의가 시작되었다.

"일단 첫 번째로 남부 무역로에 관한……."

내무대신이 말을 하려는 순간 월크셔 공작이 손을 들었다.

"폐하."

"……말하게."

월크셔 공작을 바라본 황제의 표정이 굳어졌다.

무슨 말을 할지 뻔히 보였기 때문이다.

"가장 시급한 사안부터 다루심이 어떠하신지요?"

"저 역시 그리 생각하옵니다."

월크셔 공작의 말에 데이비어 공작마저 가세하자 재상의 표정이 구겨졌다.

"저 역시 같은 생각이옵니다."

중립파의 거두인 감찰총장마저 나서자 눈치만 보던 귀족들이 일제히 황제에게 허리를 숙이며 시급한 사안부터 다루라 압박해 왔다.

허리를 굽히지 않은 이는 황태자인 카리엘과 황제파뿐이었다.

"후, 그리하시오."

황제의 윤허가 떨어지자 두 공작이 일제히 내무부 대신을 눈빛으로 압박했다.

그러자 내무부 대신이 덜덜 떨리는 손으로 안건을 읽어 내려갔다.

"미리엘 황녀에 관한 비리 및 군사비리 사건에 관한 안건이옵니다. 두 사안을 한데 묶은 것은 황궁의 관료들이 연관되어 있기 때문입니다. 그럼 지금부터 이 안건을 두고 회의를 진행하겠습니다."

내무부 대신의 말에 황제파의 귀족들이 눈을 질끈 감았다.

반면에 재상의 눈은 여전히 활활 타올랐다.

'아직 끝난 게 아니다.'

재상의 그런 의지를 읽은 카리엘이 피식 웃었다.

그런 그의 모습에 카리엘을 주시하고 있던 귀족들의 표정이 굳어졌다.

대전 회의에 처음 참석함에도 여유로운 모습을 보이며, 재상을 비웃는 듯한 웃음마저 흘리자 다들 심상치 않음을 느낀 것이다.

'소문이 사실인가?'

'황태자가 예사롭지 않은 인물이란 소문이 사실이었군.'

'위험하다. 위험해!'

황태자를 바라보며 저마다 다른 평가를 하는 귀족들.

많은 귀족들의 관심에 부담스러울 만도 하건만 여유로운 표정으로 진행되고 있는 회의를 가만히 바라만 보았다.

두 공작과 재상이 주도하고, 감찰총장이 객관적인 입장을 내보이며 대전 회의는 점점 과열되어 갔다.

공격 – 귀족파.

수비 – 황제파.

심판 – 중립파.

이런 식으로 이뤄지는 것이 일반적인데, 사안이 크다 보니 중립파마저 귀족파에 힘을 실어 주다 보니 재상이 일방적으로 밀리기 시작했다.

"관련된 모든 이들을 색출하여 중죄를 물려야 마땅하옵니다."

"타국과도 연계되어 있는 중대한 사안이옵니다. 내무부 하나로 끝낼 사안이 아니옵니다!"

두 공작의 강경한 발언에 감찰총장이 첨언을 했다.

"황궁에 마약이 밀반입되었다는 정황도 발견했습니다."

감찰총장의 말에 귀족들이 웅성거리기 시작했다.

몇몇 황제파 인물들은 자신들이 끝난 것처럼 눈을 질끈 감았다.

바로 그때, 재상이 앞으로 나섰다.

"폐하, 이번 일은 실로 사안이 엄중하나, 관련된 자들을 잡아들여 조사하는 선에서 멈추셔야 하옵니다."

재상의 말에 두 공작과 감찰총장이 인상을 찌푸렸다.

그가 준비한 한 수를 보기 위함이었다.

"어째서 그러한가?"

"성국과 남부 연합에서 항의 서한을 보내왔사옵니다."

재상의 말에 대전이 고요해졌다.

"항의 서한?"

"그렇습니다. 최근 첩자 문제로 항의 서한을 보낸 것입니다."

재상의 말에 황제가 분노한 표정으로 황좌를 내리쳤다.

"감히! 첩자를 보내 놓고 항의를 한단 말인가!"

황제의 분노에도 재상은 침착한 표정으로 고개를 숙였다가 황제의 진노가 가라앉자 다시 입을 열었다.

"폐하, 황태자 전하가 첩자라 잡아들인 이들 중에 남부 연합과 성국의 첩자라 의심했던 이들이 조작된 것이라 말하고 있사옵니다."

"뭐라?"

재상의 말에 황제가 표정을 구기면서 황태자를 바라보았다.

　"게다가 마약 밀반입 때문에 성국이 큰 피해를 입고 있었다 하옵니다. 그 주체가 제국의 귀족 중 하나였는데, 마침 오해를 풀 겸 이 문제도 같이 해결하고자 사신을 보낸다 하옵니다."

　재상의 말에 외무부 대신이 나서서 남부 연합과 성국의 비밀 서한들을 황제에게 전해 주었다.

　"그 서신에는 북부 귀족들이 일부 연루되었다는 말과 남부 연합 쪽 밀수 루트에 상인 출신의 귀족들이 대거 관여되었다고 적혀 있사옵니다."

　재상이 그렇게 말하며 황제 앞에서 무릎을 꿇었다.

　"폐하, 황녀 저하의 문제는 실로 엄중한 일이오나, 일단 타국과의 마찰부터 해결하신 후 본격적인 수사에 들어가심이 어떠할는지요?"

　재상의 말에 중립파 귀족들이 침묵에 빠졌다.

　공작들 역시 재상의 한 방에 대응하지 못하고 가만히 황태자를 바라보았다.

　사전에 재상의 숨겨 둔 한 방이 있을 것이라는 것을 알았음에도 어떠한 움직임도 보이지 말라고 말한 것이 카리엘이었기 때문이다.

　대전 안에 지독한 침묵이 감돌 때, 회의 내내 가만히 서 있던 카리엘이 앞으로 나섰다.

그러자 침묵 속에 잠겨 있던 대전 안에 긴장감이 감돌았다.

모두가 숨죽이며 카리엘을 바라볼 때, 황태자의 입이 천천히 열렸다.

"폐하."

황제를 부른 카리엘이 재상을 바라보며 말했다.

"재상의 말에는 어폐가 있사옵니다."

"어폐?"

"그렇사옵니다."

카리엘이 재상을 노려보았다.

"감히 황족의 일을 뒤로 미루고 타국의 일을 우선한다? 이것은 황족의 권위를 끌어내리고 기만하려는 행위이옵니다."

카리엘의 주장에 황제가 손가락으로 머리를 꾹 눌렀다.

고작 그 말을 하려고 앞으로 나섰느냐는 듯 카리엘을 노려보았다.

재상 역시 입가에 미소를 띠며 '그럼 그렇지!'라는 표정을 지었다.

아직 어린 카리엘이 할 수 있는 것은 겨우 '떼쓰기' 정도로 본 것이다.

중립파 귀족들 역시 실망한 표정을 지으며 혀를 찼으나, 오직 감찰총장만큼은 표정 변화 없이 카리엘을 바라보았다.

그것을 본 두 공작은 가만히 서서 기존의 포지션을 유지했다.

그러자 몇몇 눈치 빠른 귀족들은 뭔가가 있음을 느끼고 입을 다물었다.

그 때문인지 귀족들도 조금씩 입을 다물며 다시금 고요한 상태가 만들어졌다.

'뭔가 있는 건가?'

숱한 정쟁을 통해 재상의 자리에 올라온 무솔리니답게 카리엘에게 숨겨진 뭔가가 있음이 느껴졌다.

하지만 이제 와서 물러설 수는 없는 법이었다.

자신은 모든 패를 깠으니, 남은 방법은 상대가 숨긴 패를 드러내도 막을 수 있도록 몰아붙이는 것밖에 없었다.

"전하, 이번 일을 덮으려는 것이 아니옵니다. 일단 관련자들을 잡아들이고 천천히 수사하자는 것이옵니다."

재상이 어린애를 타이르듯, 말했으나 카리엘의 표정은 변화가 없었다.

"범죄자는 입 다물게."

카리엘이 싸늘한 표정으로 재상에게 말하자 대전 안의 공기가 싸늘하게 가라앉기 시작했다.

아무리 황태자라도 공개석상에서 재상에게 이런 모욕을 주는 법은 없었다.

그걸 알기에 카리엘도 평소에는 하오체를 쓰면서 재상을

존중해 주었는데, 이렇게 대놓고 무시한다는 것은 완전히 범죄자 취급을 한다는 것이었다.

"저, 전하!"

재상이 당황한 표정으로 카리엘을 불렀지만 신기하게도 이번엔 황제의 입에서 노성이 나오지 않았다.

카리엘이 숨겨 둔 패가 생각보다 크다는 것을 눈치챘기 때문이다.

"폐하, 성국이 주장하는 억울하다는 내용은 거짓이옵니다."

"증거가 있느냐?"

"예."

황제의 물음에 카리엘이 당당하게 답했다.

자신감 있는 그의 표정에 황제가 작게 한숨을 쉬고는 고개를 끄덕였다.

그러자 카리엘이 감찰총장에게 말했다.

"증거를 가져오게."

"예, 전하."

카리엘의 명령에 감찰총장이 부하들을 시켜서 증거들을 가져오게끔 했다.

"재상의 주장에 의하면 귀족파와 중립파 쪽에서 범죄가 연루되었고, 그래서 타국들이 분노하며 항의 서한을 보냈다는 것이 주된 내용 아닌가?"

재상을 바라보며 말하자 무솔리나가 작게 고개를 끄덕였습니다.

"그럼 이건 뭔가?"

카리엘이 그에게 종이 뭉치를 툭 하고 던져 주었다.

황궁에 밀반입된 마약들을 황제파의 귀족들이 주도했다는 증거들이었다.

거기다 군사기밀뿐만 아니라 제국의 굵직한 사업들을 타국에 빼돌린 정황들도 적혀 있었다.

무엇보다 재상이 주장한 '억울한 성국'이 저지른 짓이었다.

"재상이 옹호한 성국이 사실은 제국의 비리 자금을 보관해주던 창고였더군. 그것도 제국 전 지역에서 말이야. 그 대가로 막대한 자금과 이권을 성국이 가져갔지."

"……정황뿐이옵니다."

"그래? 아닐걸."

부정하는 무솔리니를 보면서 카리엘이 감찰총장을 눈짓으로 불렀다.

"그럴 줄 알고 비밀리에 몇 군데 털어 봤네."

"이건……."

"큰 곳을 털면 바로 알 것 같아서 지방까지 가서 털었네."

카리엘이 웃으면서 말하자 무솔리니의 눈동자가 흔들리기 시작했다.

"아! 왜 연락이 안 왔는지 궁금한가?"

카리엘이 미소를 지으면서 무솔리니에게 다가갔다.

"감찰부가 협박해서 거짓 보고를 올리게끔 했거든."

환하게 웃으면서 말하는 카리엘을 보면서 무솔리니의 표정이 일그러지기 시작했다.

"……그 비리가 황제파에만 있다고 단정할 수 있습니까?"

"아! 물론 아니지. 귀족파 중립파도 섞여 있더군."

무솔리니의 말에 카리엘이 환하게 웃으면서 답했다.

황제파만 그런 것이 아니라는 무솔리니의 주장에도 환하게 웃는 카리엘을 보면서 재상의 표정은 썩어 들어갔다.

"한데 조사한 곳 전부 신전과의 연결점이 된 주체가 황제파더군."

"그건…….."

"감찰부 입장에선 황제파와 신전의 연결점을 조사할 수밖에 없지 않을까?"

"이 역시 정황뿐이옵니다."

재상의 말에 카리엘이 웃음을 터뜨렸다.

"그래, 재상의 말처럼 정황뿐이야. 근데 재상이 한 가지 잊고 있군."

카리엘의 말에 재상의 표정이 구겨지며 고개가 떨궈졌다.

어떻게든 물고 늘어지며 돌려 보려는 사안을 카리엘이 말할 것이기 때문이다.

"신전이 비리를 저질렀다는 것. 이건 변하지 않아."

카리엘은 재상을 향해 웃었다.

"성국이 억울하다고 했나? 그 말이 얼마나 개소린지 말해 줄까?"

진한 미소를 지으며 말한 카리엘이 뒤돌아서서 귀족들을 향해 말했다.

"첫째, 성국이 첩자를 보내지 않았다고? 애초에 신관들이 첩자나 다름없는데?"

손가락을 하나 펴면서 말하는 카리엘.

"둘째, 북부 귀족들이 연루되었다? 애초에 전국 규모로 비리를 저지르는 놈들인데 의미가 있을까?"

카리엘이 그렇게 말하며 재상을 돌아보았다.

"마지막으로 마약 밀반입? 그걸 왜 우리한테만 지랄하는 거지? 원흉은 남부 아닌가?"

"……."

마침내 재상의 입이 다물렸다.

이제 그한테 남은 건 황제뿐이었다.

"이런 성국을 옹호하는 자네는 범죄자일 뿐."

범죄자로 낙인찍은 카리엘이 황제를 바라보았다.

"폐하, 결단을 내려 주십시오."

황태자의 말에 황제는 침음성을 터뜨리며 고민에 빠졌다.

사안이 심각했다.

신전을 건드린다는 것은 자칫 제국 내에 큰 혼란을 가져올 수 있었다.

제국민들 중 신을 믿는 성도들이 많은 것도 문제였고, 자칫 성국과의 전쟁으로도 이어질 수 있는 사안이었기 때문이다.

그렇다고 덮을 수도 없었다.

성국과 전쟁하는 것?

사실 마음만 먹으면 어려운 일은 아니었다.

문제는 제국 내에서 신을 믿는 자들이 반발할 수도 있다는 점이었다.

귀족 평민 가릴 것 없이 많은 자들이 태양신을 섬기고 있었고, 그 때문에 신전의 비리가 드러나도 덮고는 했던 것이다.

'성국에게 죄를 묻는 건 쉽지 않다.'

무솔리니가 마지막으로 믿을 건 이것뿐이었다.

만약의 만약을 대비해서 남부 연합이 아닌 성국을 끌어들인 것.

재상의 진정한 한 수가 바로 이것이었다.

"폐하."

고민에 빠져 있는 황제를 향해 카리엘이 입을 열었다.

"성국에 죄를 묻는 것이 쉽지 않은 일인 것은 소자도 잘 아옵니다."

카리엘의 말에 황제가 고개를 갸웃거렸다.

"폐하가 결정하기 쉽도록 소자가 도움을 드리고자 하옵니다."

그의 말에 대전 안에 있는 모든 이들이 카리엘을 바라보았다.

모두의 시선이 집중된 상황에서 시종에게 타리온을 대전 안으로 들이라고 명했다.

얼마 후, 타리온이 대전 안에 무언가를 들고 들어왔다.

"그것이 무엇이냐?"

"감찰부와 함께 떠났던 소자의 시종들이 발견한 것이옵니다."

카리엘이 그렇게 말하며 검은 천을 걷어 냈다.

그러자 기괴한 문양의 검은 구 하나가 모습을 드러냈다.

"그, 그건……!"

월크셔 공작이 카리엘이 가져온 것의 정체를 알았는지 두 눈을 부릅뜨고 바라보았다.

"그것이 무엇이냐?"

황제의 물음에 카리엘이 재상을 노려보며 말했다.

"흑마법사들이 사용하는 물건입니다."

카리엘의 말에 대전 안에 있는 모든 이들의 표정이 굳어졌다.

"……뭐?"

"지금 무슨……."

황제는 물론이고 옆에 있던 재상마저 놀란 표정을 지었다.

그건 다른 귀족들 역시 마찬가지였다.

갑자기 여기서 왜 흑마법사란 단어가 등장하는지 의아한 표정이었다.

"이것을 발견한 곳은 신전이었습니다. 감찰부와 동행했던 소자의 시종이 발견한 것입니다."

카리엘은 발견하게 된 경위를 설명했다.

감찰부 입장에선 공개적으로 수사해야 하기 때문에 한계가 있을 터.

도망치거나 숨기는 자들이 있을 수 있으니, 황태자의 직권을 사용해 모조리 찾아내라고 명령을 받은 카리엘의 수하들이 발견해 낸 것이다.

비리 자금이나 찾아내려 했는데, 예상치 못한 물건을 발견한 셈이었다.

"깨끗해야 할 성국이 감히 흑마법사와 관련이 있다는 것. 이것은 절대 좌시할 수 없는 일이옵니다."

카리엘의 말에 황제는 아무 말도 하지 못하고 침묵했다.

여기서 입을 여는 순간 정말로 성국과 전쟁해야 할지도 모르기 때문이다.

그러자 그런 황제를 압박하기 위해 카리엘은 마지막 수단을 사용했다.

"폐하, 소자 이 자리에서 다시 밝히옵니다."

카리엘이 자리에서 일어났다.

"이번 일이 끝나면 황태자 자리에서 내려오고 싶습니다. 그 대신! 이 사건만큼은 끝을 보고자 하옵니다. 부족한 소자가 황태자로서 마지막으로 일하고자 하오니 부디 소자의 청을 받아들여 주시옵소서."

무릎 꿇고 고개를 숙이며 말하는 황태자의 청.

그것을 본 황제는 눈을 질끈 감았다.

그냥 청하는 것이 아니었다.

황태자의 자리를 걸고 하는 마지막 청이었다.

"전하의 청을 윤허해 주시옵소서!"

감찰총장마저 무릎을 꿇고 말하자 두 공작 역시 움직였다.

그러자 황제파를 제외한 모든 이들이 무릎을 꿇으면서 황제에게 청했다.

"전하의 청을 윤허해 주시옵소서!"

귀족들의 압박에 끝까지 입을 다물고 있던 황제가 힘없는 표정으로 입을 열었다.

"……태자의 청을 윤허한다."

결국 카리엘의 청을 윤허한 황제가 힘없이 일어섰다.

"이번 사안이 실로 중하니 다른 안건은 나중에 처리토록 하지. 모두 이 일을 우선해서 전념토록 하라."

황제가 그렇게 명하며 힘없는 발걸음으로 대전을 나섰다.

그러자 무릎 꿇고 있던 카리엘도 자리에서 일어나 천천히 대선을 나섰다.

　황제와 황태자가 나선 대전.

　그럼에도 불구하고 누구 하나 쉽게 대전을 나서지 못했다.

　그만큼 엄청난 일이 벌어진 것이다.

　"……끝났군."

　대전 안에 있던 귀족 중 하나가 재상을 보면서 혀를 찼다.

　이번 일로 황제파는 살아날 여지가 없어졌다.

　황제마저 버렸으니, 황제파는 끝난 것이다.

　귀족들에게 황제파는 더 이상 중요한 사안이 아니었다.

　이제 그들은 과연 성국과 전쟁하느냐 마느냐가 더 중요한 안건이 되어 버렸다.

　대전에 남은 귀족들이 신전과의 일을 어떻게 처리하느냐고 서로 대화를 나누는 동안 카리엘은 웃으면서 황태자궁으로 향했다.

　"실로 다행이옵니다."

　"그렇지?"

　기뻐하는 카리엘을 보면서 타리온이 다행이라는 표정을 지었다.

　"이것을 발견하지 못했다면 위험할 수도 있었겠사옵니다."

"뭐, 이 정도로 잘되진 못했겠지."

카리엘도 타리온의 말에 고개를 끄덕이며 인정했다.

신전의 비밀 창고를 털면서 우연히 나온 흑마법사의 무구.

"신전이 흑마법사와 연관되었다라……. 실로 생각지도 못한 일이옵니다."

"그러게."

카리엘은 싸늘한 표정을 지었다.

타리온 입장에선 우연한 일이지만 전생을 기억하는 카리엘 입장에선 놀라운 일은 아니었다.

몇몇 신관들이 흑마법사와 연줄을 대고 있다는 것을 알고 있었기 때문이다.

전생에 유난히 흑마법사들이 들끓었던 지역을 기억하고 있었고, 감찰부를 통해 일부러 그쪽 방면을 조사하게끔 했다.

감찰부가 털다 보면 운 좋게 흑마법사와 연관된 물건들을 발견할 수도 있을 거라 생각한 것이다.

'운이 좋았네.'

카리엘 입장에서도 확실하진 않았기에 운에 기댈 수밖에 없었는데, 이렇게 증거를 발견하게 되었으니 앞으로 일이 수월하게 풀릴 것이다.

'이것으로 이 지긋지긋한 황태자 자리는 내려놓을 수 있게 됐네.'

황제파에 엿도 먹이고, 황태자 자리도 내려놓고, 심지어 건방진 성국마저 압박할 수 있으니 카리엘의 입장에선 최상의 결과가 도출된 것이나 다름없었다.

　거기다 성국을 압박하는 셈이니 다른 국가들에게도 경고가 될 것이다.

　전생에 자신을 그토록 괴롭혔던 놈들이 차례대로 엿을 먹는 상황에 어느 때보다 기분 좋아진 카리엘이 환하게 웃으며 황태자궁으로 향했다.

　"미리엘이나 볼까?"

　웃으며 미리엘을 찾는 카리엘에게 거구 하나가 슬그머니 다가왔다.

　"전하, 운동하실 시간이옵니다."

황태자의 친위대? (1)

모두가 주시했던 대전 회의.

기대 반 불안 반으로 시작했던 회의는 예상했던 것보다 훨씬 심각하게 끝나 버렸다.

모두가 중점적으로 봤던 황제파는 더 이상 문제가 아니었다.

-신전의 비리! 이번에도 덮을까?
-성국의 항의 서한? 적반하장이다!
-황제파와 성국의 은밀한 관계?
-충격! 신전과 흑마법사의 관계는?

신전의 비리만으로도 충격적이었는데 황태자가 직접 밝힌 신전의 비밀 창고에서 나온 흑마법사의 무구.

　이 사안은 덮일 만한 것이 아니었다.

　웬만한 일이라면 커버를 치려는 신도들 역시 흑마법사의 무구가 나왔다는 말에 경악했다.

　물론 황태자와 귀족파가 짜고 치는 거라며 증거 조작을 들먹이는 자들도 있었다.

　하지만 이들조차도 황태자가 스스로의 직위를 내걸고 황제에게 청했다는 말에 입을 다물었다.

　황궁에서의 소식이 퍼지면서 제국민들의 절대적인 지지를 얻게 된 이상 거칠 것이 없었다.

　"움직여라."

　"예!"

　카리엘의 명을 받은 감찰총장이 그 즉시 움직였다.

　중립파를 움직여 국경을 봉쇄했다.

　귀족파를 움직여 제국 전역에 흩어진 신전들의 조사를 시작했다.

　동시에 황권을 이용해 치안대와 군부까지 움직였다.

　"타국으로 도망치기 전에 전부 잡아들여야 한다고 전해."

　제국의 변경백에게 직접 전하는 카리엘의 서신.

　이참에 제국을 좀먹는 쓰레기들을 치우고자 하는 그의 의지를 느낀 것인지 타리온의 발걸음은 어느 때보다 빠르게 움직였다.

타국으로 도망치려는 첩자들을 제국 안에 가뒀다.

신권을 이용해 성국으로 도망가려는 사제들을 잡아들였다.

그리고 그들과 손잡은 귀족들을 하나씩 잡아내기 시작했다.

-제국을 위해 귀족파, 중립파가 손잡았다! 그 중심엔 황태자가?
-썩어 버린 제국. 하지만 희망은 있다!
-황태자를 중심으로 변화하는 움직임.

제국이 움직이기 시작했다.

명분과 무기를 쥔 카리엘은 거칠 것이 없었다.

폭군이라 불려도 모자람이 없을 정도로 거칠었지만, 그 누구도 카리엘을 탓하지 않았다.

이중 삼중으로 만들어진 명분이 모든 것을 상쇄했기 때문이다.

"나, 난 아니오! 난 아니란 말이오!"

"변명은 감찰부로 가서 하시오."

한 귀족이 자신은 아니라며 반항해 보았지만 결국 연행되어 끌려갔다.

평소라면 작위와 자신의 뒷배를 얘기하며 버텨 보겠지만,

같은 귀족파마저 외면했다.

황제파와 귀족파를 줄타기하며 벌어들인 돈은 아무런 도움도 되지 않았다.

뇌물을 통해 무마시켜 줄 사안이 아니기 때문이다.

그나마 귀족들은 사정이 나았다.

"반항하면 죽여도 좋다."

"예!"

치안대에게 저항하는 범죄 조직을 보면서 기사단이 검을 뽑아 들었다.

범죄 조직들의 경우 이번에 잡히면 꼼짝없이 죽을지도 모른다는 생각에 격렬하게 반항하며 도망치려 했지만 군부가 움직였다.

그것도 연줄로 자리만 차지하는 기사가 아닌 제국의 정예 기사들이다.

"사, 살려 주십시오!"

기사들의 검에 마력이 맺히며 빛을 발하기 시작하자 황급히 무기를 버리면서 두 손을 드는 조직원들.

그중엔 몰래 무기를 쥐고 도망가려는 자들도 있었다.

그런 이들은 자비 없이 손목을 날려 버리거나 다리를 베어 버렸다.

"움직이지 마라, 다음번엔 목을 칠 것이니."

기사들의 싸늘한 말에 범죄자들의 표정이 굳어졌다.

연줄로 오른 실전 경험조차 미진한 기사들이 아니었다.

갑작스러운 상황에도 냉정함을 유지하며 자비 없이 검을 휘두르는 모습에 누구도 도망치는 것은 꿈도 꾸지 못했다.

이런 상황은 수도에서만 일어나는 게 아니었다.

중앙 지역을 중심으로 제국 전역에 정예 기사들이 직접 움직이기 시작하면서 도망치지 못한 범죄 조직들은 알아서 치안대로 자수하러 가는 발길이 이어졌다.

"……정말로 끝인가?"

재상이 재상부의 건물에 있는 창을 통해 하늘을 바라보았다.

현 황제의 성정인 적당히, 유야무야 넘어가는 것과는 차원이 달랐다.

본래라면 느릿하게 움직여 빠져나갈 놈은 다 빠져나갔겠지만 이번엔 아니었고, 그렇다는 건 황제파의 고위 귀족들이 연루되었다는 증거들이 나온다는 것을 의미했다.

"여기까지군."

결국 재상도 인정할 수밖에 없었다.

제국을 말아먹은 간신이라고 손가락질받으면서도 끝끝내 재상의 자리에 올라온 그였지만 이번엔 도저히 빠져나갈 구멍이 보이지 않았다.

"황태자를 경계했으면 결과가 달라졌을까?"

재상이 그렇게 중얼거려 보았지만, 결과론일 뿐이다.

병약하고 어린 황태자가 이런 역량을 갖고 있을 거라고 생각할 수 있을 리 없었다.

그래도 조금이라도 황태자에 대해 알고 있었다면 여기까지 오지는 않았을 것이라는 건 확실했다.

"……아쉽군."

재상이 자신의 끝이 다가옴을 느끼며 쓴웃음을 지었다.

점점 옥죄어 오는 손길들을 보며 누군가는 두려움에 떨며 피하기 위해 추한 모습을 보이지만, 재상은 아니었다.

애초에 수많은 귀족들의 싸움에 사라질 뻔한 가문을 후작가로 올려놓은 게 그였다.

재상까지 하며 유서 깊은 가문들과 싸워 왔던 자신이기에 아쉬움은 없었다.

"……제국의 변화는 나를 끌어내리는 것에서부터 시작되겠군."

재상이 그렇게 중얼거리면서 언젠가 들이닥칠 감찰부를 담담히 기다렸다.

자신의 집무실 안에서 두문불출하는 재상.

그마저 회생을 포기했다는 소식이 들려오며 황제파는 발악하기를 반쯤 포기했다.

황제가 버렸고, 타국을 이용한 한 방마저 막혔으니 황제파는 끝난 것이나 다름없었기 때문이다.

망연자실한 황제파였지만 다른 귀족들도 상황이 좋지만은 않았다.

긴 세월 동안 비리를 혼자 저지르지는 않았기에 귀족파와 중립파도 내줄 건 내줘야 했기 때문이다.

제국에서 유일하게 웃는 곳이 있다면 그건 황태자궁뿐이었다.

"재상의 움직임이 없다고?"

"그렇습니다."

타리온의 대답에 카리엘이 의외라는 표정을 지었다.

"담담히 자신의 마지막을 기다린다고 합니다."

그의 말에 카리엘이 작게 고개를 끄덕였다.

희대의 간신이라 불렸지만, 하위 귀족에서 재상까지 올라갈 정도라면 웬만한 담력으론 될 수 없다.

"만약 제국이 정상이었다면……."

카리엘이 그렇게 중얼거려 보았지만 가정은 아무런 의미가 없음을 자신이 가장 잘 알았다.

전생에 숱하게 입에 담았던 게 그놈의 '만약'이라는 단어였기 때문이다.

만약 내 몸이 정상이었다면?

만약 나한테 정상적인 파벌이 있었다면?

만약 선황제가 평범한 군주라도 되었다면?

이런 가정을 하며 자신의 현실을 비관했다.

'아무런 의미가 없었지.'

카리엘이 쓴웃음을 지으며 타리온을 바라보았다.

"재상마저 포기했으니 이젠 속도를 더 낼 수 있겠네."

"……그럴 것 같습니다."

"황제파 중에 타국으로 튀려는 놈들 많을 거야. 모두 잡아들이라고 해. 특히 신관들, 절대 놓치지 마."

"예!"

그의 명령에 타리온이 곧바로 움직였다.

카리엘이 명령을 내린 지 불과 하루가 지나지 않아 대대적인 움직임이 일어났다.

범죄 조직과 첩자들을 잡아들였으니, 남은 건 쓰레기 같은 귀족들을 잡아들이는 것뿐이다.

"좋아. 이대로만 가자."

-대대적인 소탕! 제국은 점점 깨끗해지고 있다!

조간신문의 기사를 읽으며 카리엘이 만족스럽게 웃었다.

걱정했던 제국민들에 대한 반응은 나쁘지 않았다.

쓰레기 같은 귀족들을 잡아들이면서 그들이 축적한 비자금을 추적했고, 그러다 보니 당연히 신전의 문제가 커질 수밖에 없었다.

그러자 신관들마저 제국 전역에서 잡아들이기 시작했고, 결국 고위 사제들까지 감찰부에서 잡아들이기 시작한 것이다.

"전하, 성국에서 또 항의 서한을……."

"그거 가져가서 광장에 게시해."

카리엘이 성국의 항의 서한을 공개적으로 광장에 게시했다.

그러자 제국민들이 분노했다.

신전으로 쳐들어가 불태우거나 건물을 망가뜨리는 자들까지 생기기 시작하면서 사태는 걷잡을 수 없을 만큼 커졌다.

신을 믿긴 하지만 제국민이라는 자부심이 더 컸는지, 감히 범죄를 저지르고 항의 서한을 보낸 성국에 대한 분노가 하늘을 찌를 듯 솟아올랐다.

물론 그중엔 신실한 신도들이 자제하라고 말하기도 했지만, 그들도 결국 흑마법사란 단어에서 움츠러들 수밖에 없었다.

"내가 할 일은 끝났군."

카리엘이 웃으면서 제국민들의 반응이 담긴 신문을 바라보았다.

이젠 정말로 욜로 라이프가 얼마 안 남았다는 생각에 미소를 짓는 카리엘.

그런 그에게 타리온이 한숨을 쉬며 다가왔다.

"전하, 놀고 계실 때가 아니옵니다."

"놀다니! 정무를 보고 있는 거잖아!"

타리온의 말에 발끈하는 카리엘.

하지만 그가 하는 것이라고는 신문을 본 것이 전부였다.

짜게 식은 타리온의 시선에 헛기침을 내뱉고는 조용히 자리에서 일어나 운동을 시작할 준비를 했다.

"전하."

"지금 준비하잖아. 보채지 마라."

"보채다니요. 이게 다 전하를 위해서…… 아니, 이게 아니고. 전하를 뵙고자 하는 이들이 있습니다."

타리온의 말에 카리엘이 의아한 표정을 보였다.

"공작들인가?"

"아닙니다."

타리온이 고개를 저었다.

"전에 명령하신 이들입니다."

"아! 그들이 수도에 왔나?"

"예, 다만……."

"다만?"

타리온이 망설이는 표정으로 말끝을 흐리자 카리엘이 의아한 표정으로 되물었다.

"소문답게 괴짜들이라……."

"상관없어."

"많이 무례할 수도 있습니다."

"괴짜들이니 이해해야지."

카리엘이 정말로 상관없다는 듯 고개를 끄덕이며 얼른 데려오라고 말했다.

"그들을 만나야 하니 오늘 운동은 쉬는 것으로……."

"저녁쯤에 찾아뵙게끔 하겠습니다."

카리엘의 말에 타리온이 어림도 없다는 듯 말하고는 물러났다.

카리엘은 한숨을 쉬며 방을 나섰다.

"전하!"

환하게 웃으며 달려오는 토토를 보며 카리엘의 표정이 구겨졌다.

"전하, 그런 표정을 지으시면 섭섭하옵니다. 전 언제나 전하를 위한 운동을 준비하느라 수련 시간마저 줄이는데……."

섭섭하다는 듯 몸을 배배 꼬는 토토.

하지만 근육질의 토토가 저러는 꼴을 보고 있으면 분노만 일어날 뿐이었다.

"그럼 좀 살살 해! 매번 녹초가 되잖아!"

"그렇게 운동해야 앞으로 편해집니다."

토토는 단호하게 말하면서 카리엘을 데리고 연무장으로 향했다.

"이놈의 기초 딱지를 빨리 떼 버려야지!"

요즘 부쩍 늘어 가는 화기들을 제어하느라 운동량이 배로 늘어났다.

기초 강체술로는 화기를 제어하는 데 한계가 있기에 훈련량을 늘려서 커버하는 것이다.

결국 오늘도 녹초가 될 때까지 굴려진 카리엘은 비척거리면서 방으로 돌아왔다. 그곳엔 처음 보는 인물들이 자신을 기다리고 있었다.

"전하, 말씀드렸던 괴짜…… 아니, 전문가들이옵니다."

타리온이 자신의 입을 한 대 치면서 말을 정정하고는 괴짜들을 소개했다.

불에 미쳤다는 평가와는 다르게 얌전하게 생긴 여인과, 마찬가지로 전투에 미쳤다는 소문과 다르게 굳건하게 생긴 여인.

"이쪽은 소문대로군."

카리엘이 몬스터 외과 의사 브리온을 바라보았다.

토토처럼 우락부락하게 생겨서는 온몸에 괴상한 기구들을 짊어지고 있는 모습이, 소문대로 괴짜처럼 보이긴 했다.

"처음 뵙겠습니다. 마법사 아르슈나라고 하옵니다."

"용병 이리스입니다."

"치료사 브리온입니다."

차례대로 인사를 받은 카리엘이 브리온을 보면서 고개를 갸웃거렸다.

치료사와 의사는 다르다.

지구에서는 내과와 외과로 나눠진 것과 달리 이곳에선 내과에 해당하는 이들을 치료사라고 불렀다.

즉, 외과 전문의가 갑자기 내과로 직종을 바꾼 셈이었다.

"치료사?"

"……얼마 전에 직종을 바꿨습니다. 다들 저만 보면 도망쳐서……."

브리온의 말에 카리엘이 한숨을 쉬었다.

한마디로 돈 벌기 위해 직종을 바꿨다는 얘기였다.

"그럼 몬스터 해부는 그만두는 건가?"

"……그건 아닙니다."

브리온이 기괴한 장비들을 쓰다듬으면서 말하자 카리엘이 짜게 식은 눈으로 그를 바라보았다.

온갖 괴상한 물건들을 갖고 있었지만 그것들 전부가 카리엘에겐 익숙한 것들이었다.

'지구에 있을 때 의학 드라마에서 봤던 것과 비슷하게 생겼네.'

브리온이 가지고 있는 물건들을 유심히 바라보던 카리엘은 다른 이들에게로 시선을 돌렸다.

괴짜들이긴 하지만 황태자 앞이라서 그런 것인지 그의 시선에 움찔하는 것이 보였다.

'귀엽네.'

자신의 시선에 반응하는 이들을 보면서 피식 웃은 카리엘이 입을 열었다.

"다들 여기에 온 이유들은 알고 있나?"

"예!"

카리엘의 말에 모두가 곧장 대답했다.

"그럼 말하기 쉽겠군. 내 몸에 맞는 마나 숙성법을 만들 것. 그것이 내 의뢰다."

카리엘의 말에 다들 진지한 표정으로 그를 바라보았다.

"보상이 궁금하겠지?"

그의 물음에 세 명의 괴짜들이 작게 고개를 끄덕였다.

"돈보다는 너희들이 원하는 것. 내가 해 줄 수 있는 한도 내에서 그것을 들어주지."

카리엘의 말에 세 명의 눈이 반짝이기 시작했다.

"말이 나온 김에 원하는 것들을 말해 봐라."

카리엘의 물음에 망설이던 괴짜들이 하나둘 자신들이 원하는 바를 말했다.

아르슈나는 화염 계열의 마도서를, 이리스는 투술법과 검술 등을, 브리온은 의학서를 원했다.

"뭐, 그 정도야……. 추가로 봉급도 챙겨 주마."

카리엘이 그렇게 말하며 통 크게 선물로 금화 주머니들을 던져 주자 그들의 입꼬리가 귀에 걸렸다.

'이거면 비룡의 심장을…….'

'대형 몬스터 하나 정돈 살 수 있겠어!'

'한동안 돈 걱정은 안 해도 되겠네!'

모두가 금화들을 보며 멍하니 중얼거렸다.

그런 그들을 보며 카리엘이 손뼉을 쳤다.

"그럼 보상도 줬겠다…… 당장 일을 시작하지."

카리엘의 말에 금화에 정신이 팔려 있던 괴짜들은 황급히 정신을 차렸다.

돈으로 괴짜들의 환심을 산 덕분인지 진중한 표정으로 카리엘의 몸을 살펴보았다.

'역시 돈이 최고군.'

카리엘이 그렇게 생각하며 괴짜들에게 말했다.

"만져 봐도 된다."

어차피 자신의 몸을 알아야 제대로 된 것을 만들어 낼 수 있기에 허락한 것이지만, 타리온은 못내 불안했는지 안절부절못하는 표정으로 카리엘의 주위를 서성거렸다.

"가만히 좀 있어. 이들이 날 잡아먹기라도 해?"

"그것이 아니오라……."

타리온이 걱정스러운 표정으로 말했지만 카리엘은 귀찮다는 듯, 그를 내보냈다.

그러자 좀 더 적극적으로 다가오는 괴짜들.

"오! 정말로 화기를 많이 내뿜으시는군요."

아르슈나가 놀랍다는 듯 카리엘의 화기를 유심히 살펴보

더니 자신의 마력을 은근슬쩍 불어 넣으며 확인했다.

반면에 이리스는 카리엘의 몸을 확인하는 것만으로도 어떤 수련을 했는지 단번에 알아냈다.

"마나 숙성법의 기초만 익히셨군요."

"잘 아는군."

"의외로군요. 맞지 않는 것 같으면서도……."

이리스가 고개를 갸웃거렸다.

병약했던 카리엘의 몸에는 맞지 않아야 정상인 방법이 오히려 도움을 주고 있었다.

그 모습에 이리스도 처음 본다는 듯 흥미로운 표정을 지어 보였다.

반면에 브리온은 재미없다는 표정을 지었다.

"병약한 인간의 몸이라 흥미가 없나?"

"크흠! 그것이 아니오라……."

마음을 들킨 것인지 브리온이 헛기침하더니 천천히 카리엘의 몸을 살폈다.

"많이 아프셨다고 들었는데, 확실히 몸 상태가 좋진 않으시군요."

"그래?"

"예, 화기가 문제이신 것 같은데 아슬아슬합니다. 운동량으로 커버하고 계시는 듯하오나 한계가 명확합니다. 결국 몇 년 안에 한계를 맞이하실 것입니다."

단번에 상태를 파악한 브리온을 보며 카리엘이 고개를 끄덕였다.

"그래서 부른 거야. 이걸 내 몸에 맞게 개조해 보라고."

그렇게 말한 카리엘은 테이블로 책 하나를 던졌다.

고대 웨어울프의 강체술이 적힌 사본이었다.

책의 이름을 보자마자 이리스가 눈을 빛내며 곧바로 서적을 뒤적거렸다.

브리온도 흥미가 가는지 이리스와 함께 서적을 탐독했다.

고대 웨어울프의 신체가 그려져 있고, 그들이 어떤 방식으로 힘을 사용했는지 상세하게 적어 뒀으니 브리온의 입장에서는 흥미가 동하는 게 당연했다.

반면에 아르슈나는 뚱한 표정을 지었다.

화염에 흥미가 있을 뿐, 투술이나 마나 숙성법에는 관심이 없는 그녀였기에 당연했다.

마나 정제법을 사용하는 인간들 중에 극단적으로 마나 숙성법을 배척하는 이들.

그들이 바로 마법사였다.

정제하는 것을 넘어 가공하는 이들이 마법사였기에 그들이 보기에 마나 숙성법은 미개한 것에 불과했다.

"아르슈나."

"……예, 전하."

"그대는 이거나 연구하도록."

카리엘이 그렇게 말하며 서적 하나를 툭 던져 주었다.

그곳엔 황실의 혈계 능력과 화기에 관련된 정보들이 적혀 있었다.

"이, 이건……!"

"밖으로 가지고 나갈 순 없다."

"무, 물론이옵니다!"

카리엘의 말에 당연하다는 듯 고개를 끄덕이는 아르슈나.

"다들 만족한 듯하니 연구는 바로 시작하지."

카리엘의 말에 그들이 곧바로 고개를 숙이면서 대답했다.

어디서도 찾기 힘든 자료들이다 보니 다들 거기에 정신이 팔렸다.

"밖으로 나가서 토토와 연구를 시작해라. 필요한 물품은 궁에 마련해 뒀으니 이곳으로 출근하면 된다. 숙식도 되니까 필요하면 말하고."

카리엘의 말에 아르슈나가 조심스럽게 손을 들어 올렸다.

"저, 그럼 이곳에서 지내도 되겠습니까?"

"그럼 저도……."

다들 외지에 나돌다 보니 딱히 집을 마련한 것 같지 않았다.

헛기침하는 브리온을 보면 세 사람 전부 여관 같은 데서 자고 있는 것이 확실했다.

"후, 그렇게 해."

카리엘이 허락함과 동시에 손짓하자 세 사람이 곧바로 허리를 숙이며 방을 나섰다.

"이젠 진짜 떠날 준비를 해야겠네."

괴짜들이 찾아왔다는 사실에 카리엘이 미소를 지었다.

강체술을 자신에게 맞게 개조하기만 하면 이 빌어먹을 황궁을 떠날 생각이었다.

"욜로 라이프가 머지않았다."

카리엘은 그렇게 중얼거리면서 입가에 한가득 미소를 그렸다.

병약한 황태자가 자리에서 물러나는 것을 바라지 않을 사람은 없었고, 마지막으로 제국을 위해 열심히 일하다 퇴위하는 방향으로 간다면 은퇴 후에도 건들 사람이 없을 거라 생각했다.

···

은퇴 후, 곧바로 황궁을 떠나 섬 같은 곳에서 한적한 삶을 살 생각에 기분 좋게 잠들었던 카리엘.

바로 다음 날부터, 토토에게 끌려가 열심히 운동해야 했지만 그마저도 행복했다.

브리온과 토토에 의해 좀 더 효율적인 운동 방법이 생겨나며 몸이 좋아지는 게 보였기 때문이다.

"야! 야! 내 앞에 그것들을 가져오지 말라고 했잖아!"

"……전하께 사용하지는 않을 것입니다."

브리온이 입술을 쭉 내밀면서 말하자 카리엘이 진저리 쳤다.

매번 자신의 몸을 살필 때마다 괴상한 기구들을 움직이는 통에 진저리 칠 때가 한두 번이 아니었다.

문제는 브리온만으로도 골치 아픈데, 다른 이들도 정상이 아니라는 것이었다.

"으아아악!"

오늘도 이리스의 수련을 빙자한 구타 속에서 괴성을 지르는 카리엘.

이리스의 도움으로 강체술의 수련 방법 역시 진화했다.

문제는 수인족처럼 야생의 수련법을 즐기는 그녀였기에 항상 실전 같은 훈련을 하고자 했다.

그때마다 카리엘의 몸은 반쯤 다져졌다.

"헉…… 헉…… 살살 좀 해라."

"이래야 효과가 있습니다."

냉정하게 말하는 이리스.

반쯤 다져진 카리엘을 보면서 타리온이 나설 만도 했지만 고개만 돌린 채 입을 틀어막고 있을 뿐이다.

처음엔 이리스보고 미쳤냐며 화를 냈던 타리온이었지만 강체술이 급격하게 진전을 보이자 멀리서 입을 틀어막고 눈물만 흘리는 중이다.

"전하, 운동 시간⋯⋯."

"이 몸으로 어떻게 운동을 해!"

"지금 몸을 풀어야 다음 날 아프지가 않사옵니다."

토토가 부풀어 오른 근육을 과시하며 카리엘을 강제로 데려갔다.

그러자 이리스도 토토의 뒤를 조용히 따라갔다.

실전을 중요하게 생각하는 이리스지만 토토의 운동을 따라 하며 효과를 본 이후 같이 운동을 시작한 것이다.

"전하! 전하! 새로운 방법을 찾았습니다!"

토토에게 끌려가 한창 운동하고 있을 때, 멀리서 아르슈나가 환하게 웃으며 달려왔다.

"이번엔 제대로 된 거냐?"

"그럼요! 이번엔 진짜입니다!"

아르슈나의 말에 카리엘을 비롯해 토토, 이리스, 타리온이 짜게 식은 얼굴로 의심의 눈초리를 보냈다.

"진짜예요! 믿어 주세요!"

"⋯⋯후, 그래."

불에 관해서라면 대륙에서 첫손에 꼽힐 인물이 아르슈나였기에 믿을 수밖에 없었다.

실제로 그녀가 화기를 다룰 방법을 체계적으로 연구하면서 곧바로 강체술에 접목시킨 이후로 효율이 좋아진 건 사실이었다.

문제는 막대한 예산을 쏟아부어서 나온 결과가 열 개 중 두 개 정도만 쓸 만하다는 점이었다.

거기다가 급격하게 뭔가가 바뀌지도 않았다.

조금 개선되는 정도의 효과가 전부이니 카리엘과 타리온 입장에선 '이걸 계속해야 하나?' 하고 고민할 정도였다.

그래도 걸음마 단계임에도 불구하고 기초만 수련하던 때보다 진전이 있었기에 마음껏 연구하도록 놔두고 있었다.

카리엘은 아르슈나가 새로이 개발한 강체술을 훈련하기 위해 혼자 개인 연무장으로 했다.

그런데 수련을 시작하자마자 고개를 갸웃거릴 수밖에 없었다. 이번엔 뭔가 다르다는 게 느껴졌기 때문이다.

"이번엔 정말로 확 달라진 느낌인데?"

카리엘은 그렇게 중얼거리면서 몸의 감각에 집중했다.

그리고 평소보다 훨씬 많은 화기가 강체술의 움직임에 따라 몸을 타고 움직이는 것을 느끼며 격렬하게 강체술을 수련할 때였다.

ㅡ오랜만이다?

오랜만에 나타난 수르트가 카리엘에게 반갑게 인사했다.

전보다 더 정순해진 불길과 색깔을 보면서 수르트가 상당히 회복되었음을 깨달은 카리엘은 미소를 지었다.

"이제 화기를 더 가져갈 수 있겠네?"

-오자마자 그 소리냐!

"하하! 빨리 가져가 봐."

자신이 나오자마자 화기부터 가져가라고 보채는 카리엘을 서운하다는 듯 보면서도 수르트는 곧바로 화기를 흡수했다.

"오오!"

-그동안 노력은 좀 했나 보네.

수르트가 카리엘을 보면서 그렇게 말하고는 앙증맞은 팔로 팔짱을 끼며 새침하게 고개를 돌렸다.

"몸도 회복되어 가고 있고, 은퇴 날도 얼마 안 남았고. 진짜 황궁을 떠날 날이 얼마 남지 않았네."

카리엘이 그렇게 중얼거리자 곁에 있던 수르트가 축하한다며 얼른 다른 마수들을 찾으러 가자고 보챘다.

평소라면 귀찮다며 버럭 소리를 질렀겠지만 오늘만큼 환하게 웃으며 알겠다며 카리엘은 고개를 끄덕였다.

그리고 한껏 미소를 지으며 언제 은퇴할지 날짜를 정하며 잠에 빠져든 카리엘.

하지만 그런 그의 행복은 다음 날 조간신문을 보자마자 와장창 깨져 나갔다.

-제국의 진정한 충신! 카리엘 프레드리히 폰 블레이저!

-역사상 가장 위대한 황태자! 그가 바로 지금의 황태자다!

대전 회의에서 폭탄 발언을 한 카리엘과 그 전에도 부패한 귀족들을 잡기 위해 동분서주했던 것들이 제국민들에게 알려지면서 엄청난 지지를 얻게 되었다.

제국민들에게 지지받는다는 건 분명 좋은 일이다.

하지만 황제와 귀족들 입장에선 아니었다.

"……위험하네."

카리엘이 인상을 찌푸리면서 혀를 찼다.

암군이라 불리는 황제가 카리엘을 질투하기 시작하면 골치 아파진다.

거기다 귀족들 역시 카리엘이 은퇴한다 해도 나중을 위해 견제하려 할 수도 있다.

이 상황을 타개할 최고의 방법은 이대로 황태자를 빠르게 내려놓고 튀는 것.

하지만 사정상 그럴 수도 없다.

지금 카리엘이 은퇴해 버리면 현재 하고 있는 것들이 어그러질 수도 있었다.

어쩌면 황제파와 재상이 살길을 찾을지도 모를 일이다.

"재상과 황제파는 완전히 조지고 가야 하는데……."

전생의 경험을 통해 쓸데없이 후환을 남기면 반드시 문제가 된다는 것을 알기에 지금 끝내야 했다.

특히 여우 같은 재상의 경우 더더욱 그러했다.

한 방 먹은 재상이 다시 복귀한다면 카리엘이 인생을 갈아

넣어도 기회가 오지 않을지도 몰랐다.

나이가 어리고, 병약했던 그였기에 기회가 있었던 것일 뿐, 이제는 노련한 정치가로 여길 테니 은퇴한다 해도 이중 삼중으로 카리엘을 견제할 것이다.

"속도를 높여야겠네."

카리엘이 그렇게 중얼거리면서 곧바로 자리에서 일어났다.

아랫놈들이야 치안대와 감찰부로 충분하지만, 고위 귀족들 같은 경우에는 잡아들이기 쉽지 않았다.

사법기관과 귀족회를 들먹이며 그곳에서 정식 재판을 받겠다고 설치면 감찰부도 끌고 가기는 어려웠기 때문이다.

그렇기에 카리엘이 직접 움직였다.

그런데 이번엔 그의 곁에 시종들과 기사들만 있었던 게 아니었다.

붉은 정복을 입은 자들.

대륙에서 괴짜라 불리는 자들이 카리엘을 따라붙었던 것이다.

❈

한동안 궁에만 박혀 있었던 황태자가 움직이기 시작했다.

잡을 사람들은 다 잡아들인 상태라 서서히 마무리되어 간다고 생각했던 귀족들이 긴장하기 시작했다.

"결국 고위 귀족들까지 잡아들이는가?"

"칼을 갈고 오셨군."

감찰부를 찾은 카리엘을 멀리서 지켜보는 지식인들이 무섭다는 듯 부르르 떨었다.

상황이 지지부진하게 흘러가기 시작하자 귀신같이 나와서 감찰부의 사기를 다시 끌어 올리는 모습에 전율을 일으키는 사람들도 있었다.

실제로 고위 귀족들을 상대하면서 몸과 마음이 지쳐 가던 감찰부가 황태자의 등장에 다시금 눈을 빛내며 의지를 불태웠기 때문이다.

"고위 귀족 명단 가져와."

"……전하께서 직접 가실 생각입니까?"

감찰총장의 말에 카리엘이 고개를 끄덕였다.

"그래."

"말이 많을 것입니다. 귀족파와 중립파가 전하를 지지한다고 하더라도, 나중에 뒷말이 나올 겁니다."

감찰총장의 말처럼 분명 뒷말은 나올 것이다.

죄를 지었어도 같은 귀족들이기에 너무 과하게 움직이면 반발을 일으킬 수 있었다.

하지만 아직까지는 괜찮았다.

명분이 완벽하니 한동안은 과격하게 움직여도 크게 반발

은 하지 못할 터.

이때 모든 것을 끝내야 했다.

"상관없어."

카리엘이 그렇게 말하면서 감찰총장에게 받은 명단을 타리온에게 던졌다.

"속전속결로 끝내고 다음 단계로 넘어가야 하는데, 잡것들 때문에 언제까지 이러고 있을 순 없잖아."

카리엘의 의지를 느낀 감찰총장이 더는 염려 섞인 말을 하지 않고 금고에 보관해 둔 문서들을 꺼내 왔다.

"안내하겠습니다."

"됐어. 바쁜 양반이 뭐 하러? 감찰부원 몇 명만 붙여."

그렇게 말한 카리엘은 밖으로 나갔다.

그러자 감찰총장의 명을 받은 고위 감찰부원 몇 명이 황급히 따라붙었다.

꽈앙!

대문을 박살 내면서 들어간 한 백작의 저택.

"누가 감히! 헉! 저, 전하."

"내 명으로 온 감찰부를 쫓아냈다지?"

"그, 그것이……."

"황제의 명에 의해 집행된 체포 명령을 거부한 바. 죄는 더 가중될 것이니 알아 두도록."

카리엘이 눈짓하자 뒤따라온 감찰부원들이 백작의 양팔을 잡았다.

"반항하는 이들은 다 죽여."

카리엘이 그렇게 말하면서 싸늘하게 저택을 바라보았다.

강제로 백작을 붙잡고, 저택 안에 숨겨 둔 비리 문서들을 찾아내는 과정에서 어떤 이도 반항하지 못했다.

조금이라도 움직임을 보이려고 한다면 황궁 기사들의 검이 검집에서 나오려고 했기 때문이다.

그 때문인지 운 좋게 소각하다 멈춘 문서들을 찾아내 감찰부에 넘겼고, 곧바로 다음 목적지로 향했다.

그런데 그곳에서도 똑같은 일이 벌어졌다.

반항하려고 해도 황태자가 직접 행차한 터라 얌전히 무릎을 꿇을 수밖에 없었고, 몇몇 반항하는 이들은 황궁 기사들이 직접 제압해 버리니 답이 없는 것이다.

"수도에 남은 건 죄다 쭉정이들뿐이네."

백작급이라도 한때 이름을 날렸을 뿐, 지금은 별반 볼 일 없는 놈들.

그런 주제에 고위 귀족들이라는 신분을 들먹이며 고개를 빳빳하게 들고 다니는 놈들뿐이었다.

"진짜는 죄다 근교에 숨었군."

자신의 영지로 내려갔다간 자칫 반역으로 몰릴 수도 있으니, 적당히 근교에 마련된 저택으로 피신한 이들.

　고위 백작이 아니더라도 힘 좀 쓰는 남작이나 자작도 죄다 수도의 근교나 중앙 지역에 피신해 있었다.

　이대로 버티면서 황태자의 시야에서 벗어나 이 사태가 가라앉기를 바라는 것이다.

　"직접 잡으러 가야겠어."

　"전하, 위험하옵니다."

　타리온의 말에 근처에 있던 괴짜들 역시 그렇게 말했다.

　많이 회복되었지만 아직은 조심할 때였다.

　게다가 카리엘에게 칼을 갈고 있을 귀족들이 몰래 습격할지도 모를 일이다.

　이중적인 의미를 띤 타리온의 말에 카리엘이 뒤를 바라보았다.

　"황궁 기사단은 폼으로 달고 다니냐?"

　"하오나……."

　타리온이 걱정스러운 표정을 지었다.

　황궁에서도 황제를 보필하는 기사를 제외하곤 최정예만을 모아 나왔고, 따르는 시종들 역시 전부 그림자 출신들이다.

　거기다 괴짜들 역시 이름깨나 날리는 이들.

　이런 이들이라면 웬만한 백작가 기사단 전체가 달라붙어도 승리할 것이다.

"중앙 지역 정도는 박살 내 줘야 지방에서도 속도가 붙을 거다."

그렇게 말하면서 눈을 빛냈다.

애초에 황궁 밖으로 나오면서 어느 정도 위험은 감수할 생각이긴 했다.

"하오나 지금 전하를 노리는 이들이 있을 가능성이 높습니다."

파벌 가릴 것 없이 전방위적으로 얻어맞은 귀족들이 카리엘에게 좋은 감정을 갖고 있을 리 없었다.

어쩌면 황제파의 병사들로 둔갑한 귀족파나 중립파의 병력이 카리엘을 암살하려 할지도 모를 일이다.

"그러니까 준비해 둬야지."

말을 마친 카리엘은 시종 하나에게 서신을 건네주었다.

"내가 가려는 곳이다. 감찰부에게 전해. 그리고 군부에 연락해서 만약을 대비하라고 해라."

"위험하다는 것을 아시면서……."

타리온이 그렇게 말하면서 시종을 막아섰다.

"군부에 간자가 있을 것이옵니다. 전하께서 움직이는 곳에 암살자가 매복할지도 모를 일이란 말입니다!"

"그러니까 지원 요청해야지."

군부뿐만 아니라, 황궁에도 지원을 요청했다.

황태자가 위험할 수도 있다는데 지들이 안 오고 배기겠

어?

결국 타리온이 카리엘의 의지를 꺾지 못하고 근교로 움직였다.

괴짜들과 타리온은 마차에 태우고 나머지는 말에 올라타 빠르게 움직인 덕분인지, 순식간에 수도에서 벗어났다.

"별거 없네요."

아르슈나의 말에 다들 작게 고개를 끄덕였다.

예상과는 다르게 위험한 움직임은 없었고, 수도에서처럼 무난하게 하나하나 잡아들여 갔다. 그러자 긴장했던 이들의 마음이 조금씩 풀어지기 시작했다.

그들 중 가장 극단적인 반응을 보인 이가 아르슈나였다.

마법사라서 그런지 재미없다는 표정을 풀풀 풍기면서 마차에 올라탄 아르슈나.

"하암~."

아르슈나가 지루함을 참지 못하고 하품하자 카리엘이 짜게 식은 눈으로 그녀를 바라보았다.

"지루해할 거면 뭐 하러 왔어?"

"앗! 죄송해요. 저도 모르게 그만……. 어제 야근했거든요."

자신을 타박하는 카리엘에게 아르슈나가 입술을 삐죽이며 말했다.

"그런데 뭐 하러 따라와? 잠이나 잘 것이지."

"지근거리에서 전하를 살펴 화기의 움직임을……."

"아, 됐어."

"치!"

복잡한 말이 나올 각이 보이자 칼같이 차단한 카리엘.

"이게 다 전하를 위해서 한 것인데……."

섭섭해하는 아르슈나에게 카리엘은 혀를 차면서 말했다.

"쯧! 예산이나 좀 아껴 써라."

돈 얘기가 나오자마자 입술을 삐죽이던 아르슈나가 귀신같이 눈을 돌려 카리엘의 시선을 피했다.

그 모습에 카리엘이 고개를 절레절레 흔들며 이번엔 브리온을 바라봤다.

"브리온, 너도 예산을 은근히 많이 쓰던데?"

"크흠! 앞으로는 돈 들어갈 일이 별로 없을 것입니다."

"진짜야?"

"예! 믿어 주십쇼."

브리온이 충성을 맹세하는 기사처럼 고개를 숙이면서 말하자 카리엘이 한숨을 쉬었다.

그나마 이리스는 나았다.

몬스터와 투술에 관련된 고서적을 원해서 가끔 황궁 도서관을 직접 가야 하는 귀찮음이 있지만 예산을 물처럼 쓰지는 않았기 때문이다.

"저, 전하."

"왜."

이리스의 부름에 카리엘이 귀찮아하는 표정으로 그녀를 돌아보았다.

그러자 그녀가 조심스러운 표정으로 카리엘을 바라보았다.

평소 무표정이거나 뚱한 표정을 짓는 게 대부분인 그녀가 이런 표정을 짓는다?

뭔가 심상치 않음을 느낀 카리엘의 눈이 가늘어졌다.

"저, 나온 김에 경매장을 들렀다 가도 되겠습니까?"

"그래, 천천히 궁으로 돌아와."

생각보다 별거 아닌 요청에 카리엘이 흔쾌히 허락하자 이리스가 작게 고개를 저으며 말했다.

"그…… 돈이 조금 필요합니다."

"뭐? 갑자기?"

모기만 한 목소리로 말하는 그녀를 노려보던 카리엘이 한숨을 쉬면서 물었다.

"하, 그래서 뭘 구하려고 돈을 달라는 건데?"

카리엘의 물음에 이리스의 얼굴이 환해지면서 빠르게 설명했다.

"그게, 용병들의 투술들을 모아 놓은 고서라고 합니다."

"용병?"

카리엘의 눈이 가늘어졌다.

쓰레기 같은 잡서에 돈을 쓴다는 생각이 들자 카리엘의 표정이 살짝 구겨졌다.

그러자 움찔한 이리스가 황급히 설명했다.

"정말 중요한 고서입니다. 최소 10만 골드 이상으로 책정될 것으로……."

"뭐?"

"정말 중요한 겁니다. 전하의 강체술에도 도움이 될 만한 것입니다. 웬만하면 제 돈으로 해결하려 했으나 너무 비싸서……."

이리스의 말에 가던 발걸음을 멈추고 가만히 그녀를 바라보았다.

10만 골드라는 말에 카리엘이 어이없어하는 표정으로 빤히 바라보자 이리스의 고개가 점점 아래로 내려갔다.

작은 영지 몇 개는 살 수 있을 엄청난 돈이 용병들의 잡기술이 적힌 고서의 예상 가치라는 게 어이가 없었다.

"용병들의 투술이라고 해 봐야 잡기 수준 아니야?"

카리엘이 이해가 안 간다는 표정으로 고개를 갸웃거렸다.

그러자 이리스가 카리엘의 귓가에 대고 작게 말했다.

"용병왕 그렉과 그 제자들의 투술이 담겨 있다 하옵니다."

"뭐? 진짜?"

카리엘이 놀란 표정으로 되물었다.

아직도 용병계에 전설처럼 회자되고 있는 인물이었고, 투술에 관해선 전설처럼 여겨지는 인물이었기에 전생에 마나 숙성법을 연구하던 카리엘도 수십 차례나 들었던 사람이었다.

"그렇습니다. 그렉의 투술서가 거의 확실하다고 합니다."

"……넌 그걸 어디서 들은 거냐?"

"용병들의 정보망에서 들었습니다. 워낙 유명한 존재다 보니 벌써 용병계에는 싹 퍼져 있습니다."

이리스의 말에 옆에서 듣고 있던 토토가 진중한 표정으로 말했다.

"전하, 이건 꼭 구하셔야 하옵니다."

토토가 어느 때보다 진지한 표정으로 간청하자 이리스도 옆에서 제발 사 달라는 듯 눈을 빛냈다.

인간 출신으로 투술을 통해 마스터가 되었던 고대의 강자.

그런 그였기에 이리스가 애가 타는 건 잘 알았다.

인간의 몸에 맞는 투술을 익혔기에 카리엘에게 도움이 될 것이라는 것도 이해가 갔다.

그런데 토토는 왜?

"넌 또 왜 그래?"

"그분은 현대 운동의 시초이옵니다."

토토의 말에 카리엘이 고개를 갸웃거렸다.

"시초?"

"체계적인 운동법과 근육의 단련법의 기틀을 마련하신 입지전적인……."

"하! 알았으니까 닥쳐."

카리엘이 짜증 나는 표정으로 괴짜들을 바라보았다.

아무리 자신의 몸을 위해서라지만, 하는 일에 비해 쓰는 예산이 너무 많았다.

그나마 나아 보였던 이리스와 토토마저 브리온과 아르슈나가 쓰는 돈보다 몇 배는 많은 돈을 일시불로 지를 생각을 하자 카리엘이 머리가 아파졌다.

'얌전한 놈들이 더 위험하다더니…….'

카리엘이 머리를 짚으며 이것들을 어떻게 처리해야 하나 고민할 때, 갑자기 타리온이 입가에 손가락을 올렸다.

그러자 밖에 있는 기사들을 비롯한 모든 이들이 황급히 마력을 끌어 올렸다.

"습격이야?"

갑작스러운 상황에 살짝 긴장한 카리엘이 조용히 타리온에게 물었다.

그러자 타리온이 작게 고개를 저었다.

아직은 확신할 수 없다는 뜻으로 한 행동에 카리엘이 미간을 찌푸렸다.

하지만 오랫동안 함께해 온 카리엘이기에 그의 표정만 보고도 거의 확실하다는 것을 알 수 있었다.

"미친놈들이네."

혹시나 했다.

자신이 틈을 보이면 귀신같이 미끼를 물고 습격해 올 수도 있겠다는 생각을 하기는 했다.

그런데 진짜로 물지는 몰랐다.

"황궁 기사단과 그림자들을 뚫고 나를 암살할 생각이라……. 진짜 미친놈들이야."

카리엘이 그렇게 중얼거리는 사이, 마차 안과 주변 기사들의 긴장감은 더욱 올라갔다.

극도로 높아진 긴장감 속에서 기사단의 마력이 서서히 발현되어 갔다.

이젠 카리엘을 제외한 모든 이들이 감지가 가능한 범위에 다가오는 순간 굉음이 들려왔다.

콰앙!

"포성?"

카리엘이 그렇게 중얼거리는 순간 지축이 잠깐 흔들리더니 또 다른 굉음이 들려왔다.

"지금…… 마력포도 아니고 대포를 쏜 거야?"

그의 물음에 타리온이 작게 고개를 끄덕였다.

"그런 것 같습니다."

타리온의 대답에 카리엘의 얼굴이 구겨졌다.

구형 대포.

지구에서 대포라 불렸던 무기가 이곳에서는 사장된 이유는 딱 하나다.

기사급 존재에게 큰 위협이 되지 않는다는 것.

몬스터 역시 마찬가지였다.

마력으로 강화된 무기에 막히고 설령 그것을 피해 몸에 직격한다 해도 죽이진 못했다.

그래서 나온 것이 마력포였는데, 막대한 마력을 잡아먹기 때문에 요새에서나 사용이 가능했다.

현대의 대포들은 지방 영주들이 전쟁할 때나 쓰는 구닥다리 무기일 뿐이었다.

황궁 기사들과 그림자들까지 있는 카리엘에게 조금도 통하지 않을 거란 걸 잘 아는 그들이 사용했다는 건…….

"통하지 않을 거라는 걸 알면서 쏜다는 건…….."

"……위협용인 것 같습니다."

"나더러 겁먹은 똥개처럼 수도로 도망치라는 뜻이겠지?"

"……돌아가라고 위협하는 건 맞는 것 같습니다."

타리온이 마지못해 말하는 순간 카리엘의 얼굴이 악귀처럼 일그러지기 시작했다.

실전 경험이라고는 쥐뿔도 없는 황태자이기에 위협을 가하면 겁먹고 수도로 돌아갈지도 모른다는 생각.

황태자를 죽였을 때 얻을 리스크를 없애고 오직 이득만을 취하는 방법이었다.

자신을 무시했기에 가능한 작전임을 아는 카리엘의 표정은 어느 때보다 싸늘하게 식어 있었다.

얼마 후, 포성이 끝나고 카리엘이 직접 마차 문을 열고 나가 기사에게 물었다.

"잡았냐?"

"……죄송합니다."

여기저기 그을린 흔적이 있는 황궁 기사가 고개를 숙이며 죄를 청했다.

"이유는?"

"포탄을 뚫고 접근하니 마탄으로 반격을 가해 왔습니다."

"그 정도는 큰 문제가 안 될 텐데?"

카리엘의 말에 정예 기사가 고개를 숙이며 대답했다.

"그렇습니다. 한데 땅에 폭탄을 묻어 두었습니다."

"숨겨 둔 폭탄이 폭발하는 사이 도망쳤다?"

"송구합니다."

황궁 기사의 말에 카리엘이 이를 갈았다.

"가서 잡아 와."

카리엘의 말에 황궁 기사가 부복하며 말했다.

"소신들의 임무는 전하의 안전을 지키는 것이옵니다!"

"그럼 너희들이 다녀와."

카리엘은 목이라도 걸 기세로 말하는 황궁 기사들에게서 눈을 돌려 타리온을 바라보았다.

그러자 타리온 역시 부복하며 고개만 숙였다.

이번엔 위협이었지만 어쩌면 낚시하는 것일 수도 있었다.

분노한 카리엘이 저들을 잡아 오라고 명한 후, 호위의 숫자가 줄어들 때를 노리고 공격할지도 모를 일이다.

그렇기에 타리온과 황궁 기사들 입장에서는 섣불리 움직일 수가 없었다.

분노로 잠시 흐려졌던 이성이 점차 돌아오기 시작하면서 적들이 공격했던 방향을 바라보았다.

"일단 내가 습격받았다는 연락을 넣어."

"예!"

"군부에 연락해 중앙 지역 봉쇄하라고 해. 황태자가 습격받았으니 명분은 충분하겠지."

카리엘의 명령에 타리온이 곧바로 시종 하나를 시켜서 재빨리 명령을 내렸다.

그러는 사이 카리엘은 황궁 기사들에게 물었다.

"적들이 추가적으로 나를 공격할 가능성은?"

"5할은 되어 보입니다."

"이유는?"

카리엘의 물음에 추격했던 황궁 기사가 잠시 고민하더니 입을 열었다.

"일부러 제가 쫓아올 시간을 준 것 같았습니다."

"그래?"

황궁 기사의 감에 불과하지만, 실전으로 단련된 정예 기사의 감은 때로는 어떤 이론보다 정확하다.

"내가 수도로 돌아가는 길목에 매복해 있을 확률은?"

"……높습니다."

"내가 저들을 쫓는 길목에 매복해 있을 확률도 높겠지?"

"그렇습니다."

카리엘의 말에 황궁 기사가 자신의 생각을 밝히면서 놀란 표정을 지었다. 병석에만 누워 있던 황태자가 생각보다 전술에 능했기 때문이다.

방구석에서 정치학과 전술학만 공부했는지 의심스럽다는 표정을 짓는 황궁 기사들.

하지만 이런 이들의 생각과 다르게 카리엘의 전술은 따로 공부한 게 아니었다.

직접 전쟁에 나서지도 못할 텐데 뭐 하러 그런 것을 공부할까.

그저 전생에 목숨을 위협받으며 도망치다 보니 자신도 모르게 알게 된 것일 뿐.

이런 사정을 모르는 황궁 기사들의 오해가 깊어질 때, 카리엘이 다시 입을 열었다.

"결론은 여기서 군대를 기다리는 편이 낫다 이거지?"

"예."

"그리하지. 아르슈나!"

카리엘의 부름에 황급히 튀어나온 아르슈나.

"결계 정도는 칠 수 있지?"

"전공이 아니지만 가능은 해요."

"결계 펼치고, 황궁 기사들은 군대가 올 때까지 방어 진형 유지해."

"예!"

황궁 기사들에게 명령을 내린 카리엘이 타리온을 바라보며 명했다.

"군부는 포위망을 유지하며 잡것들을 잡는 데 집중하라고 해."

"하오나 전하의 안전이……."

"지금쯤 황궁 기사단이 발에 불붙은 것처럼 달려오고 있을 테니 괜찮아."

제국 최정예 기사단이 있으니 안전은 확보된 것이나 마찬가지일 터.

군부의 병력은 감히 황태자를 욕보인 놈들을 잡아들여 대가를 치르게 해야 했다.

"난 마차에 들어가 있겠다."

차분한 표정으로 명령을 내린 후, 들어가는 카리엘을 보면서 기사들의 표정은 더더욱 묘해졌다.

분명 처음 겪는 일일 텐데도 침착하게 명령을 내리고는 들어가는 모습에선 몇 번이나 사선을 넘나들어야만 얻을 수 있는 여유가 있었기 때문이다.

괴짜들 전원을 내보낸 후, 카리엘은 싸늘한 표정으로 수르트를 불러냈다.

"수르트, 만약의 사태에 날 보호할 수 있겠나?"

－1분 정도는?

작은 불덩이의 모습을 한 수르트가 자신감 넘치는 표정으로 말했다.

"어느 정도 수준까지?"

－흠, 네 시종의 경우 두 번 정도 막아 줄 순 있겠다.

수르트의 말에 카리엘이 놀란 표정을 지었다.

하지만 이내 입가에 미소를 그리고는 여유로운 표정으로 앉아 생각에 잠겼다.

만약의 순간이 온다고 하더라도 한 번쯤은 살 수 있다는 생각에 여유가 생긴 것이다.

황궁 기사들과 그림자들이 있는 이상, 자신이 죽을 수 있는 상황은 빈틈을 노린 일격 정도뿐인데, 그것을 방어할 수 있다면 자신이 죽을 확률은 없는 것이나 다름없었다.

거기다 괴짜들의 실력 역시 무시할 수 없다.

"전하, 괴짜들의 실력이 상당히 뛰어난 것 같습니다."

얼마 전 타리온이 자신에게 몰래 이런 얘기를 한 적이 있었다.

괴짜들의 드러난 실력은 정예 기사 수준.

하지만 타리온은 그들의 실력이 알려진 것보다도 더 강해 보인다고 말했다. 그렇기에 수도 밖이 위험할 수 있다는 것을 알면서도 그들만 데리고 나올 수 있었던 것이다.

"자, 이제 어쩔 거냐?"

저들의 한 수를 받아넘기며 한 방을 날렸다.

이제 다시 공은 저쪽으로 넘겨졌다.

자신은 움직이지 않고, 황궁 기사단이 오기를 기다리며 군부로 전방위적으로 압박을 가하고 있었다.

저들도 머리가 있고 정보망이 있다면 자신들의 계획이 간파당했다는 것쯤은 알 터.

단순한 위협이었다면 이대로 끝이겠지만 정말로 또 다른 한 수를 계획하고 있었다면 자신을 공격할지, 이대로 미끼를 군부에 던져 주고 후퇴할지를 결정해야 할 것이다.

"어떤 놈이 걸려들려나?"

―누가 걸리든 쉽게 뒈지진 못하겠네.

수르트가 카리엘의 표정을 보면서 몸을 부르르 떨었다.

평소라면 재밌다는 듯 미소를 짓고 있을 카리엘이 어느 때보다 싸늘한 표정을 짓고 있었기 때문이다.

불쾌한 기분 속에서 기다림이란 시간은 고욕과도 마찬가지였다.

그래서 그런지 미간을 찌푸리며 기다리고 있던 카리엘에게 타리온이 마차 문을 살짝 열며 말했다.

"전하."

"적들이야?"

"……예. 움직일 준비를 하셔야 할 것 같습니다."

만약의 상황이 오면 홀로 빠져나갈 준비를 해야 한다는 타리온의 말에 인상을 찡그렸다.

"황궁 기사단은?"

"수도를 빠져나왔다고는 합니다만 시간이 좀 더 필요합니다."

타리온의 말에 카리엘이 작게 고개를 끄덕였다.

마차의 중심부에 있는 마력을 가동시키자 동력음이 들리면서 움직인 준비를 했다.

바로 그 순간, 거대한 빛줄기 하나가 아르슈나가 만든 결계를 때렸다.

쿠우웅!

"습격입니다! 고위 마법 같습니다!"

황궁 기사의 외침에 모든 기사들이 발검을 하며 방어 태세를 갖췄다.

그러자 시종들 역시 마차 주변을 감싸며 마력을 끌어 올렸다.

그 순간 전방위에서 마법이 떨어지기 시작했다.

"빛의 마법?"

카리엘은 마차의 창문 밖으로 보이는 빛의 마법들을 보면서 어이가 없는 표정을 지었다.

"대놓고 빛의 마법이라……."

성국의 사제들이나 쓰는 빛의 마법을 이용한 습격.

이건 누가 봐도 성국을 의심하라고 하는 술수였다.

"누굴까?"

카리엘이 자신에게 이런 장난질을 한 놈이 누구일지 궁금했다.

솔직히 지금은 너무 많아서 답이 없었다.

귀족들만 해도 파벌들 전부가 의심되었고, 타국도 의심되었다.

어쩌면 성국이 수를 쓴 것일지도 모른다.

대놓고 이런 짓을 저지르고, 자신들을 가장한 술수라고 주장할지도 모를 일이다.

한 가지 확실한 건, 황궁 기사와 그림자들은 자신을 지키는 것을 최우선으로 하기 때문에 저들을 잡기가 쉽지 않을 거라는 점이다.

"고생 좀 하겠어."

황궁 기사들은 물론이고, 타리온을 비롯한 시종들의 실력까지 얼추 계산해 놓고 공격하는 듯싶었다.

팍! 팍!

마차에 박히는 암기들.

황태자를 태운 마차답게 모든 암기들을 방어해 주었지만, 만약이란 게 있기 때문에 카리엘이 최강의 패인 시종들과 타리온을 공격하는 데에 활용할 수가 없었다.

거기다 쉴 새 없이 공격해 오는 마법들을 방어하기도 벅찬 기사들.

이런 상황에서 가용할 수 있는 전력은 하나밖에 없었다.

"토토."

"예!"

"괴짜들을 불러와."

카리엘의 명령에 근방에 서 있던 토토가 황급히 괴짜들을 불러왔다.

"브리온, 너도 한가락 한다지?"

카리엘이 창문을 열며 브리온에게 말하자 그가 헛기침하면서 말했다.

"어디 가서 꿀릴 실력은 아닙니다."

의사 주제에 웬만한 무인보단 나은 실력을 갖고 있는 브리온.

게다가 아르슈나, 이리스 역시 제국에서 유명세를 탈 정도의 실력을 갖고 있었다.

정예 기사 중 하나인 토토는 말할 것도 없었다.

"너희들이 움직여야겠다. 지금 습격한 놈들 중 제일 강한 놈으로 잡아 와."

카리엘의 명령에 그들이 멈칫했다.

"전하, 전하의 안전이 제일 우선이옵니다."

토토의 말에 다른 이들 역시 고개를 끄덕였다.

"내 몸을 지킬 수단 하나쯤은 가지고 있어. 그리고 황궁 기사와 그림자들은 폼이 아니야."

"하오나……."

"토토 너도 느낄 텐데, 지금 저들이 장난질을 치고 있다는 걸."

카리엘을 죽이려는 게 아니었다.

안전한 지역에서 마법만 쏴 대는 이들을 보면서 토토 역시 저들의 노림수가 따로 있다는 것쯤은 눈치챘다.

"잡아 와. 잡아 온 자에겐 현재 예산의 2배를 안겨 주지."

카리엘이 그렇게 말하는 순간 괴짜들의 눈이 반짝거리며 빛났다.

하지만 토토의 눈초리에 다들 헛기침만 했다.

"자신 없나?"

카리엘의 도발에 괴짜들의 표정이 살짝 굳어졌다.

"용병왕의 고서. 가능하옵니까?"

이리스의 물음에 카리엘이 고개를 끄덕였다.

"무슨 수를 써서라도 구해 주지."

카리엘의 답이 떨어지는 순간 이리스가 가장 먼저 뛰쳐나갔다.

그러자 브리온과 아르슈나 역시 다급하게 움직였다.

"너도 원하는 것 있냐?"

"특수한 운동기구들이 필요하옵니다."

"말해, 전부 구해 주지."

확답이 떨어지는 순간 토토가 낑음을 내며 빛의 마법을 쓰는 습격자들을 향해 쏘아져 나갔다.

마치 대포처럼 튀어 나가는 토토의 몸을 본 카리엘은 문득 그냥 몸통 박치기만 당해도 짓뭉개져 죽을 것 같다는 생각이 들었다.

그렇게 토토까지 합류하며 네 명의 괴짜들이 가장 강한 마법사를 잡기 위해 움직이자 시종들을 지휘하던 타리온이 황급히 마차 옆에 붙었다.

"전하, 저들을 저리 보내시면…….."

"알잖아, 장난질하는 거. 감히 나한테 장난질을 쳤으니 잡아야 하지 않겠어?"

"그래도 너무 위험하옵니다."

"그러니까 옆에 있어. 내가 보기에 저들을 잡는 건 괴짜들로 충분할 거 같으니까."

카리엘은 앞을 바라보았다.

지팡이인지 창인지 모를 것을 휘두르며 화염을 내뿜는 마법사.

온갖 괴상한 기구들을 꺼내 적들을 도륙 내는 의사.

저게 동물인지 사람인지 구분이 안 될 정도로 이상하게 싸우는 무투가.

근육 덩어리처럼 보이는 거구의 기사.

하나같이 괴상한 자들이었지만, 그들의 힘은 진짜였다.

"타리온, 네 말이 맞았네."

"……예."

전원 자신만의 특성을 발현하며 싸우는 괴짜들.

5단계에 이른 자들만이 가능하다는 고유 특성을 발현하는 괴짜들을 보면서 카리엘이 피식 웃었다.

제국 군부의 기사단을 이끌 만한 단장급 무력을 소유한 이들.

그들이 서로 강한 마법사를 잡겠다고 난리 치는 모습은 실로 경이롭다 못해 무서울 정도였다.

※

기사단장급 네 명이 모이면 어떤 일이 일어날까?

간단하다.

만약 적이라면 마스터가 아닌 이상 무조건 도망쳐야 하는 상황이 될 것이다.

그런데 지금 눈앞에 있는 적은 그럴 수도 없었다. 이미 사전에 모인 군대가 주변을 포위하고 있었기 때문이다.

쾅! 쾅!

폭음이 터져 오면서 지축이 흔들리고 지반이 터져 나간다.

마법사들은 괴물 같은 남자 하나가 거검을 휘두를 때마다 곤죽이 되었고, 화염의 창을 휘두르며 돌진하는 여인에게 살이 익어 갔다.

그런데 이들은 그나마 나았다.

짐승처럼 찢고 할퀴며 다져 놓는 여인과 괴상한 무기들로 온몸을 난도질하는 미친놈이 더 무서웠다.

문제는 이 미친 자들이 목표로 하는 자가 단 한 명이라는 점이었다.

"저 새끼 내 거다!"

"제 겁니다!"

적진 깊숙한 곳에 있는 마법사를 향해 토토와 이리스가 서로 자기 거라며 미친 듯이 달려 나갔고, 아르슈나는 한 방에 처리하기 위해 고위 마법을 시전했다.

그러자 그사이 몰래 괴상한 무기를 던져서 먼저 잡으려 하는 브리온.

그러나 적은 고위 마법을 쓰는 마법사답게 용케 막아 냈다.

"쳇!"

브리온이 혀를 차면서 아쉬워하는 표정을 지었다.

“이, 이놈들이…….”

네 명의 미치광이들에게 노려지고 있는 마법사는 당황해서 식은땀을 흘렸다.

분명 적당히 하고 빠질 생각이었다.

성공하면 좋고, 실패해도 충분히 빠져나갈 수 있을 것이라 생각했다.

그런데 황태자 측의 대응이 너무 빨랐다.

‘어디서 이런 강자들이!’

아무리 황궁 기사들이라도 이런 강자들을 황태자 하나만 지키게끔 할 수는 없다.

그렇다는 건 순전히 황태자의 능력으로 끌어모은 이들이라는 뜻이다.

분명 괴짜들의 실력은 이 정도가 아니었다.

잘해야 정예 기사급이라고 알려져 있었는데, 갑자기 기사 단장급 수준의 강자가 되어 공격해 오니 마법사로선 혼란스러울 수밖에 없었다.

쿠웅!

“크윽!”

어느새 다가온 토토의 거검에 하얀 방어막에 균열이 갔다.

거기에 뒤이어 다가온 이리스가 마치 곰이 앞발을 휘두르는 것처럼 강력한 주먹을 내지르자 방어막이 깨져 나가기 시작했다.

이제는 고위 마법사도 결단을 내릴 수밖에 없었다.

"모두 황태자에게 붙어!"

고위 마법사의 명령과 함께 근처에 숨어 있던 자들이 모조리 마차로 달려들었다.

그리고 그건 마법사에게 달려드는 괴짜들에게도 마찬가지였다. 마법으로 저항하던 이들이 괴짜들을 향해 달려들기 시작한 것이다.

괴짜들과 황태자를 향해 달려드는 마법사와 습격자 들을 보면서 황궁 기사들이 재빨리 반응했다.

순식간에 목을 베어 내면서 마차로의 접근을 허용치 않는 기사들.

그런 그들을 보면서 타리온이 황급히 말했다.

"밀어내! 뭔가 이상하다!"

뭔가 심상치 않음을 느낀 타리온이 적들을 베어 내는 것과 동시에 밀어내라고 명령했다.

그리고 그 명령은 주효했다.

기사들과 시종들이 목을 베어 낸 시체들을 발로 차서 밀어내는 순간!

콰아앙!

달려들던 자들이 폭발을 일으키며 죽어 버린 것이다.

그것을 본 카리엘의 표정이 굳어졌다.

"시체 폭발?"

자신도 모르게 중얼거린 카리엘의 표정이 일그러졌다.

전생에 수도 없이 경험했던 방법.

"왜 지금……?"

시체 폭발이 왜 지금 이 시점에서 나왔는지 모르겠다는 표정으로 혼란스러워하던 카리엘은 황급히 냉정을 되찾았다.

"수르트."

─그래. 슬슬 나설 참이다.

카리엘의 부름에 수르트가 힘을 끌어 올리려 했다.

황궁 기사단이 최대한 막아 주고는 있지만 폭발력 전부를 막기는 어려웠는지 조금씩 마차에 충격이 쌓여 갔다.

마차가 부서지는 순간 폭발력은 전부 카리엘에게 집중될 터.

바로 그때가 수르트가 나설 상황이었다.

콰앙!

또다시 일어나는 폭발에 마차 일부가 터져 나가는 그 순간, 카리엘 역시 화기를 끌어 올렸다.

바로 그때, 귀신같이 도착하는 황궁 기사단.

"전하를 지켜라!"

"적을 베지 말고 밀어내!"

추가로 도착한 황궁 기사들이 황급히 자리를 잡으며 몰려드는 습격자들을 모조리 밀어냈다.

그렇게 주변에 습격자들이 없어진 순간 황궁 기사단의 힘이 발휘되었다.

"마력 결계를 펼쳐라!"

선임 기사의 명령에 황궁 기사들이 일제히 마력을 발산했다.

그러자 서로 다른 마력이 일제히 융화되면서 주변에 강력한 결계를 만들어 냈다.

황궁 기사단이 황족들을 지키기 위해 고안한 방법.

같은 검술, 같은 마력 제어법을 익힌 자들이 고도의 수련을 통해 펼칠 수 있는 방법.

그것이 마력 결계였다.

마법사들 수십 명이 하나의 마법진에 모여 펼치는 마력 결계에서 따온 이 방법은 지금 이 순간에 엄청난 위용을 보여 주었다.

쾅! 쾅! 콰아앙!

엄청난 폭발 속에서도 견고하게 버텨 내는 결계는 흠집 하나 나지 않았다.

"후, 끝난 것 같습니다."

엄청난 폭발 속에서도 견고한 마력 결계를 보고 나자 그제야 안심한 타리온이 카리엘에게 다가왔다.

그러고는 굳어 있는 카리엘을 보며 타리온이 걱정스레 말했다.

"놀라셨습니까?"

"놀라? 이런 걸로?"

굳어 있던 카리엘이 타리온의 말에 어이없어하는 표정을 지었다.

전생에 수없이 겪은 것이 바로 시체 폭발이었다. 겨우 이 정도 놀랄 것 같았으면, 전생엔 심정지로 죽었을 것이다.

카리엘의 표정이 굳은 이유는 다른 곳에 있었다.

"놀라기는 했지. 흑마법사들이 대놓고 날 노릴 줄은 몰랐으니까."

카리엘은 파편으로 변해 여기저기 흩어진 살점들을 바라보았다.

그리고 끔찍한 장면에도 눈 하나 깜짝하지 않고 몰려오는 적들을 가만히 응시했다.

"하오나 전하, 저들은 빛의 마법을……."

"빛의 마법을 쓴다고 흑마법사가 아니라는 것은 너무 단순한 생각 아니야?"

타리온의 말에 카리엘이 혀를 차면서 말했다.

하지만 타리온이 주장한 것도 일리는 있었다.

일반적으로 성력과 흑마력은 상반된 힘을 갖고 있어서 동시에 사용할 수가 없다.

흑마력을 없애고 성력을 다시 키운다고 해도 과거에 쌓았던 힘의 여파로 그 즉시 죽음에 이를 수 있었다.

그 반대도 마찬가지였다.

그렇기에 전생의 자신도 신관들 중에 흑마법사 세력이 있다는 것을 뒤늦게 알아냈었다.

"신전에서 흑마법사의 무구가 나왔다."

"그건……."

"굳이 흑마법사가 아니라도 상관없다. 신관들 중 흑마법사와 결탁한 세력이 있을지도 모르지."

카리엘이 그렇게 말하면서 지금도 터져 나가는 시체들을 바라보았다.

"시체 폭발은 흑마법사가 자랑하는 가장 끔찍한 마법이지. 흑마법사가 그 원류를 신관들에게 흘렸다면? 신관들도 시체 폭발을 사용할 수 있게 된다."

시체 폭발 마법을 흑마력으로만 할 수 있다는 건 고정관념일 뿐이다.

빛의 마법으로도 가능하게끔 개조하면 그만이니까.

"게다가 손잡은 건 둘뿐만이 아닌 것 같네."

"귀족들 말입니까?"

타리온이 단번에 알아들었다.

그림자 출신답게 돌아가는 상황만 보고도 카리엘이 무슨 생각을 하는지 알아낸 것이다.

"확실히……. 저들이 수도 근방에 이렇게 준비할 수 있었던 것은 누군가의 도움이 없고선 힘든 일이지요."

한두 명도 아니고 이렇게 대규모로 준비하는 것은 누군가의 도움이 있어야만 가능하다.

"이 지역이 누구 것인지 알아봐. 최근 이곳을 중점적으로 드나들었던 상인이나 용병단이 있으면 알아보고, 그들에게 흘러들어 간 자금의 흐름을 조사해."

"예!"

카리엘이 타리온에게 명령을 내리는 동안 산발적으로 터져 나오던 시체 폭발이 완전히 끝났다.

그럼에도 불구하고 황궁 기사들이 마력 결계를 풀지 않는 건 어떤 위험이 남아 있을지 알 수 없었기 때문이다.

힘들 것이 분명함에도 고집스럽게 유지되던 결계가 풀린 건 근방에 수도 방위군의 병력이 몰려왔을 때였다.

"전하를 뵙습니다!"

"습격자들은? 잡았나?"

카리엘이 자신에게 고개를 숙이는 군단장의 인사를 대충 받아 주고 묻자 군단장이 송구하다는 표정으로 말했다.

"예, 다만……."

"그들도 자폭했나?"

"……그렇습니다."

"한 놈도 못 잡은 건 아닐 거 아니야?"

"그렇긴 하오나……."

"쭉정이들 같다 이거지?"

군단장이 무슨 말을 하고자 하는 건지 이해한 카리엘이 고개를 끄덕였다.

애초에 시체 폭발까지 사용하는 놈들이 증거를 남겨 둘 리 없다는 것쯤은 잘 알고 있었다.

'이 정도는 준비했으니 날 습격할 생각을 한 것이겠지.'

카리엘이 그렇게 생각하며 군단장에게 말했다.

"온 김에 일 하나만 더 하자."

"궁으로 돌아가시는 것 아닙니까?"

군단장이 놀란 표정으로 카리엘을 보며 물었다.

그러자 그런 군단장을 향해 미소를 지으며 말했다.

"이런 기회를 놓치라고?"

카리엘의 말에 다들 의아한 표정을 지었다.

방금 전까지 목숨의 위협을 받은 사람이고는 생각지 않을 정도로 장난기가 섞인 미소.

하지만 다음 말을 듣는 순간 그 미소가 악마의 미소로 변했다.

"수도에서 도망친 귀족들을 잡아들여야지. 군단장은 그들이 도망치지 못하도록 잘 포위하고 있어."

"예? 하, 하오나……."

"아! 알고 있어. 그대들이 잡아갈 수 없겠지. 그냥 어디 나가지 못하도록 포위만 해. 잡는 건 내가 할 거야. 한 명 한 명 내가 직접 방문해 줄 거니까 기다리라고들 해."

카리엘은 싸늘한 미소를 지었다.

"전하, 아직 어떤 위험이 남아 있을지 모르옵니다."

곁에 있는 타리온이 걱정스레 말하자 카리엘은 대답 대신 거지꼴을 하고선 돌아온 괴짜들을 바라보았다.

"못 잡았지?"

"……송구합니다."

거지꼴을 한 토토가 이를 바득 갈면서 말했다.

마지막 순간에 자폭한 마법사를 생각하며 이를 가는 토토.

그건 다른 괴짜들 역시 마찬가지였다.

"열 받지?"

카리엘의 물음에 괴짜들이 고개를 숙였다.

모두 분을 참지 못하는 모습을 보이는 그들에게 카리엘이 말했다.

"그럼 당하고 가만있지 말고 움직여."

"예?"

카리엘의 말에 고개를 갸웃거리는 토토와 괴짜들.

그런 그들에게 카리엘이 말했다.

"너희 네 명이면 충분하잖아?"

"예?"

또다시 멍청하게 되묻는 토토를 향해 카리엘이 한심하다는 듯 말했다.

"분명 이 근방에 잔당이 있을 거야. 찾아서 섬멸해."

카리엘의 명령에 괴짜들이 멍하니 있자, 타리온이 황급히 그들에게 눈짓해 주었다.

그제야 정신을 차린 괴짜들이 재빨리 무릎을 꿇고 대답했다.

"전하의 명을 받드옵니다!"

괴짜들의 대답에 카리엘이 고개를 끄덕이고는 움직이라고 명했다.

그러자 괴짜들과 병력 일부가 빠르게 흩어졌다.

지시를 마친 카리엘은 근방의 말을 하나 빌려 올라탔다.

"우리는 근교에 숨어 있는 쥐새끼들을 잡아서 복귀한다. 그때까지 나를 잘 보호하도록."

"전하의 명을 받듭니다!"

우렁차게 대답하는 황궁 기사단과 병력.

그런 그들을 향해 만족스러운 표정으로 고개를 끄덕이고는 천천히 말을 움직였다.

그 모습을 보면서 타리온이 감탄한 표정으로 물었다.

"전하, 언제 이렇게 느셨습니까?"

"이런 건 기본 소양 아니야? 예전에 나도 익혔잖아."

타리온의 물음에 카리엘이 한껏 우쭐한 모습으로 별거 아니라는 듯 답했다.

그런 그의 대답을 듣고선 타리온이 고개를 갸웃거렸다.

몸 상태가 최악이 아니었을 때 잠깐 배웠던 승마 수업에서는 형편없는 모습을 보였기 때문이다.

"그때 무섭다고 우셨던 것 같은데……."

"개소리 말고 가자."

카리엘이 황급히 타리온의 말을 끊고선 목적지로 향했다.

뒤에서 웃는 소리가 들려온 것 같았으나 애써 모른 척하며 속도를 높였다.

이 모욕은 쥐새끼들에게 풀리라.

그렇게 마음속 깊은 곳에 가득 찬 분노를 눌러 참으며 쥐새끼의 저택으로 향한 카리엘은 타리온에게서 받은 모욕감과 방금 전 습격으로 받은 스트레스를 한껏 풀었다.

그리고 그건 괴짜들 역시 마찬가지였다.

광기에 휩싸인 모습으로 잔당을 찾아내 박살 낸 것이다.

카리엘과 괴짜들이 자신들이 당한 것에 대한 화풀이를 끝내고 수도로 복귀한 시간은 달이 떠오른 야밤이었다.

"……내일 아침이 되면 난리가 나겠군."

자신의 뒤에 있는 귀족들과 습격자의 잔당을 보며 타리온이 중얼거렸다.

그리고 다음 날, 상황은 그의 예상대로 흘러갔다.

다음 권으로 이어집니다

만렙닥터

13월생 현대 판타지 장편소설

리턴즈

인생 2회 차 경력직 신입
칼솜씨도, 인성도 '만렙'인 의사가 돌아왔다!

만성 인력난에 시달리는 흉부외과에 들어온 인턴
메스도 잡아 본 적 없는 주제에
죽을 생명을 여럿 살려 내기 시작한다?

"이 새끼, 꼴통 맞네."
"죄송합니다."
"잘했어!"
"네?"

출세만을 좇으며 살았던 전생
이렇게 된 이상 인생도 재수술 한번 가자!

무데뽀(?) 정신으로 무장한 회귀 의사
이제부터 모든 상황은 내가 집도한다!

南魔客帝 남궁마제

문운도 신무협 장편소설

회귀한 뇌왕, 가족을 지키기 위해
정파의 중심에서 제대로 흑화하다!

세상을 뒤집으려는 귀천성에 맞서 싸우다
가족을 모두 잃고 제물로 바쳐진 뇌왕 남궁진화
마지막 순간 원수의 뒤통수를 치고 죽으려 했으나
제물을 바치는 진법이 뒤틀리며 과거로 회귀하다!?

남궁세가의 양자가 된 어린 시절로 돌아온 후
귀천성이 노리는 자신의 체질을 연구하다 기연을 얻고
회귀 전과 다른 엄청난 미모와 함께
뇌전의 비밀마저 알아내 경지를 뛰어넘는데……

가족들에게는 꽃처럼 사랑스러운 막내지만
적이라면 일단 패고 보는 패악질의 끝판왕!
귀천성 때려잡기에 나서다!